27-95$

D0813421

Les Éditions du Boréal
4447, rue Saint-Denis
Montréal (Québec) H2J 2L2
www.editionsboreal.qc.ca

LE FANTÔME D'ANIL

DU MÊME AUTEUR

La Peau d'un lion, Éditions Payot, 1989, Gallimard, « Folio »

Un air de famille, Éditions de l'Olivier, 1991, Seuil, « Points », n° P457

Le Patient anglais (réédition de *L'Homme flambé*), Éditions de l'Olivier, 1997, Seuil, « Points », n° P26

Billy the Kid, œuvres complètes, Éditions de l'Olivier, 1998

Le Blues de Buddy Bolden, Boréal, 1987. Paru sous le titre *Buddy Bolden, une légende,* Éditions de l'Olivier, 1999

Écrits à la main, Éditions de l'Olivier, 2000

Michael Ondaatje

LE FANTÔME D'ANIL

roman

traduit de l'anglais par Michel Lederer

Boréal

Les Éditions du Boréal remercient le Conseil des Arts du Canada ainsi que le ministère du Patrimoine canadien et la SODEC pour leur soutien financier.

Les Éditions du Boréal bénéficient également du Programme de crédit d'impôt pour l'édition de livres du Gouvernement du Québec.

Dépôt légal : 3ᵉ trimestre 2000
Bibliothèque nationale du Québec

L'édition originale de cet ouvrage a été publiée par McClelland & Stewart sous le titre *Anil's Ghost.*

Diffusion au Canada : Dimedia

Données de catalogage avant publication (Canada)

Ondaatje, Michael, 1943-

[Anil's Ghost. Français]

Le Fantôme d'Anil

Traduction de : Anil's Ghost.

Publ. en collab. avec : Éditions de l'Olivier.

ISBN 2-7646-0069-0

I. Lederer, Michel. II. Titre. III. Titre : Anil's Ghost. Français.

PS8529.N283A8414   2000   C813'.54   C00-941266-2

PS9529.N283A8414   2000

PR9199.3.O52A8414   2000

FR24099X

Note de l'auteur

Entre le milieu des années 1980 et le début des années 1990, le Sri Lanka a traversé une période de troubles impliquant trois composantes principales : le gouvernement, les rebelles antigouvernementaux au Sud et les guérilleros séparatistes au Nord. Les rebelles et les séparatistes avaient tous deux déclaré la guerre au gouvernement. En réponse, des troupes tant régulières qu'irrégulières avaient été envoyées les combattre.

Le Fantôme d'Anil est une œuvre de fiction située dans ce contexte politique et historique. Bien que des organisations et des événements semblables à ceux décrits dans cette histoire aient existé, les personnages et les péripéties du roman sont pure invention.

Aujourd'hui, la guerre au Sri Lanka se poursuit sous une autre forme.

M. O.

À la recherche d'un travail, je suis venu à Bogala
Je suis descendu dans les mines à 130 mètres sous terre
Invisible comme une mouche, invisible depuis le carreau de la mine

C'est seulement de retour à la surface
que je suis en sécurité...

Béni soit l'étayage au fond du puits
Bénie soit la roue de vie en haut du puits
Bénie soit la chaîne attachée à la roue...

Chanson de mineurs sri lankais

Quand l'équipe arrivait sur le site à cinq heures trente du matin, un ou deux membres de la famille l'attendaient, et ils restaient là toute la journée pendant qu'Anil et les autres travaillaient; ils se relayaient de manière qu'il y ait toujours quelqu'un, comme pour être sûrs que les preuves ne disparaissent pas une nouvelle fois. Pour veiller sur les morts, sur ces formes à demi révélées.

La nuit, des feuilles de plastique recouvraient le site, maintenues par des pierres ou des morceaux de ferraille. Les gens connaissaient l'heure approximative à laquelle les scientifiques allaient arriver. Ils ôtaient les feuilles de plastique et s'approchaient des ossements enterrés jusqu'à ce qu'ils entendent au loin le gémissement du 4 x4. Un matin, Anil découvrit une empreinte de pieds nus dans la boue. Un autre jour, un pétale.

Ils faisaient bouillir l'eau pour le thé à l'intention de l'équipe d'anatomopathologistes. Aux heures les plus éprouvantes de la chaleur guatémaltèque, ils déployaient un poncho ou une feuille de bananier pour avoir de l'ombre.

La peur, une peur à double tranchant, était toujours présente, car ils craignaient de trouver leur fils dans la fosse, ou bien de ne pas le trouver, ce qui signifierait que les recherches devraient se poursuivre. Quand, après des semaines d'attente, il devenait évident que le cadavre était celui d'un étranger, les familles se levaient et partaient pour d'autres fouilles dans les montagnes du Sud. Le fils disparu pouvait être n'importe où.

Un jour, durant la pause de midi, Anil et les autres membres de l'équipe allèrent se rafraîchir au bord d'une rivière proche. En revenant, *ils virent une femme à côté de la tombe. Accroupie, les jambes ramenées sous elle comme pour prier, les coudes sur les genoux, elle contemplait les restes de deux cadavres. Elle avait perdu un mari et un frère, enlevés dans cette région un an auparavant. On avait l'impression que les deux hommes faisaient la sieste côte à côte, couchés sur une natte. La femme avait été autrefois le lien qui les unissait, qui les avait rattachés l'un à l'autre. Ils revenaient des champs, entraient dans la hutte, mangeaient le déjeuner qu'elle leur avait préparé, puis dormaient une heure. Chaque après-midi de la semaine, elle participait à ce rituel.*

Anil ne possédait pas de mots pour décrire, même intérieurement, le visage de la femme. Mais le chagrin et l'amour dans cette ligne de l'épaule, elle ne les oublierait jamais. Dès qu'elle les entendit approcher, la femme se leva et s'écarta pour les laisser travailler.

Sarath

Elle arriva début mars. L'avion se posa à l'aéroport de Katunayake avant l'aube. Ils l'avaient fuie depuis la côte ouest de l'Inde, si bien que les passagers débarquèrent sur la piste dans le noir. Quand elle sortit du terminal, le soleil était levé. À l'ouest, avait-elle lu, *l'aurore éclate comme un coup de tonnerre,* et elle savait être la seule de la classe à se représenter physiquement ce que la phrase signifiait. Encore que cela ne lui eût jamais paru aussi brutal. C'était d'abord le bruit des poules, des charrettes et de la petite pluie du matin ou d'un homme qui, dans une autre partie de la maison, nettoyait les carreaux avec du papier journal qui crissait.

Une fois qu'elle eut fait viser son passeport bleu ciel des Nations unies, un jeune fonctionnaire se présenta pour l'accompagner. Il ne lui proposa pas de l'aider à porter ses bagages.

« Ça fait combien de temps ? Vous êtes née ici, non ?
— Quinze ans.
— Vous parlez encore cinghalais ?
— Un peu. Vous ne m'en voudrez pas si je préfère me taire dans la voiture jusqu'à Colombo — le décalage horaire, vous comprenez. J'aimerais regarder. Et peut-être boire un peu de toddy avant qu'il soit trop tard. Le salon de Gabriel, où on se faisait masser le crâne, existe toujours ?
— À Kollupitiya, oui. J'ai connu son père.
— Mon père aussi l'a connu. »

Sans toucher une seule valise, il surveilla le chargement des bagages dans le coffre. « Du toddy ! » Il rit, puis reprit « La première chose après quinze ans. Le retour de l'enfant prodigue.

— Je ne suis ni une enfant, ni prodigue. »

Une heure plus tard, il lui serrait énergiquement la main sur le seuil d'une petite maison qu'on avait louée à son intention.

« Vous avez rendez-vous demain avec Mr. Diyasena.

— Merci.

— Vous avez des amis ici ?

— Pas vraiment. »

Anil était contente d'être seule. Elle avait de la famille à Colombo, mais elle n'avait écrit à personne pour annoncer son retour. Elle pêcha un somnifère dans son sac, brancha le ventilateur, se choisit un sarong, puis se mit au lit. C'étaient les ventilateurs qui lui avaient le plus manqué. Depuis son départ du Sri Lanka à dix-huit ans, le seul lien réel qu'elle entretenait encore avec l'île était le sarong que ses parents lui envoyaient chaque Noël (et qu'elle se faisait un devoir de porter) ainsi que les coupures de presse sur les compétitions de natation. Adolescente, Anil avait été une nageuse exceptionnelle, ce qu'on n'avait jamais oublié. Elle garderait cela toute sa vie. Dans l'idée des familles sri lankaises, un joueur de cricket renommé peut embrasser une carrière dans les affaires qui sera fonction de la vitesse de sa balle ou de ses points marqués à la batte lors du match Royal-Thomian. À seize ans, Anil avait remporté le trois-mille-mètres organisé par le Mount Lavinia Hotel.

Tous les ans, une centaine de participants se jetaient à l'eau, nageaient jusqu'à une bouée située à un kilomètre et demi du rivage et revenaient. Le gagnant et la gagnante avaient droit aux honneurs des pages sportives des journaux pendant un jour ou deux. Il y avait une photo qui la représentait au moment où elle sortait de l'eau par cette matinée de janvier — une photo que l'*Observer* avait ainsi légendée : « Anil l'emporte ! » et que son père conservait dans son bureau. Tous les parents lointains (en Australie, en Malaisie et en Angleterre, de même que ceux restés sur l'île) l'avaient étudiée, pas tant pour se réjouir de son succès que pour juger de son physique actuel et futur. Est-ce qu'elle n'avait pas les hanches trop larges?

Le photographe avait capturé le sourire fatigué d'Anil, son bras droit plié pour arracher son bonnet de bain en caoutchouc, et aussi, en arrière-plan, un peu flou, quelques attardés (elle avait su autrefois de qui il s'agissait). La photo en noir et blanc avait trop longtemps fait office d'icône au sein de la famille.

Elle repoussa le drap jusqu'au pied de son lit et demeura allongée dans la chambre qui s'obscurcissait, offerte aux vagues d'air soulevées par les pales. L'île ne la retenait plus par le passé. Elle avait consacré les quinze années suivantes à oublier cette célébrité précoce. Elle avait lu des documents et des reportages bourrés de faits tragiques, et vécu assez longtemps à l'étranger pour considérer le Sri Lanka avec tout le recul nécessaire. Néanmoins, vu de près, c'était un monde moralement plus complexe. Les rues étaient toujours des rues, les Sri Lankais étaient toujours des Sri Lankais. Ils faisaient leurs courses, ils changeaient de travail, ils riaient. Et pourtant, les plus sombres des tragédies grecques étaient bien innocentes comparées à celles qui se jouaient ici. Têtes empalées. Squelettes enfouis dans une fosse au milieu des fèves de cacao à Matale. Pendant ses études universitaires, Anil avait traduit des vers d'Archiloque — *Selon les lois de l'hospitalité de la guerre, nous leur avons laissé leurs morts pour qu'ils se souviennent de nous.* Ici, il n'y avait pas de gestes semblables à l'égard des familles des morts, pas même la mention de l'identité de l'ennemi.

La grotte 14 avait été jadis le plus beau d'une série de sanctuaires rupestres bouddhistes au cœur de la province de Shanxi. Quand on y pénètre, on a l'impression que d'énormes blocs de sel ont été emportés. Les bodhisattvas — dans leurs vingt-quatre incarnations — ont été découpés dans les parois à l'aide de haches et de scies, et les bords sont rouges qui évoquent les lèvres d'une blessure.

« Rien ne dure, leur avait dit Palipana. C'est un vieux rêve. L'art brûle, se dissout. Et être aimé avec toute l'ironie de l'histoire — ce n'est pas grand-chose. » Il avait dit cela à ses étudiants en archéologie lors de son premier cours. Il parlait d'art et de livres, de l'« empire de l'idée » qui est souvent le seul survivant.

C'était le lieu du crime absolu. Têtes tranchées. Mains brisées. Aucun des corps ne restait — toutes les statues des bodhisattvas avaient disparu dans les années qui avaient suivi leur découverte par des archéologues japonais en 1918, achetées avec empressement par les musées occidentaux. Trois torses dans un musée californien. Une tête perdue dans un fleuve au sud du désert Sind, le long de la route des pèlerins.

La vie éternelle des rois.

Le lendemain matin, on demanda à Anil de venir rencontrer les étudiants en médecine légale du Kynsey Road Hospital. Elle n'était pas là pour ça, mais elle donna néanmoins son accord. Elle n'avait pas eu son rendez-vous avec Mr. Diyasena, l'archéologue choisi par le gouvernement pour faire équipe avec elle dans le cadre de l'enquête menée par l'organisation des droits de l'homme. Un message l'avait informée qu'il avait quitté la ville et qu'il la contacterait dès son retour à Colombo.

Le premier corps qu'on amena était celui d'un homme mort depuis peu, tué alors qu'elle était déjà arrivée dans l'île. Quand elle comprit que cela avait dû se produire en début de soirée, pendant sa promenade dans le bazar de Pettah, il lui fallut maîtriser le tremblement de ses mains. Les deux étudiants échangèrent un regard. En général, elle ne traduisait pas l'heure d'une mort en heure subjective mais, dans le cas présent, elle s'efforçait de calculer quelle heure il était à Londres, à San Diego. Cinq heures et demie.

« C'est votre premier cadavre ? » demanda l'un des étudiants.

Elle fit non de la tête. « Les os des deux bras sont brisés. » Déjà confrontée à cela.

Elle leva les yeux sur les deux jeunes gens. Ils n'avaient pas encore leurs diplômes, étaient assez jeunes pour être épouvantés. À cause de la fraîcheur du cadavre. Il avait encore figure humaine. D'habitude, on retrouvait les victimes de meurtres politiques beaucoup plus tard. Elle plongea les doigts l'un après l'autre dans un vase à bec rempli d'une solution bleue afin de voir s'il y avait des coupures ou des écorchures.

« Une vingtaine d'années. Mort depuis douze heures. D'accord ?

— Oui.

— Oui. »

Ils paraissaient nerveux, apeurés même.

« Comment vous appelez-vous, déjà ? »

Ils le lui répétèrent.

« Ce qu'il faut, c'est formuler à voix haute vos premières impressions. Puis y réfléchir. Admettre que vous pouvez commettre des erreurs. » (Est-ce qu'elle devait vraiment leur faire un cours ?) « Et si vous vous êtes trompé, reprendre depuis le début. Vous verrez peut-être ce qui vous a échappé… Comment a-t-on pu casser les bras sans abîmer les doigts ? Bizarre. On lève les mains pour se protéger. Les doigts sont presque toujours touchés.

— Peut-être qu'il priait. »

Elle s'interrompit pour regarder l'étudiant qui venait de parler.

Le deuxième cadavre avait la cage thoracique écrasée. Ce qui signifiait qu'il était tombé d'une grande hauteur — au moins cent cinquante mètres — avant de heurter la surface de l'eau à plat ventre. Air chassé des poumons. Un hélicoptère, par conséquent.

Le lendemain, elle se leva de bonne heure dans la maison qu'on lui avait louée sur Ward Place, sortit dans le jardin encore envahi par les ténèbres où elle but son thé, au son des oiseaux kohas qui lançaient leurs revendications et leurs proclamations. Après quoi, elle gagna la rue principale au moment où une pluie fine commençait à tomber. Un taxi à trois roues s'arrêta à côté d'elle, et elle se glissa à l'intérieur. Le taxi démarra en trombe, puis se faufila au milieu de la circulation dense, profitant de la moindre brèche. Anil s'accrochait aux poignées, et la pluie qui pénétrait par les flancs ouverts du véhicule aspergeait ses chevilles. Il faisait plus frais dans ce *bajaj* que dans une voiture à air conditionné et elle aimait le bruit des klaxons qui lui évoquait le cri rauque des canards.

Au cours de ses premiers jours à Colombo, elle avait toujours eu le sentiment d'être seule chaque fois que le temps se gâtait. Les gouttes de pluie sur son chemisier, l'odeur de la poussière mouillée. Des nuages se déchiraient soudain et la ville se métamorphosait en un petit village peuplé de gens qui accueillaient la pluie avec joie et s'interpellaient d'une voix forte. Ou bien, avec un sentiment mélangé, de crainte que ce ne soit qu'une ondée.

Des années auparavant, ses parents avaient donné un dîner. Ils avaient dressé une longue table dans le jardin desséché et roussi. Le mois de mai était sur le point de s'achever, mais la sécheresse durait et la mousson n'arrivait pas. Et puis, vers la fin du repas, la pluie s'était mise à tomber. La modification dans l'atmosphère avait réveillé Anil qui s'était précipitée à la fenêtre pour regarder dehors. Sous la violence de l'averse, les invités se débandaient et on s'empressait de rentrer les chaises d'époque. Seuls son père et la femme assise à côté de lui étaient restés à table pour fêter le changement de saison cependant qu'autour d'eux la terre se transformait en boue. Cinq minutes, dix, toujours là à parler, juste pour s'assurer, pensait-elle, qu'il ne s'agissait pas d'un grain passager et que la pluie allait continuer.

Les klaxons qui canardaient.

La pluie qui balayait Colombo. Le *bajaj* emprunta un raccourci pour se rendre au service d'Archéologie. Çà et là, les lumières s'allumaient dans les échoppes. Anil se pencha. « Je voudrais des cigarettes. » Le chauffeur tourna brusquement pour s'arrêter au bord du trottoir et cria quelque chose. Un homme sortit d'une boutique, trois paquets de cigarettes à la main. Elle prit les Gold Leaf, paya, puis ils repartirent.

Brusquement, elle se sentit heureuse d'être de retour, tandis que renaissaient les impressions d'enfance enfouies en elle. Quand le siège genevois de la fédération des droits de l'homme avait demandé un anthropologue expert en médecine légale pour le Sri Lanka, elle avait posé sa candidature sans beaucoup d'enthousiasme. Elle ne s'attendait pas à être choisie car, bien que détentrice d'un passeport britannique, elle était née là-bas. En outre, il lui semblait peu probable qu'on autorise la venue de représentants des droits de l'homme. Au fil des ans, les plaintes émanant d'Amnesty International et d'autres organisations n'avaient cessé de s'accumuler en Suisse où elles étaient demeurées, gelées comme un glacier. Le président Katugala affirmait tout ignorer de l'existence de meurtres politiques sur l'île. Néanmoins, sous la pression, et pour apaiser ses partenaires commerciaux occidentaux, le gouvernement avait fini par proposer que des observateurs étrangers viennent enquêter, associés à des fonctionnaires du pays. C'est ainsi qu'Anil Tissera, en tant que spécialiste de médecine légale, avait été désignée pour faire équipe avec un archéologue de Colombo. L'opération devait durer sept semaines. Au siège de l'organisation des droits de l'homme, personne ne plaçait beaucoup d'espoir en sa réussite.

Dès qu'elle entra dans le bureau du service d'Archéologie, elle entendit sa voix.

« Alors, c'est vous la championne de natation ! » Un homme proche de la cinquantaine au torse de lutteur s'avança vers elle, la main tendue, l'air décontracté. Elle aurait souhaité qu'il ne s'agisse pas de Mr. Sarath Diyasena, mais hélas, c'était bien lui.

« Il y a longtemps de ça.

— Quand même… Je vous ai peut-être vue au Mount Lavinia.

— Comment ?

— J'ai été à l'école à St. Thomas, tout à côté. Certes, je suis un peu plus âgé que vous.

— Mr. Diyasena… ne parlons plus de natation, voulez-vous. Beaucoup de sang a coulé sous les ponts depuis.

— D'accord, d'accord », dit-il d'une voix traînante à laquelle elle finirait par s'habituer, un petit maniérisme destiné à gagner du temps. Un peu comme le hochement de tête à l'asiatique qui, dans son mouvement quasi circulaire, renfermait la possibilité d'un non.

Le « d'accord » de Sarath Diyasena, ainsi répété, faisait figure d'acquiescement formel, simples paroles de politesse pour indiquer qu'on se tenait sur ses gardes.

Elle lui sourit, comme pour lui faire comprendre qu'elle regrettait cette escarmouche, à peine les premières phrases échangées. « Je suis ravie de faire votre connaissance. J'ai lu plusieurs de vos articles.

— Naturellement, pour vous, je ne suis pas dans le bon siècle. Mais au moins, je connais la plupart des sites…

— Qu'est-ce que vous diriez d'un petit déjeuner ?, demanda-t-elle comme ils sortaient pour se diriger vers la voiture de l'archéologue.

— Vous êtes mariée ? Des enfants ?

— Ni mariée, ni championne de natation.

— D'accord. »

« Maintenant, on découvre des cadavres toutes les semaines. Le pic de la terreur a été atteint en 1988 et 1989, mais naturellement, ça avait commencé bien avant. Chaque camp tuait et dissimulait les preuves. J'insiste : chaque camp. C'est une guerre qui ne dit pas son nom, car personne ne tient à s'aliéner les puissances étrangères. On a donc affaire à des bandes et des escadrons de la mort qui agissent en sous-main. Pas comme en Amérique centrale. Le gouvernement n'était pas le seul à commettre des crimes. On était et on est toujours en présence de trois groupes ennemis — l'un au Nord, les deux autres au Sud, qui emploient les armes, la propagande, la peur, les affiches, la censure. Ils se procurent auprès des pays occidentaux les armes les plus modernes, ou fabriquent eux-mêmes des armes artisanales. Il y a deux ans, les gens ont simplement commencé à disparaître. On retrouvait des cadavres calcinés, impossibles à identifier. Aucun espoir d'en coller la responsabilité à qui que ce soit. D'autant que personne ne peut dire qui sont les victimes. Je ne suis qu'un archéologue. L'idée que nous fassions équipe vient de votre commission et du gouvernement, et je n'y suis pour rien — un expert en médecine légale et un archéologue, drôle de couple, si vous voulez mon avis. Nous avons à enquêter essentiellement sur des exécutions sauvages perpétrées par des groupes inconnus. Peut-être les insurgés, peut-être le gouvernement ou peut-être les guérilleros séparatistes. Des meurtres commis par les différentes factions.

— Difficile de dire laquelle est la pire. Les rapports sont terrifiants. »

Il demanda un autre thé et contempla les assiettes qu'on avait apportées. Elle avait commandé du lait caillé et du sucre de palme. Quand ils eurent fini, il dit « Venez, je vais vous conduire au bateau. Que je vous montre où nous allons travailler… »

L'*Oronsay* était un vieux paquebot datant de l'époque de l'Orient Line qu'on avait vidé de tous ses objets de valeur, machines et mobilier de luxe. Il faisait jadis la ligne entre l'Asie et l'Angleterre — de Colombo à Port-Saïd en passant par l'étroit canal de Suez, jusqu'aux docks de Tilbury. À partir des années 1970, il n'avait plus assuré que des liaisons locales. On avait abattu les cloisons des cabines de la classe touriste pour la transformer en cale. Thé, eau de source, produits dérivés du caoutchouc et riz avaient remplacé les passagers exigeants, à l'exception de quelques-uns, par exemple les neveux des actionnaires de la compagnie maritime en quête de travail et d'aventure. Il demeurait un bateau de l'Orient, capable de survivre à la chaleur de l'Asie, encore imprégné des odeurs de sel, de rouille et d'huile, ainsi que des effluves du thé qu'il avait transporté.

Depuis trois ans, l'*Oronsay* était amarré en permanence le long d'un quai désaffecté, à l'extrémité nord du port de Colombo. Le paquebot, devenu partie intégrante du paysage, servait de local et d'aire de stockage au Kinsey Road Hospital. Comme les hôpitaux de Colombo manquaient de place pour les labos, on avait attribué à Sarath et à Anil un emplacement à bord du navire reconverti.

Ils quittèrent Reclamation Street et s'engagèrent sur la passerelle.

Anil frotta une allumette et, à l'intérieur de la cale plongée dans le noir, la lueur de la flamme se stabilisa avant de couler le long de son bras. Elle distingua le fil de coton « protecteur » autour de son poignet gauche, puis l'allumette s'éteignit. On lui avait noué le *rak-sha bandhana* au cours de la cérémonie de *pirith* d'un ami, et depuis, sa teinte rose s'était effacée. Quand elle enfilait un gant de caoutchouc au laboratoire, il paraissait encore plus pâle en dessous, comme emprisonné dans la glace.

À côté d'elle, Sarath alluma une lampe torche qu'il avait eu le temps de repérer pendant que l'allumette brûlait. Guidés par le pinceau de lumière instable, ils se dirigèrent vers la cloison de métal. Arrivé là, Sarath frappa dessus du plat de la main, et ils entendirent du bruit derrière, celui de rats qui détalaient. Il frappa de nouveau, et les bruits reprirent. Anil chuchota : « Comme un homme et une femme qui se précipitent hors du lit au retour de l'épouse... » puis elle s'interrompit. Elle ne le connaissait pas assez bien pour se permettre de persifler la structure du mariage. Elle avait été sur le point d'ajouter *Chéri, je suis rentrée*.

Chéri, je suis rentrée, disait-elle, accroupie auprès d'un cadavre pour tenter de déterminer l'heure de la mort. La phrase prenait des accents caustiques ou tendres selon son humeur, prononcée en général dans un murmure cependant qu'elle plaçait la paume de sa main à un millimètre au-dessus de la peau pour estimer la température du corps. Un corps. Non plus une femme ou un homme, juste un corps désormais.

« Tapez encore une fois, demanda-t-elle.

— Je vais prendre le marteau à pied-de-biche. » Le bruit métallique résonna dans l'obscurité, et quand l'écho mourut, il régna un silence total.

« Fermez les yeux, dit-il. Je vais allumer une lampe à sodium. »

Anil, qui avait déjà travaillé la nuit dans des carrières ou dans des sous-sols que cet éclat violent faisait paraître plus nus encore, y était habituée. La lumière poreuse éclaira une vaste salle, les vestiges d'un bar renversé dans un coin, derrière lequel elle trouverait plus tard un lustre. C'était ce qui devait leur servir à la fois de laboratoire et de lieu de stockage, une atmosphère claustrophobique, imprégnée d'une odeur de désinfectant.

Elle nota que Sarath avait déjà commencé à y entreposer certaines de ses découvertes archéologiques. Des pierres et des fragments d'os enveloppés dans des feuilles de plastique transparent jonchaient le sol, et des caisses soigneusement cordées s'entassaient un peu partout. Mais elle n'était pas là pour s'occuper du Moyen Âge.

Pendant qu'il ouvrait une caisse pour en extraire des objets récupérés lors d'une fouille récente, il prononça une phrase dont elle n'entendit que la fin

« … VIe siècle surtout. Sans doute une tombe sacrée pour les moines, près de Bandarawela.

— Vous avez trouvé des squelettes?

— Jusqu'à présent, trois. Ainsi que quelques pots en bois fossilisés datant de la même période. Tout correspond.»

Elle enfila ses gants et prit un os pour le soupeser. La datation semblait correcte.

«Les squelettes étaient enveloppés d'abord dans des feuilles, puis dans une étoffe, reprit-il. Ensuite, on mettait des pierres par-dessus qui, plus tard, passaient entre les côtes pour se loger dans la cage thoracique.»

Quelques années après l'ensevelissement d'un corps, il se produisait un léger changement à la surface du sol et une pierre tombait dans l'espace ménagé par les chairs pourrissantes, comme pour marquer le départ d'une âme. Cette cérémonie de la nature avait toujours profondément affecté Anil. Au cours de son enfance à Kuttapitiya, elle avait un jour marché sur la tombe à fleur de terre où reposait un poulet mort depuis peu, et sous son poids, l'air emprisonné dans le cadavre s'était échappé par le bec. Entendant alors comme un cri étouffé, elle avait fait un bond en arrière, effrayée, l'esprit confus, puis elle avait creusé avec ses mains, terrifiée à l'idée qu'elle pourrait voir l'animal cligner des yeux. Mais il était bien mort, les yeux remplis de sable. Cette histoire continuait à la hanter. Elle avait refermé la tombe et s'était éloignée à reculons.

Elle ramassa un fragment d'os au milieu d'une pile de détritus et l'essuya. «Il vient du même endroit?, demanda-t-elle. Il n'a pas l'air d'être du VIe siècle.

— Tout ce qui est là provient des débris trouvés autour du site funéraire des moines, dans la réserve archéologique gouvernementale. Personne d'autre n'a le droit d'y entrer.

— Mais cet os, il n'est pas de la même époque. »

Il s'était interrompu dans sa tâche et la regardait.

« C'est une zone protégée. Les squelettes étaient enterrés dans les grottes naturelles de Bandarawela. Les squelettes et également les ossements épars. Il est peu probable qu'on y découvre quoi que ce soit venant d'une autre époque.

— On peut y aller ?

— Je suppose que oui. Je vais essayer d'obtenir une autorisation. »

Ils remontèrent sur le pont du paquebot, dans le soleil et le bruit. On entendait les bateaux à moteur dans le chenal principal du port de Colombo, les mégaphones qui hurlaient au milieu de la navigation dense.

Le premier week-end, Anil emprunta une voiture pour se rendre dans un village situé à un kilomètre et demi au-delà de Rajagiriya. Elle se gara à côté d'un lopin de terre niché derrière des arbres, si petit qu'il semblait difficile de croire qu'on ait pu y bâtir une maison. De grandes feuilles mouchetées de croton se déversaient dans le jardin. Il n'y avait apparemment personne.

Le lendemain de son arrivée à Colombo, Anil avait envoyé une lettre, mais elle n'avait pas reçu de réponse. Elle ne savait donc pas si elle avait fait le voyage pour rien, ou si le silence était synonyme de consentement. À moins que l'adresse fût périmée. Elle frappa à la porte, alla jeter un coup d'œil à travers les barreaux de la fenêtre, puis pivota d'un bloc en entendant quelqu'un sortir sur la véranda. Elle eut du mal à reconnaître la femme âgée, toute menue. Elles restèrent un instant face à face. Anil s'avança d'un pas pour la prendre dans ses bras. À cet instant, une jeune fille apparut qui les contempla sans sourire. Anil sentit son regard dur enregistrer cet instant de tendresse.

Quand Anil se redressa, la vieille femme pleurait. Elle caressa les cheveux d'Anil qui lui tenait les bras. Un langage perdu passait entre elles. Anil se pencha pour embrasser sur les deux joues Lalitha, si petite et si frêle. Lorsqu'elle se recula, la vieille femme sembla perdue, et la jeune fille — *qui pouvait-elle bien être ?* — s'approcha pour l'installer dans un fauteuil avant de les laisser. Anil s'assit à côté de Lalitha et lui prit la main sans prononcer un mot, le cœur serré. Sur la table, il y avait une grande photo encadrée. La vieille femme s'en empara et la tendit à Anil. Lalitha à cinquante ans en compagnie de son bon à rien de mari et de sa fille, laquelle tenait dans ses bras deux bébés. Elle désigna l'un d'eux, puis l'intérieur de la maison plongé dans la pénombre. L'inconnue était donc sa petite-fille.

Celle-ci leur apporta un plateau avec du thé et des biscuits au sucre, puis elle s'entretint un moment avec sa grand-mère en tamoul. Anil ne saisissait pas bien le tamoul parlé, et elle devait se fier aux intonations pour tâcher de comprendre ce qu'elles disaient. Un jour, elle avait voulu faire une remarque à un étranger qui l'avait considérée d'un air interdit, et on lui avait alors expliqué qu'on ne la comprenait pas à cause de son absence d'inflexions. L'homme n'avait pas su s'il s'agissait d'une question, d'une affirmation ou d'une exigence. Lalitha semblait gênée de parler en tamoul, et elle chuchotait. La jeune fille, en revanche, ayant à peine jeté un regard à Anil après avoir échangé une brève poignée de main avec elle, s'exprimait d'une voix forte. Elle se tourna soudain vers elle et lui dit en anglais « Ma grand-mère voudrait que je vous prenne toutes les deux en photo. Comme souvenir de votre passage. »

Elle disparut de nouveau et revint avec un Nikon. Elle leur demanda de se rapprocher, puis elle ajouta quelque chose en tamoul et appuya sur le déclic avant qu'Anil ne fût tout à fait prête. Une seule photo parut lui suffire. Elle était sûre d'elle.

« Vous habitez ici ? lui demanda Anil.

— Non. C'est la maison de mon frère. Je travaille dans les camps de réfugiés au Nord. Je m'efforce de venir un week-end sur deux pour que mon frère et sa femme puissent s'échapper un peu. Vous aviez quel âge la dernière fois où vous avez vu ma grand-mère ?

— Dix-huit ans. Je ne suis pas revenue depuis.

— Vos parents sont ici ?

— Ils sont morts. Et mon frère est parti. Il ne reste plus que des amis de mon père.

— Vous n'avez donc plus d'attaches ici ?

— Juste Lalitha. D'une certaine manière, c'est elle qui m'a élevée. » Anil avait envie d'en dire plus, d'ajouter que Lalitha était la seule à lui avoir enseigné la réalité quand elle était petite.

« Elle nous a tous élevés, dit la jeune fille.

— Votre frère, qu'est-ce qu'il…

— C'est un chanteur pop assez célèbre.

— Et vous travaillez dans les camps…

— Depuis quatre ans. »

Lorsqu'elles se tournèrent vers Lalitha, elles constatèrent que la vieille femme s'était endormie.

Anil entra au Kynsey Road Hospital. Les couloirs retentissaient de coups de marteau et de cris. On défonçait le sol en béton pour poser un nouveau carrelage. Étudiants et professeurs se hâtaient. Personne ne paraissait se soucier de tout ce tintamarre et de ce qu'il pouvait avoir d'usant ou de terrifiant à l'égard des blessés ou des patients placés sous calmants. Pire encore était la voix du médecin chef, le Dr Perera, qui injuriait les autres médecins et les infirmières à cause de la saleté qui régnait partout. Il hurlait tellement et de façon si continuelle que la plupart des gens qui travaillaient ici semblaient ne même plus y prêter attention.

C'était un petit homme mince qui avait l'air de ne posséder qu'un seul allié dans la place, une jeune anatomopathologiste qui, ignorant sa réputation, lui avait un jour réclamé son aide, de sorte que, tout étonné, il l'avait prise en amitié. Ses autres collègues gardaient leurs distances, le noyant sous des notes anonymes et le raillant dans des affiches. (L'une d'entre elles proclamait qu'il était recherché pour meurtre à Glasgow.) Pour sa défense, Perera affirmait que le personnel était indiscipliné, paresseux, incapable, malpropre et buté. En revanche, quand il prenait la parole en public, il se livrait à une analyse subtile de la politique et de ses liens avec l'anthropologie judiciaire. Un double plus tendre donnait alors l'impression de s'être glissé clandestinement sur la scène.

Le deuxième soir après son arrivée, Anil, assistant à l'une de ses conférences, avait été surprise de constater que des gens professant de telles opinions puissent détenir des postes à responsabilités. Mais là, à l'hôpital, où elle était venue effectuer des analyses, elle fit la connaissance du roquet, l'autre face de la nature de Perera. Bouche bée, elle regardait le personnel et les ouvriers épuisés, de même que les malades qui déambulaient dans les couloirs et qui, tous, l'évitaient pour créer une espèce de zone tampon entre eux et ce Cerbère miniature.

Un jeune homme s'avança vers elle.

« Vous êtes bien Anil Tissera ?

— Oui.

— Vous avez obtenu une bourse pour étudier en Amérique. »

Elle ne répondit pas. Sa célébrité la poursuivait.

« Est-ce que vous pourriez faire un petit exposé, une trentaine de minutes, sur les poisons et les morsures de serpents ? »

Ils en savaient sans doute autant qu'elle sur ce dernier point. Elle était persuadée que le sujet n'avait pas été choisi au hasard, mais dans le seul but de prouver qu'il y avait égalité entre ceux formés à l'étranger et ceux formés sur place.

« Oui, d'accord. Quand ?

— Ce soir ? »

Elle acquiesça d'un signe de tête. « Passez me voir pendant le déjeuner et vous me donnerez les détails, dit-elle, s'écartant en croisant le Dr Perera.

— VOUS ! »

Elle se retourna pour affronter le détestable médecin chef.

« Vous êtes la nouvelle ? Tissera, c'est ça ?

— Oui, monsieur. J'ai assisté à votre conférence avant-hier soir. Excusez-moi, je…

— Votre père était ce… ce…

— Ce quoi ?

— Votre père était Nelson K. Tissera ?

— Oui.

— J'ai travaillé avec lui au Spittel's Hospital.

— Et…

— Regardez-moi ces *padayas*. Les ordures qui traînent partout dans les couloirs. On est dans un hôpital, non ? Tous des salauds, on dirait des latrines ici. Vous êtes occupée en ce moment ? »

Oui, mais elle aurait pu modifier ses plans. Elle était impatiente de s'entretenir avec le Dr Perera et de parler de son père, mais elle désirait le faire en tête à tête et non pas au milieu d'un véritable branle-bas de combat, et quand elle serait plus calme, que les effets de la caféine se seraient dissipés.

« Malheureusement, j'ai un rendez-vous officiel, monsieur. Mais je suis à Colombo pour quelque temps et j'espère que nous aurons l'occasion de nous revoir.

— Vous vous habillez à l'occidentale, je vois.

— C'est une habitude.

— Vous êtes la championne de natation, non ? »

Elle s'éloigna, hochant exagérément la tête.

Assis en face d'elle, Sarath lisait à l'envers la carte postale qu'elle avait posée sur le bureau. Curiosité inconsciente de sa part. C'était un homme habitué aux caractères cunéiformes à demi effacés gravés dans la pierre. Malgré le faible éclairage, il traduisait facilement.

Le bruit qui dominait dans les locaux du service d'Archéologie était le cliquetis précautionneux des machines à écrire. On avait attribué à Anil un bureau situé à côté de la photocopieuse autour de laquelle s'élevaient des plaintes incessantes, car elle ne fonctionnait jamais correctement.

« Gopal », dit Sarath d'une voix un peu plus forte que d'ordinaire, et l'un de ses assistants s'approcha de son bureau.

« Deux thés. Lait et sucre.

— À vos ordres, monsieur. »

Anil éclata de rire.

« On est mercredi. Votre pilule contre la malaria.

— Je l'ai prise. » La sollicitude de Sarath ne manquait pas de l'étonner.

Le thé arriva, dans lequel on avait déjà versé le lait condensé. Anil prit sa tasse et se risqua :

« Au bien-être des serviteurs. Un gouvernement vaniteux. Chaque opinion politique appuyée par sa propre armée.

— Vous parlez comme un journaliste étranger.

— Je ne peux pas ignorer les faits. »

Il reposa sa tasse. « Je vais vous dire je n'appartiens à aucun camp, si c'est ça que vous sous-entendez. Et comme vous venez de le faire remarquer, tout le monde a son armée. »

Elle prit la carte postale et la fit tourner entre ses doigts. « Excusez-moi. Je me sens fatiguée. J'ai passé toute la matinée à lire les rapports au bureau du Mouvement pour les droits civils. Il n'y a rien à espérer de ce côté-là. Vous voulez qu'on dîne ensemble ?

— Je ne peux pas. »

Elle attendit une explication qui ne vint pas. Le regard de Sarath allait d'une carte accrochée au mur à la photo de l'oiseau sur la carte postale, tandis qu'il continuait à tapoter sur le bureau avec son crayon.

« D'où vient cet oiseau ?

— Oh… de nulle part. » Elle aussi pouvait se montrer abrupte.

Une heure plus tard, ils couraient sous la pluie, et le temps qu'ils arrivent à la voiture, ils étaient trempés. Il la conduisit à Ward Place, s'arrêta sous le portique et laissa le moteur tourner au ralenti pendant qu'elle récupérait ses affaires sur le siège arrière. « À demain », dit-elle en refermant la portière.

À l'intérieur, elle vida le contenu de son sac sur la table, à la recherche de la carte postale que son amie Leaf lui avait expédiée de l'Arizona. Elle la relut et se sentit mieux. Un message de l'Occident. Elle alla dans la cuisine, s'interrogeant une fois de plus au sujet de Sarath. Elle travaillait avec lui depuis plusieurs jours maintenant, et elle ne savait toujours pas quoi penser de lui. Il occupait un poste haut placé au sein du département d'Archéologie qui dépendait de l'État, aussi elle se demandait s'il n'appartenait pas plus ou moins à un service gouvernemental. N'était-il pas l'œil et l'oreille du gouvernement, désigné pour l'assister dans son enquête pour le compte de l'organisation des droits de l'homme Et dans ce cas, pour qui travaillait-elle en réalité

Elle n'ignorait pas qu'en temps de crise politique les investigations menées par les spécialistes de médecine légale avaient mauvaise réputation : ce n'était que parties d'échecs, tractations en coulisses et allusions voilées à l'« intérêt supérieur de la nation ». Au Congo, une équipe des droits de l'homme avait été trop loin, et toute la collecte de données avait disparu pendant la nuit, de même que les documents avaient brûlé. Comme une ville du passé qu'on aurait réensevelie. Les enquêteurs, parmi lesquels Anil assurait la modeste fonction d'assistante, n'avaient pas eu d'autre choix que de prendre le premier avion. Et tant pis pour les autorités internationales de Genève. Les beaux logos sur le papier à en-tête et sur les portes des bureaux européens ne signifiaient plus rien dans les pays en crise. Quand un gouvernement vous demandait de partir, vous partiez. Et vous n'emportiez rien avec vous. Pas la moindre boîte de diapositives, pas le moindre rouleau de film. À l'aéroport, pendant qu'on fouillait ses vêtements, elle avait attendu sur un tabouret, pratiquement nue.

Une carte de Leaf. Un oiseau américain. Elle sortit des côtelettes et une bière du réfrigérateur. Elle avait un livre à lire, une douche à prendre. Ensuite, elle pourrait aller boire un verre dans l'un des plus récents hôtels du Galle Face Green, regarder les membres à moitié soûls d'une équipe anglaise de cricket en tournée faire du karaoké.

L'homme choisi pour l'accompagner était-il neutre dans cette guerre ? N'était-il qu'un archéologue amoureux de son travail ? La veille, au cours d'une promenade en voiture à l'extérieur de Colombo, il lui avait montré quelques temples puis, passant devant un petit groupe de ses étudiants qui travaillaient sur un site historique, il s'était joint à eux avec plaisir et n'avait pas tardé à ramasser des éclats de mica avant de leur indiquer où ils auraient des chances de découvrir des petits bouts de fer enfouis dans le sol, comme s'il possédait le don naturel de trouver des choses. Presque tout ce que Sarath désirait savoir était d'une manière ou d'une autre lié à la terre. Elle le soupçonnait de considérer le monde social qui l'entourait comme dépourvu du moindre sens. Il lui avait confié qu'un jour il espérait écrire un livre sur une ville du sud de l'île qui n'existait plus. Il ne restait pas même un pan de mur, mais il voulait en raconter l'histoire. Elle émergerait du sombre commerce qu'il entretenait avec la terre, de ses connaissances des chroniques de la région — ses routes commerciales médiévales, le rôle de cette ville de mousson, la préférée d'un certain roi, ainsi que le révélaient des poèmes célébrant la vie quotidienne de la cité. Il lui avait dit quelques vers extraits de l'un de ces poèmes que son professeur, un homme du nom de Palipana, lui avait appris.

Tel était Sarath un soir, éloquent, enthousiaste presque, après un dîner de crabes au Mount Lavinia. Debout au bord de l'eau, il dessinait la ville avec ses mains dans l'air nocturne. Au travers des contours imaginaires, elle voyait les vagues qui roulaient et qui, pareilles à l'excitation soudaine de Sarath, déferlaient sur elle.

Le train était bondé de policiers. L'homme monta avec une cage à oiseaux qui contenait un mainate. Il passa d'un wagon à l'autre, jetant un coup d'œil sur les passagers. Comme il n'y avait plus de place, il s'assit par terre. Il portait un sarong, des sandales, un tee-shirt Galle Road. Le train roulait lentement, s'engageait dans les défilés et débouchait sur de brusques panoramas. L'homme savait qu'environ un kilomètre et demi avant Kurunegala, il y avait un tunnel en courbe, claustrophobique, dans lequel ils s'enfonceraient. Quelques fenêtres resteraient ouvertes — on avait besoin d'air, même si le bruit était assourdissant. Après le tunnel, dans le soleil retrouvé, les gens se prépareraient à descendre.

Au moment où le train pénétrait dans les ténèbres, il se leva. L'espace d'un moment, les wagons baignèrent dans la clarté boueuse des lampes, puis celles-ci s'éteignirent. Il entendait l'oiseau parler. Trois minutes de ténèbres.

L'homme se dirigea rapidement vers l'endroit où il avait repéré le représentant du gouvernement. Dans le noir, il le saisit par les cheveux, lui enroula la chaîne autour du cou et entreprit de l'étrangler. Toujours dans le noir, il compta les secondes en silence. Il sentit l'homme s'affaisser contre lui, son poids, mais il ne s'y fia pas et continua de serrer.

Il lui restait une minute. Il se redressa et souleva l'homme dans ses bras. Le maintenant debout, il le dirigea vers la fenêtre ouverte. Les lumières jaunes vacillèrent un instant. Peut-être était-il un tableau vivant dans le rêve de quelqu'un.

Il empoigna le fonctionnaire, le poussa par la fenêtre. Le souffle du vent ramena la tête et les épaules à l'intérieur. Il poussa plus fort, plus loin, lâcha prise, et l'homme disparut dans le fracas du tunnel.

À l'époque où elle se trouvait au Guatemala avec l'équipe d'anatomopathologistes, elle avait pris l'avion pour Miami afin d'y retrouver Cullis. Elle arriva épuisée, vidée, les traits tirés. Dysenterie, hépatite et dengue régnaient partout. Ils mangeaient dans les villages où ils exhumaient les cadavres et devaient accepter la nourriture qu'on leur offrait, parce que c'était la seule façon pour les villageois de participer — leur faire la cuisine. « Nous prions le ciel pour qu'on nous donne des haricots », murmura-t-elle à Cullis en ôtant ses vêtements de travail — elle avait couru pour attraper le dernier vol et n'avait pas eu le temps de se changer — avant de prendre son premier bain dans un hôtel depuis des mois. « Il faut éviter le *ceviche*. Et si tu ne peux pas faire autrement que d'en manger, tu dois aller le vomir discrètement dans un coin le plus vite possible. » Elle s'allongea dans la mousse miraculeuse, adressa un sourire las à Cullis, heureuse de l'avoir rejoint. Il connaissait bien cet air fatigué, ce regard fixe, cette voix traînante et bredouillante.

« C'est la première fois que je participe vraiment à des fouilles. D'habitude, tout se passe en laboratoire. Mais là, on fait des exhumations sur le terrain. Manuel m'a donné une brosse et une baguette, et il m'a dit de creuser avec précaution en brossant la terre au fur et à mesure. Le premier jour, on a trouvé cinq squelettes. »

Assis au bord de la baignoire, il la regardait. Elle avait les yeux fermés, retranchée du monde. Elle s'était coupé les cheveux. Elle était beaucoup plus mince. Il s'apercevait qu'elle aimait de plus en plus son travail. Qu'il l'épuisait mais la régénérait en même temps.

Elle se pencha pour vider la baignoire, puis se rallongea pour sentir l'eau disparaître autour d'elle. Ensuite, elle se tint debout sur le carrelage, le corps passif, pendant que Cullis séchait doucement ses épaules brunes.

« Je sais le nom de plusieurs os en espagnol, se vanta-t-elle. Je le parle un peu. *Omóplato,* l'omoplate. *Maxilar,* les os de la mâchoire supérieure. *Occipital,* l'os à l'arrière du crâne. » Elle s'exprimait d'une voix pâteuse, comme si elle comptait à rebours après qu'on lui avait administré un anesthésique. « Tu rencontres un tas de drôles de personnages sur ces sites. De grands pontes de la pathologie venus des États-Unis, qui ne peuvent pas tendre la main pour prendre le sel sans empoigner au passage le sein d'une femme. Et puis Manuel. Il appartient à cette communauté, si bien qu'il est moins protégé que nous. Un jour, il m'a dit : *Quand j'ai creusé, que je suis fatigué et que j'en ai assez, je me dis que ça pourrait être moi dans cette fosse et que dans ce cas, je ne voudrais pas qu'on arrête de creuser…* Je repense toujours à ça quand j'ai envie de renoncer. J'ai sommeil, Cullis. Je n'arrive presque plus à parler. Lis-moi quelque chose.

— J'ai écrit un papier sur les serpents norvégiens.

— Non.

— Un poème, alors.

— Oui. Toujours. »

Mais Anil dormait déjà, un sourire aux lèvres.

Cúbito. Omóplato. Occipital. Cullis, installé devant le bureau en face d'elle, inscrivit les noms dans son carnet. Elle était blottie dans le lit, et sa main bougeait constamment sur le drap blanc, comme pour balayer la terre avec une brosse.

Elle se réveilla vers sept heures. Il faisait chaud et la chambre était plongée dans le noir. Elle se glissa nue hors du grand lit où Cullis rêvait encore. Les labos lui manquaient déjà, le frisson, le choc qu'elle éprouvait quand on allumait les lampes au-dessus des tables en aluminium.

La chambre de Miami, avec ses oreillers brodés et sa moquette, avait un côté boutique de mode. Elle entra dans la salle de bains, se lava la figure, se passa un peu d'eau froide dans les cheveux, parfaitement réveillée. Elle grimpa dans la douche, ouvrit les robinets, mais au bout d'une minute, elle eut une idée et ressortit. Sans se donner la peine de s'essuyer, elle alla prendre dans son sac de voyage une grosse caméra vidéo, un vieux modèle qu'elle avait apporté pour y faire installer un nouveau micro. C'était une caméra de télévision achetée d'occasion dont l'équipe d'anatomopathologistes se servait, un vestige du début des années 1980. Elle l'utilisait sur les sites, habituée à son poids et à ses défauts. Elle inséra une cassette, posa la caméra sur son épaule mouillée. Commença à tourner.

D'abord la chambre, puis la salle de bains où elle se filma, agitant un instant la main devant la glace. Gros plan sur la texture des serviettes, gros plan sur l'eau de la douche qui continuait à couler. Elle revint dans la chambre, monta sur le lit et filma la tête de Cullis endormi, le bras gauche jeté en travers du lit, là où elle avait dormi toute la nuit à ses côtés. L'oreiller où elle avait posé sa joue. Retour sur Cullis, sa bouche, son beau torse, puis le lit saisi à hauteur de plancher, caméra fixe, les chevilles de Cullis. Reculant pour prendre leurs vêtements éparpillés par terre, puis la table et le carnet. Gros plan sur son écriture.

Elle ôta la cassette et la glissa dans sa valise sous une pile de vêtements, puis elle rangea la caméra dans le sac et alla se recoucher auprès de Cullis.

Ils étaient allongés sur le lit, dans la lumière du soleil. « Je n'arrive pas à imaginer ton enfance, dit-il. Tu es une totale étrangère pour moi. *Colombo*. C'est quel genre, langoureuse ?

— Langueur à l'intérieur, frénésie à l'extérieur.

— Tu n'y retournes pas ?

— Non.

— Un de mes amis a été à Singapour. Tout est climatisé Il m'a dit qu'il avait eu l'impression de rester coincé une semaine entière chez Selfridges.

— Je parierais que les habitants de Colombo aimeraient beaucoup que leur ville ressemble à Selfridges. »

C'est là qu'ils étaient le mieux ensemble, au cours de ces brefs moments de sérénité après l'amour, à converser paresseusement. Lui, il la voyait libre, drôle et belle. Elle, elle le voyait marié, toujours intéressant, toujours sur la défensive. Le chiffre trois ne lui convenait pas.

Ils avaient fait connaissance ailleurs, à Montréal. Anil était venue pour un congrès, et Cullis l'avait rencontrée un peu par hasard dans le hall de l'hôtel.

« Je m'éclipse, avait-elle dit. J'en ai assez.

— Dînez donc avec moi.

— J'ai un rendez-vous. J'ai promis ma soirée à un groupe d'amis. Venez avec nous. Je n'en peux plus de tous ces exposés. Si vous m'accompagnez, je vous garantis le plus mauvais repas de Montréal. »

Ils traversèrent la banlieue.

« Vous parlez français ? demanda-t-il.

— Non, seulement anglais. J'arrive à écrire quelques mots en cinghalais.

— C'est de là que vous êtes ? »

Un centre commercial anonyme apparut au bord de la route. Anil se gara sous l'enseigne clignotante d'un Bowlerama. « Je vis ici, dit-elle. En Occident. »

Elle présenta Cullis à sept autres anthropologues qui l'examinèrent sous toutes les coutures afin de déterminer s'il pourrait être utile au sein de leur équipe. Ils paraissaient venir de tous les coins du monde. Arrivés en avion à Montréal d'Europe et d'Amérique centrale, ils avaient séché une nouvelle projection de diapositives et, comme Anil, étaient prêts pour une partie de bowling. Du mauvais vin rouge coulait d'un distributeur dans de petits gobelets en papier semblables à ceux qu'on trouve chez les dentistes, et dont ils vidaient à toute allure d'impressionnantes quantités, accompagnées de chips, de petits légumes au vinaigre et de hoummous en boîte. Un paléontologue s'occupa des tableaux électroniques affichant les scores et, moins de dix minutes plus tard, tous ces célèbres spécialistes de médecine légale, sans doute les seuls du Bowlerama à ne pas parler français, l'air de farfadets dans leurs chaussures de bowling, s'étaient transformés en une véritable meute de braillards. Ils trichaient, laissaient tomber les boules de bowling sur la piste. Cullis n'aurait pas voulu pour un empire que son cadavre fût un jour tripoté par des gens si incompétents et qui, en outre, commettaient tant de fautes de pied. De plus en plus souvent, cependant que la compétition se poursuivait, Anil et lui se jetaient dans les bras l'un de l'autre pour se congratuler. Il se sentait léger dans ses chaussures à paillettes. Il lança sa boule sans viser et renversa ce qui, à en juger par le bruit, lui parut être un seau rempli de clous. Anil s'avança pour l'embrasser dans le cou avec hésitation mais précision. Ils quittèrent la galerie de jeux enlacés.

« Ce doit être quelque chose dans le hoummous. C'était du vrai ?

— Oui, répondit-elle en riant.

— Un aphrodisiaque bien connu...

— Je ne coucherai jamais avec toi si tu n'aimes pas *"The Artist Formerly Known As..."* Embrasse-moi. Tu as un deuxième prénom difficile à retenir ?

— Biggles.

— Biggles ? Comme dans *Biggles prend l'avion* et *Biggles fait pipi au lit* ?

— Oui, comme ce Biggles-là. Mon père a lu tous ses livres quand il était petit.

— Je ne voudrais jamais épouser un Biggles. J'ai toujours désiré épouser un colporteur. J'adore ce mot-là...

— Les colporteurs ne se marient pas. Pas si ce sont de vrais colporteurs.

— Mais toi, tu as une femme, non ? »

Un soir dans le labo du bateau à quai, alors qu'elle travaillait seule, elle s'entailla profondément le pouce avec un scalpel. Elle versa un désinfectant sur la plaie, mit un pansement, puis décida de passer à l'hôpital sur le chemin du retour. Elle ne voulait pas risquer que la blessure s'infecte — avec tous ces rats qui grouillaient dans la cale, souillant peut-être les instruments quand Sarath et elle n'étaient pas là. Fatiguée, elle prit un *bajaj* attardé qui la déposa aux urgences. Il y avait une quinzaine de personnes qui attendaient, assises ou allongées sur les longs bancs. De temps en temps, un médecin apparaissait et faisait signe au suivant qui lui emboîtait alors le pas. Au bout d'une heure, elle finit par renoncer, d'autant que de nouveaux blessés ne cessaient d'arriver et que, comparativement, sa plaie au pouce semblait bien bénigne. Mais ce n'était pas la raison principale. Un homme en veste noire était entré qui avait pris place parmi eux, les vêtements couverts de sang. Il demeurait là, silencieux, attendant qu'on vienne s'occuper de lui, sans se soucier de prendre un numéro comme tout le monde. Dès qu'il y eut assez de place sur le banc, il ôta sa veste, la roula en boule pour lui servir d'oreiller et s'allongea mais, ne parvenant pas à dormir, il garda les yeux ouverts, fixés sur elle.

Il avait le visage rouge et luisant du sang qui imprégnait la veste. Il se redressa, tira un livre de sa poche et se mit à lire très vite, tournant les pages à toute allure. Il avala un comprimé, se recoucha et, cette fois, il s'endormit, oublieux de son état et de son environnement. Une infirmière s'approcha de lui et le secoua doucement par l'épaule, comme il ne réagissait pas, elle laissa sa main là. Anil devait conserver l'image gravée dans son esprit. Alors, il se leva, remit le livre dans sa poche, prit l'une des personnes qui attendaient par le bras et s'éloigna avec elle. C'était un médecin. L'infirmière ramassa la veste et l'emporta. C'est à ce moment-là qu'Anil partit. À quoi bon rester puisque, dans un hôpital, elle était incapable de faire la différence entre un médecin et un malade.

Dans l'atlas officiel du Sri Lanka, on trouve soixante-treize versions de l'île — chacune révélant un unique aspect, une unique obsession : pluies, vents, lacs en surface, quelques nappes d'eau souterraines. Les vieilles cartes montrent les productions et les anciens royaumes du pays, les cartes contemporaines, les niveaux de richesse, de pauvreté et d'alphabétisation.

La carte géologique indique la présence de tourbe dans les marais de Muthurajawela au sud de Negombo, de récifs de corail le long de la côte d'Ambalangoda à Dronda Head, de bancs d'huîtres perlières au large du golfe de Mannar. Sous l'écorce de la terre on trouve des gisements plus anciens encore mica, zircon, thorianite, pegmatite, arkose, topaze, terra-rossa, dolomite. Il y a aussi du graphite près de Paragoda, du marbre vert à Katupita et à Ginigalpelessa. Du schiste noir à Andigama. Du kaolin, ou argile à porcelaine, à Boralesgamuwa. De la plombagine — en veines ou en cristaux — sous une forme des plus pures (97 % de carbone), exploitée au Sri Lanka pendant cent soixante ans, en particulier au cours des deux guerres mondiales où l'on comptera jusqu'à six mille puits de mines à travers le pays, les principaux étant situés à Bogala, Kahatagaha et Kolongaha.

Une autre page est consacrée aux seuls oiseaux. Vingt espèces sur les quatre cents espèces indigènes au Sri Lanka, telles que la pie bleue, l'oiseau chanteur indigo, les six familles de bulbul, la grive bariolée avec son chant qui va en s'affaiblissant, la sarcelle, le souchet, les « faux vampires », les bécassines, les pilets, les coureurs indiens, les busards cendrés perdus dans les nuages. Sur la carte des reptiles sont indiquées les *régions où vit la vipère verte* pala-polanga *qui, le jour, quand elle ne voit pas bien, attaque aveuglément et bondit vers l'endroit où elle croit deviner un homme, les crocs dénudés comme ceux d'un chien, bondissant inlassablement en direction d'un silence terrifié.*

Emprisonné par la mer, le pays connaît deux grands régimes de mousson : la haute sibérienne pendant l'hiver de l'hémisphère Nord et la haute mascareigne pendant l'hiver de l'hémisphère Sud. Le commerce nord-est a donc lieu entre décembre et mars, tandis que le commerce sud-est a lieu de mai à septembre. Les autres mois, il souffle des vents modérés qui changent de direction durant la nuit.

Il y a des pages d'isobares et d'altitudes. Il n'y a pas de noms de villes. Seule l'obscure ville de Maha Illupalama, où personne ne va jamais, figure parfois, quand les services de météorologie ont un jour recensé, dans les années 1930, ce qui nous paraît aujourd'hui remonter à des temps médiévaux, les vents, les taux de pluviosité et les hauteurs barométriques. Il n'y a pas de noms de fleuves. Pas de représentation d'activités humaines.

Kumara Wijetunga, 17 ans. 6 novembre 1989. Vers 23 h 30, chez lui.

Prabath Kumara, 16 ans. 17 novembre 1989. À 3 h 20 du matin, dans la maison d'un ami.

Kumara Arachchi, 16 ans. 17 novembre 1989. Vers minuit, chez lui.

Pradeep Udugama, 16 ans. 20 novembre 1989. Vers 2 heures du matin, chez lui.

Manelka da Silva, 17 ans. 1er décembre 1989. Alors qu'il jouait au cricket sur le terrain du Central College.

Jatunga Gunesena, 23 ans. 11 décembre 1989. À 10 h 30, près de chez lui alors qu'il parlait avec un ami.

Pravantha Handuwela, 17 ans. 17 décembre 1989. Vers 10 h 15, près du comptoir du pneu à Embilipitiya.

Prasanna Jayawarna, 17 ans. 18 décembre 1989. À 15 h 30, près du réservoir de Chandrika.

Podi Wickramage, 49 ans. 19 décembre 1989. À 7 h 30, alors qu'il marchait sur la route vers le centre de la ville d'Embilipitiya.

Narlin Gooneratne, 17 ans. 26 décembre 1989. Vers 5 heures de l'après-midi, dans un salon de thé à 15 mètres du camp militaire de Serena.

Weeratunga Samaraweera, 30 ans. 7 janvier 1990. À 17 heures, alors qu'il partait se baigner à Hulandawa Panamura.

La couleur d'une chemise. Le motif du sarong. L'heure de la disparition.

Dans les bureaux du Mouvement pour les droits civils, au Nadesan Center, se trouvaient les quelques bribes d'informations qu'on avait pu réunir sur le jour où l'on avait aperçu pour la dernière fois un fils, un jeune frère, un père. Dans les lettres angoissées envoyées par les membres de la famille figuraient les détails concernant l'heure, l'endroit, l'habillement, l'activité... *Parti se baigner. Parlant à un ami...*

À l'ombre de la guerre et de la politique, les causes et les effets s'inversaient de manière surréelle. Dans un charnier découvert en 1985 à Naipattimunai dans la province orientale, un parent identifia un vêtement taché de sang comme étant celui que portait son fils au moment de son arrestation et de sa disparition. Lorsqu'on découvrit une carte d'identité dans la poche de sa chemise, la police ordonna l'arrêt immédiat des exhumations. Le lendemain, le président du Comité des citoyens — qui avait ingénument convoqué la police sur les lieux — fut arrêté. Quant aux identités et aux causes de la mort des autres, on ne devait jamais les connaître. Le directeur d'un orphelinat qui avait signalé des disparitions fut mis en prison. Un avocat des Droits de l'homme fut abattu et son corps emporté par les militaires.

Avant de quitter les États-Unis, Anil avait reçu des rapports établis par diverses organisations des droits de l'homme. Les premières enquêtes n'avaient pas entraîné la moindre arrestation, et les protestations n'avaient jamais été plus loin que les échelons inférieurs de la police ou du gouvernement. On ne pouvait apporter aucune aide aux parents à la recherche de leurs enfants. Néanmoins, on rassemblait les preuves existantes, et tout ce qu'on parvenait à saisir dans le tourbillon des informations était copié et expédié aux étrangers de Genève.

Anil lisait les rapports et feuilletait les dossiers où figuraient les listes des disparitions et des meurtres. C'était une tâche qu'elle se jurait chaque jour d'abandonner et, pourtant, chaque jour, elle s'y remettait.

La situation était critique depuis 1983. Affrontements raciaux, assassinats politiques. Terrorisme pratiqué par les groupes de guérilleros qui luttaient pour obtenir une patrie indépendante au Nord. Insurrection au Sud, contre le gouvernement. Contre-terrorisme des forces spéciales visant les uns et les autres. Cadavres brûlés. Cadavres jetés dans les fleuves ou dans la mer. Cadavres dissimulés puis enterrés ailleurs.

C'était une guerre de Cent Ans menée à l'aide d'un armement moderne, où chaque camp avait ses partisans qui agissaient en coulisses depuis des pays sûrs, une guerre commanditée par les trafiquants d'armes et de drogue. Il devenait évident que les ennemis politiques avaient partie liée quand il s'agissait du marché des armes. *La raison d'être de la guerre, c'était la guerre.*

Sarath roulait en direction de l'est. La route grimpait vers Bandarawela où l'on avait trouvé les trois squelettes. Anil et lui, qui avaient quitté Colombo quelques heures auparavant, s'engageaient à présent dans la montagne.

« Vous savez, je croirais davantage en vos arguments si vous viviez ici, dit-il. Vous ne pouvez pas vous contenter de débarquer comme ça, de faire une découverte, puis de repartir.

— Vous voudriez que je me censure ?

— Je voudrais que vous compreniez l'environnement archéologique qui entoure un fait. Sinon, vous serez pareille à ces journalistes qui écrivent des articles au sujet des mouches et de la gale sans jamais sortir du Galle Face Hotel. Toute cette fausse compassion et ces accusations.

— Vous faites une fixation sur les journalistes, on dirait.

— C'est comme ça que nous sommes perçus en Occident. Ici, ce n'est pas pareil, c'est dangereux. La loi est parfois du côté du pouvoir et non de la vérité.

— Depuis mon arrivée, j'ai l'impression d'avoir passé mon temps à attendre. Les portes qui auraient dû être ouvertes sont restées fermées. Nous sommes censés enquêter sur des disparitions. Je me présente à des bureaux et je ne peux pas entrer. Notre présence paraît de pure forme. » Elle s'interrompit un instant, puis reprit « Ce petit fragment d'os que j'ai trouvé le premier jour dans la cale, vous saviez qu'il était récent, non ? »

Comme Sarath ne répondait pas, elle poursuivit « Lorsque

j'étais en Amérique centrale, un villageois nous a dit : *Quand les soldats ont brûlé notre village, ils nous ont dit que c'était la loi, et j'ai donc pensé que la loi signifiait que l'armée avait le droit de nous tuer.*

— Faites attention à ce que vous révélerez.

— Et à qui je le révélerai ?

— Ça aussi, oui.

— Mais on m'a *invitée* à venir.

— Les enquêtes internationales ne veulent pas dire grand-chose.

— Ça a été difficile d'obtenir l'autorisation de travailler dans les grottes ?

— Oui, assez difficile. »

Elle avait recueilli les réflexions de Sarath sur l'archéologie dans cette partie de l'île. La conversation avait dévié vers d'autres sujets, et elle finit par l'interroger sur le « président argent » — le surnom que donnait le peuple au président Katugala en raison de sa crinière de cheveux blancs. À quoi ressemblait-il réellement ? Sarath garda le silence, puis il prit le magnétophone posé sur les genoux d'Anil. « Vous n'enregistrez plus ? » demanda-t-il. Il s'assura d'abord que la bande ne tournait pas avant de répondre à sa question. Il y avait au moins une heure qu'elle ne se servait plus du magnétophone dont elle avait oublié jusqu'à l'existence. Mais pas lui.

Ils empruntèrent une petite route et s'arrêtèrent à une auberge pour déjeuner. Ils commandèrent, puis allèrent s'installer dehors, au-dessus d'une profonde vallée.

« Regardez cet oiseau, Sarath.

— Un bulbul. »

Au moment où il s'envola, elle se mit à sa place et, se rendant compte qu'ils surplombaient la vallée de tellement haut que le paysage leur évoquait un fjord vert, elle eut soudain le vertige. La plaine au loin, comme blanchie, évoquait la mer.

« Vous vous y connaissez en oiseaux ?

— Oui. Ma femme s'y connaissait. »

Anil se tut dans l'attente qu'il ajoute quelque chose ou qu'il choisisse de changer de sujet, mais il demeura silencieux.

« Où est votre femme ? finit-elle par demander.

— Je l'ai perdue il y a quelques années, elle… elle s'est suicidée.

— Mon Dieu. Je suis navrée, Sarath, je… »

Il avait pris une expression vague. « Elle m'avait quitté quelques mois auparavant.

— Pardonnez-moi. Je pose toujours trop de questions, je suis trop curieuse. Je rends les gens cinglés. »

Plus tard, dans la voiture, pour briser le silence qui se prolongeait « Vous avez connu mon père ? Vous avez quel âge ?

— Quarante-neuf ans, répondit Sarath.

— Moi, trente-trois. Vous l'avez connu ?

— J'ai entendu parler de lui. Il était un peu plus vieux que moi.

— On m'a toujours dit que mon père était un homme à femmes.

— Je l'ai entendu dire, moi aussi. Dès qu'un homme a du charme, on raconte ça.

— Je crois que c'était vrai. Je regrette de ne pas avoir été plus âgée. Il m'aurait appris des choses. Ça m'a manqué.

— Il y avait un moine, commença Sarath. Son frère et lui étaient les meilleurs professeurs que j'aie jamais eus de ma vie — parce que j'étais adulte quand j'ai bénéficié de leur enseignement. Nous avons aussi besoin de parents quand nous sommes vieux. Je le voyais une ou deux fois par an quand il venait à Colombo, et il m'aidait à devenir plus simple, plus clair vis-à-vis de moi-même. Narada riait beaucoup. Il riait de nos petites manies. Un ascète. Quand il était en ville, il habitait une chambre exiguë dans un temple. Je venais prendre le café avec lui. Il s'asseyait sur le lit et moi sur la chaise qu'il avait été chercher dans le couloir. On parlait d'archéologie. Il avait écrit quelques brochures en cinghalais, mais c'était son frère, Palipana, la célébrité en ce domaine, encore qu'il ne semblât y avoir jamais eu le moindre sentiment de jalousie entre eux. Narada et Palipana. Deux frères brillants. Tous deux ont été mes professeurs.

« La plupart du temps, Narada vivait près de Hambantota. Ma femme et moi lui rendions visite. On franchissait les dunes brûlantes et on arrivait à la communauté pour les jeunes sans travail qu'il avait fondée au bord de la mer.

« Son assassinat nous a tous bouleversés. Il a été tué dans sa chambre pendant son sommeil. J'ai eu des amis qui sont morts quand ils avaient mon âge, mais cet homme-là m'a manqué bien davantage qu'eux. J'espérais sans doute qu'il m'apprenne à vieillir. Bref, une fois par an, à l'occasion de l'anniversaire de sa mort, ma femme et moi préparions le plat dont il était particulièrement friand, et nous prenions la voiture pour descendre dans le Sud, vers le village où il avait vécu. Ce jour-là, nous nous sentions toujours plus proches l'un de l'autre que d'habitude. Et cela le rendait éternel — "présent" serait peut-être un terme plus approprié —, nous avions l'impression qu'il était là avec les garçons de la communauté qui adoraient le *mallung* et les desserts au lait condensé pour lesquels il avait également un penchant.

— Mes parents sont morts dans un accident de voiture après mon départ du Sri Lanka. Sans que je les aie revus.

— Je sais. Votre père avait la réputation d'être un bon médecin.

— J'aurais dû suivre la même voie que lui, mais j'ai choisi celle de la médecine légale. Je suppose qu'à l'époque je ne tenais pas à lui ressembler. Et après la disparition de mes parents, je n'ai plus voulu revenir. »

Elle dormait quand il lui effleura le bras.
« Il y a une rivière en bas. On va se baigner ?
— Ici ?
— Juste au pied de cette colline.
— Oh oui, ça me ferait plaisir. Oui, oui. »
Ils sortirent des serviettes de leurs sacs et dévalèrent la pente.
« Il y a des années que je n'ai pas fait ça.
— L'eau va être froide. On est dans la petite montagne, vers les 600 mètres d'altitude. »

Il marchait devant, d'un pas plus alerte qu'elle ne l'aurait imaginé. Après tout, c'est un archéologue, songea-t-elle. Arrivé au bord de la rivière, il disparut derrière un rocher pour se changer. « J'enlève ma robe, cria-t-elle pour être sûre qu'il n'approche pas. Je vais me baigner en sous-vêtements.» Elle constata qu'il faisait très sombre autour d'elle le long de cette pente boisée, puis elle vit qu'ils allaient pouvoir nager en aval vers un plan d'eau inondé de soleil.

Quand elle atteignit la berge, il nageait déjà, la tête levée vers les arbres. Elle s'avança de deux pas sur les cailloux pointus, puis plongea en faisant un plat. «Ah, une professionnelle», l'entendit-elle dire de sa voix traînante.

L'éclat que le froid de la rivière avait conféré à sa peau ne la quitta pas de toute la dernière partie du voyage — la chair de poule sur les avant-bras, les poils dressés. Ils avaient remonté la pente dans la chaleur et la lumière, et elle s'était séché les cheveux près de la voiture, les faisant doucement bouffer. Elle avait roulé ses sous-vêtements mouillés dans la serviette et ne portait rien sous sa robe cependant qu'ils s'enfonçaient dans les montagnes.

«À cette altitude, on a des migraines, dit Sarath. Il y a un bon hôtel à Bandarawela, mais on va plutôt s'arrêter dans une auberge qui nous servira de base de travail. Qu'est-ce que vous en pensez? Comme ça, on pourra garder avec nous notre équipement et nos trouvailles.

— Ce moine dont vous m'avez parlé, qui l'a tué?»

Sarath continua comme s'il n'avait pas entendu «Et ce sera mieux d'être près du site… Selon la rumeur, le meurtre de Narada a été organisé par son propre novice, et ça n'aurait donc pas été un assassinat politique comme la plupart des gens l'avaient cru au début. À l'époque, on ne savait pas qui tuait qui.

— Mais vous, vous le savez, n'est-ce pas?

— Aujourd'hui, nous avons tous du sang sur nos vêtements.»

Le propriétaire leur fit visiter les lieux, et Sarath choisit trois chambres.

« La troisième est très humide, mais on va enlever le lit et faire repeindre les murs ce soir. La transformer en bureau et en labo. D'accord ? »

Elle acquiesça d'un signe de tête, et il se tourna vers le propriétaire pour lui donner ses instructions.

En 1911, après la découverte de vestiges préhistoriques dans la région de Bandarawela, l'exploration de centaines de grottes et d'abris sous roche commença. On trouva des fragments de crânes et de dents qui se révélèrent plus anciens que tout ce qu'on avait jusqu'à présent trouvé en Inde.

Et c'est là, dans une réserve archéologique placée sous la protection du gouvernement, qu'on avait découvert trois nouveaux squelettes devant l'une des grottes de Bandarawela.

Les premiers jours, Sarath et Anil répertorièrent et emportèrent nombre de vestiges — gastéropodes d'eau douce et arboricoles, ossements d'oiseaux et de mammifères et même arêtes de poissons datant de lointaines époques où la mer recouvrait la région. Laquelle paraissait éternelle. Ils trouvèrent aussi des épicarpes carbonisés de fruits d'arbres à pain sauvages qui poussaient encore sur l'île aujourd'hui, vingt mille ans après. Les trois squelettes étaient pratiquement intacts.

Quelques jours plus tard, cependant qu'ils creusaient le sol tout au fond d'une grotte, Anil découvrit un quatrième squelette dont les os étaient encore liés par des ligaments desséchés, en partie calciné. Un squelette qui n'était pas préhistorique.

« *Regardez,* dit-elle (ils étaient à l'auberge, penchés au-dessus du squelette). Il y a des oligo-éléments qu'on trouve dans les os — mercure, plomb, arsenic et même or — et qui n'en font pas partie intégrante, ils proviennent du sol et s'infiltrent dedans. Ou bien ça peut être l'inverse, ils proviennent des os et migrent dans le sol. L'échange se produit tout le temps, qu'ils soient enfermés dans un cercueil ou pas. Pour ce qui est de ce squelette, il y a des traces de plomb partout, alors qu'il n'y en a pas dans la grotte où nous l'avons découvert. Les échantillons de sol n'en contiennent pas. Vous voyez où je veux en venir ? Il a dû être d'abord enterré ailleurs et quelqu'un a voulu faire en sorte qu'on ne le retrouve pas. Il ne s'agit pas d'un meurtre ou d'un enterrement ordinaire. On l'a enterré, puis exhumé et transporté dans une tombe plus ancienne.

— Transporter un corps ne constitue pas nécessairement un crime.

— Mais un crime probable, non ?

— Pas s'il y a une raison valable.

— Bon, bon. Prenez ce crayon et promenez-le le long de cet os. Vous verrez qu'il est tordu et non pas droit comme il devrait l'être. Et aussi qu'il y a une fêlure transversale, mais laissons cela pour plus tard, comme preuve supplémentaire.

— Preuve de quoi ?

— La torsion se produit quand on brûle des os "frais", c'est-à-dire encore entourés de chair. Un cadavre dont les chairs se sont décomposées et qu'on a brûlé par la suite — c'est le cas pour la plupart des squelettes de Bandarawela. Celui-là, Sarath, il était à peine mort quand on a essayé de le brûler. Ou pire, quand on a essayé de le brûler vif. »

Il s'écoula un long moment avant qu'il ne réagisse. Dans la chambre fraîchement repeinte, il y avait un squelette sur chacune des quatre tables de la cafétéria. Ils leur avaient donné un nom COLPORTEUR, TAILLEUR, SOLDAT, MARIN[1]. Celui dont elle parlait était Marin. Sarath et elle se faisaient face de part et d'autre de la table.

---

1. Allusion à la comptine : « Tinker/Tailor/Soldier/Rich man, Beggar man/Thief. » (N.d.T.)

« Vous imaginez le nombre de cadavres qui doivent être ensevelis sur toute l'île ? demanda-t-il enfin sans rien réfuter de ses conclusions.

— C'est la victime d'un assassinat, Sarath.

— Un assassinat… Vous voulez dire un assassinat quelconque… ou un assassinat politique ?

— On l'a découvert sur un site sacré historique. Un site sous la surveillance constante du gouvernement ou de la police.

— Exact.

— Et c'est un squelette récent, reprit-elle d'une voix ferme. Ça ne fait qu'entre quatre et six ans qu'on l'a enterré, pas plus. Qu'est-ce qu'il fabrique ici ?

— Il y a eu des milliers de corps enterrés au cours du XXe siècle, Anil. Vous savez combien de meurtres…

— Mais là, nous tenons une preuve, vous comprenez ? Nous avons la possibilité de remonter à l'origine. On l'a trouvé dans un endroit où seule une personne mandatée par le gouvernement est autorisée à pénétrer. »

Pendant qu'elle parlait, Sarath n'avait cessé de tapoter sur le bras en bois du fauteuil avec son crayon.

« On peut faire des analyses palynologiques afin d'identifier le type de pollen qui s'est amalgamé aux os, sur les parties non calcinées. Seuls les bras et quelques côtes ont brûlé. Vous avez un exemplaire des *Grains de pollen* de Wodehouse ?

— À mon bureau, répondit-il calmement. Il faudrait analyser les échantillons de sol.

— Vous avez un géologue spécialisé en géologie physique ?

— Non, personne d'autre. »

Ils chuchotaient dans le noir depuis près d'une demi-heure, depuis le moment où elle s'était écartée du squelette reposant sur la quatrième table et avait pris Sarath par l'épaule en disant « Il faut que je vous montre quelque chose. — Quoi — *Venez. Regardez…* »

Ils recouvrirent Marin d'une feuille de plastique maintenue par du ruban adhésif.

« Bon, maintenant, on ferme, dit Sarath. Je vous ai promis de vous faire visiter ce temple. Le meilleur moment, c'est dans une heure. On arrivera pour le joueur de tambour qui salue le crépuscule. »

Anil n'apprécia pas qu'il passe brusquement à un domaine relevant de l'esthétique. « Vous croyez qu'il ne risque rien ?

— Qu'est-ce que vous voulez faire ? L'emporter partout avec vous ? Ne vous inquiétez pas. Ils sont en sécurité ici.

— C'est…

— Oubliez donc un peu. »

Elle résolut alors de ne plus tergiverser. « Vous comprenez, je ne sais pas vraiment de quel bord vous êtes, si je peux me fier à vous. »

Il voulut dire quelque chose, se ravisa, puis reprit lentement « Qu'est-ce que je pourrais faire ?

— Le faire disparaître.

Il sortit de son immobilité et se dirigea vers le mur. Il alluma trois lampes. « Pourquoi, Anil ?

— Vous avez un parent au gouvernement, non ?

— En effet. Je le vois si rarement. Il pourrait peut-être nous aider.

— Oui, peut-être. Pourquoi avez-vous allumé la lumière ?

— J'ai besoin de mon crayon. Qu'est-ce que… vous croyez que c'est un signal ?

— Je ne sais pas à quel camp vous appartenez. Je sais seulement… je sais que d'après vous la recherche de la vérité est plus complexe, qu'ici il est parfois plus dangereux de dire la vérité.

— Tout le monde a peur, Anil. C'est une maladie nationale.

— Il y a tant de cadavres enterrés, vous l'avez dit vous-même… assassinés, anonymes. On ne sait même pas s'ils sont vieux de deux cents ans ou de deux semaines, ils ont tous été brûlés. Certains laissent leurs fantômes mourir, d'autres pas. Nous pouvons agir, Sarath…

— Vous êtes à six heures de route de Colombo et vous chuchotez, réfléchissez à cela.

59

— Je ne veux pas aller visiter ce temple maintenant.

— Très bien. Vous n'avez pas besoin de venir. J'irai seul. Je vous verrai demain matin.

— Oui.

— Je vais éteindre », dit-il.

« On est criminel parfois aux yeux des grands de la terre, non seulement pour avoir commis des crimes, mais parce que l'on sait que des crimes ont été commis. » Paroles adressées à un homme emprisonné à vie. *El Hombre de la Máscara de Hierro*. L'homme au masque de fer. Anil avait besoin de puiser le réconfort auprès de vieux amis, phrases extraites de livres, voix auxquelles elle pouvait se fier. « Et nous entrons dans une tombe », a dit Enjolras. Qui était Enjolras ? Un personnage des *Misérables*. Un roman tellement aimé, tellement habité de nature humaine qu'elle désirait qu'il l'accompagnât dans la vie future. Elle travaillait avec un homme efficace dans la solitude, qui ne se livrerait jamais à personne. Le paranoïaque, comme dit la blague, c'est celui qui possède tous les faits. Peut-être était-ce la seule vérité ici. Dans cette auberge près de Bandarawela en compagnie de quatre squelettes. *Vous êtes à six heures de route de Colombo et vous chuchotez, réfléchissez à cela.*

Au cours des années passées au loin, durant son éducation européenne et nord-américaine, Anil avait joui de son statut d'étrangère, à l'aise aussi bien dans le métro londonien que sur les routes aux environs de Santa Fe. Elle éprouvait un sentiment de complétude à l'étranger. (En ce moment même étaient gravés dans son esprit les codes postaux de Denver et de Portland.) Et elle en était venue à s'attendre à ce que des voies clairement tracées la conduisent jusqu'à la source de la plupart des mystères. L'information pouvait toujours être clarifiée et exploitée. Ici, par contre, sur cette île, elle s'apercevait qu'elle se débattait avec le langage pour seule arme au milieu de lois incertaines et de la peur omniprésente. Ce qui lui donnait moins de prise sur les événements. La vérité était ballottée entre le bavardage et la vengeance. La rumeur s'insinuait dans chaque voiture, chaque salon de coiffure. Le chemin quotidien de Sarath, l'archéologue professionnel, au sein de cet univers, était jalonné, supposait-elle, de commissions et de faveurs accordées par les ministres, de longues attentes dans les antichambres de leurs bureaux. L'information était rendue publique avec force diversions et implications sous-jacentes — comme si la vérité administrée sans détour, sans valse-hésitation, n'offrait aucun intérêt.

Anil écarta la feuille de plastique qui enveloppait Marin. Dans le cadre de son travail, les cadavres devenaient de simples représentants d'une race, d'un âge et d'un endroit précis, bien qu'à ses yeux la plus émouvante des découvertes eût été celle, quelques années plus tôt, de traces sur la piste de Laetoli — les empreintes de pas vieilles de près de quatre millions d'années d'un cochon, d'une hyène, d'un rhinocéros et d'un oiseau, étrange ensemble identifié par un traqueur du XXe siècle. Quatre créatures sans liens entre elles qui s'étaient carapatées sur une couche fraîche de cendres volcaniques. Pour fuir quoi? Et, plus significatif encore sur le plan historique, on avait trouvé d'autres traces à proximité, celles d'un hominidé présumé mesurer dans les un mètre cinquante (on pouvait le déterminer grâce aux empreintes creusées par ses talons au moment où ils pivotaient). Néanmoins, c'était à ce quatuor d'animaux fuyant Laetoli quatre millions d'années auparavant qu'elle aimait penser.

Les moments de l'histoire qu'on connaît avec le plus de détails sont concomitants aux comportements tumultueux de la nature ou de la civilisation. Elle ne l'ignorait pas. Pompéi. Laetoli. Hiroshima. Le Vésuve (dont les fumées avaient asphyxié le pauvre Pline pendant qu'il enregistrait lesdits «comportements tumultueux»). Les glissements tectoniques et les éruptions de violence humaine ont fourni çà et là des capsules temporelles à des existences qui n'appartenaient pas à l'histoire. Un chien à Pompéi. La silhouette d'un jardinier à Hiroshima. Elle comprit cependant qu'au cœur de ces événements, on ne pouvait jamais trouver de logique à la violence humaine sans le recul du temps. Aujourd'hui, elle serait rapportée et classée à Genève, mais personne ne pourrait lui donner un sens. Jusqu'alors, elle avait cru que le sens fournissait une porte par laquelle il était possible d'échapper au chagrin et à la peur. Maintenant, elle constatait que ceux que la violence frappait et souillait se voyaient privés de l'aptitude au langage et à la logique. C'était une manière de renoncer à l'émotion, une ultime protection. Ils se cramponnaient à la couleur et au dessin du sarong dans lequel un parent disparu avait dormi pour la dernière fois, et qui, au lieu de simple chiffon, était devenu à présent sacré.

Dans une nation dominée par la peur, l'expression publique du chagrin était étouffée par le climat d'incertitude. Si un père protestait contre la mort de son fils, on craignait qu'un autre membre de la famille ne soit tué. Si des gens de votre connaissance disparaissaient, il y avait une chance pour qu'ils survivent à condition que vous ne fassiez pas de vagues. Telle était l'effrayante psychose qui régnait dans le pays. La mort, la disparition était « incomplète », de sorte qu'on demeurait dans le doute. Des années durant, il y avait eu des visites nocturnes, des enlèvements ou des meurtres en plein jour. Le seul espoir était que les créatures qui se battaient se dévorent entre elles. De la loi, il ne restait que la croyance en une éventuelle revanche contre ceux qui détenaient le pouvoir.

Qui était donc ce squelette Dans cette chambre, en compagnie de ces quatre-là, elle se cachait au milieu des morts qui n'appartenaient pas à l'histoire. *Aller chercher un cadavre, quelle curieuse tâche! Descendre le cadavre d'un pendu inconnu, puis porter le corps de la brute sur son dos… quelque chose de mort, d'enterré, qui se décomposait déjà?* Qui était-il? Ce représentant de toutes les voix perdues. Lui donner un nom permettrait de nommer les autres.

Anil ferma la porte au verrou et partit à la recherche du propriétaire de l'auberge. Elle commanda un dîner léger, un panaché, puis sortit sur la véranda de devant. Il n'y avait pas d'autres clients, et le propriétaire vint la rejoindre.

« Mr. Sarath descend toujours chez vous ? lui demanda-t-elle.

— Parfois, madame, quand il vient à Bandarawela. Vous habitez Colombo ?

— En Amérique du Nord, la plupart du temps. J'ai vécu ici avant.

— J'ai un fils en Europe — il veut devenir acteur.

— Je vois. C'est très bien. »

Elle quitta la véranda et son plancher ciré pour aller dans le jardin. C'était la manière la moins discourtoise dont elle pouvait échapper à son hôte. Elle n'avait pas envie d'échanger de menus propos hésitants ce soir. Cependant, à la lisière des ténèbres rougeoyantes du flamboyant, elle se retourna.

« Mr. Sarath est déjà venu avec sa femme ?

— Oui, madame.

— Comment était-elle ?

— Elle est très gentille, madame. »

Un hochement de tête, une légère inclination, un petit geste de la main pour marquer une possible incertitude quant à son propre jugement.

« Elle "est" ?

— Oui, madame.

— Bien qu'elle soit morte ?

— Non, madame. J'ai demandé à Mr. Sarath cet après-midi, et il m'a dit qu'elle allait bien. Elle n'est pas morte. Elle lui a dit de me transmettre son meilleur souvenir.

— J'ai dû mal comprendre.

— Oui, madame.

— Elle l'accompagne dans ses voyages ?

— Quelquefois, elle vient. Elle fait des émissions de radio. Quelquefois, son cousin aussi vient. C'est un ministre du gouvernement.

— Vous savez comment il s'appelle ?

— Non, madame. Je crois qu'il n'est venu qu'une fois. Le curry de crevettes vous convient ?

— Oui, merci. »

Pour éviter de poursuivre la conversation, elle feignit de se plonger dans ses notes pendant le repas. Elle songeait au mariage de Sarath. Difficile de l'imaginer en homme marié. Elle était déjà habituée à lui dans son rôle de veuf, entouré d'une présence silencieuse. Bon, se dit-elle, la nuit tombe et tu as besoin de compagnie. On peut franchir cent portes afin de réaliser les caprices des morts sans se rendre compte qu'on s'enterre à l'écart des autres.

Après dîner, elle retourna dans la chambre où se trouvaient les squelettes. Elle ne voulait pas se coucher maintenant. Elle ne voulait pas penser au ministre qui était venu avec Sarath à Bandarawela. La lumière étant trop faible pour lire, elle alluma une lampe à pétrole. Plus tôt dans la soirée, elle était tombée sur la bibliothèque de l'auberge, constituée d'un seul rayonnage. Agatha Christie. P.G. Wodehouse. Enid Blyton. John Masters. Les suspects habituels qui peuplaient toutes les bibliothèques en Asie. Elle les avait presque tous lus quand elle était petite ou adolescente. Aussi, elle se contenta de feuilleter son exemplaire des *Sols du monde* de Bridges. Elle le connaissait sur le bout des doigts, mais elle adapta le texte à la situation actuelle et, tandis qu'elle lisait, elle eut le sentiment de reléguer les autres, les quatre squelettes, dans les ténèbres.

Elle était dans le fauteuil, la tête pendante, profondément endormie, lorsque Sarath la réveilla.

Il lui effleura l'épaule, lui ôta ses écouteurs, les coiffa, pressa le bouton et tout se fondit au son des suites pour violoncelle cependant qu'il marchait autour de la pièce. La bouche ouverte, comme si elle sortait la tête de l'eau pour respirer.

« Vous n'aviez pas fermé à clé.

— Non. Tout est en ordre?

— Rien ne manque. J'ai commandé le petit déjeuner. Il est déjà tard.

— J'arrive.

— Il y a une douche dehors.

— Je ne me sens pas très bien. Je dois couver quelque chose.

— Si nécessaire, on peut rentrer à Colombo. »

Elle sortit avec son Dr Bronner qui l'accompagnait dans ses voyages à travers le monde. Le savon de l'anthropologue! Sous la douche, elle dormait encore à moitié, les orteils nichés contre un morceau de granite rugueux, et l'eau froide ruisselait dans ses cheveux.

Anil se lava la figure, frotta le savon à la menthe sur ses paupières closes, se rinça. Quand elle regarda par-dessus les feuilles de plantain qui lui arrivaient à hauteur d'épaule, elle distingua au loin les montagnes bleues, le monde flou, si beau.

À midi, une migraine terrible lui enserrait les tempes.

Elle tremblait de fièvre sur le siège arrière de la camionnette, aussi Sarath décida-t-il de s'arrêter à mi-chemin de Colombo. La maladie était comme un animal en elle qui lui donnait des frissons et la mettait en sueur.

Et puis, quelque part après minuit, elle se retrouva dans une chambre au bord de la mer. Elle n'avait jamais aimé la côte sud autour de Yala, ni quand elle était petite ni à présent. Les arbres ne paraissaient avoir poussé que pour dispenser de l'ombre. La lune elle-même faisait comme une lumière fractionnée.

Au cours du dîner, elle avait déliré, presque en larmes. Sarath avait l'air d'être assis à cent kilomètres en face d'elle. L'un des deux criait sans raison. Elle avait faim mais était incapable d'avaler, même le curry de crevettes, son plat préféré. Elle se contentait de fourrer dans sa bouche des cuillerées de *dhal* mou et tiède, le tout arrosé de citronnade. L'après-midi, elle avait été réveillée par un choc sourd. Elle était parvenue à descendre du lit pour aller voir dans le couloir en plein air, au moment où des singes disparaissaient au coin. Elle en avait cru ses yeux. Elle avait pris des comprimés toutes les quatre heures pour chasser son mal de tête. Une insolation, la dengue ou la malaria. À Colombo, elle se ferait faire des analyses. « C'est le soleil, murmura Sarath. Je vais vous acheter un chapeau plus large. Je vais vous acheter un chapeau plus large. » Sans cesser de murmurer. *Quoi? Quoi?* répétait-elle tout le temps. Se souciant à peine de le prononcer. Où étaient les singes? L'après-midi, quand tout le monde dormait, les singes fauchaient les serviettes et les maillots de bain qui séchaient sur les cordes à linge. Elle espérait de toutes ses forces que l'hôtel n'allait pas couper le générateur. Elle se sentait terrifiée à l'idée qu'il n'y ait plus de ventilateur ni de douche pour la rafraîchir. Seul le téléphone fonctionnait. Elle attendait un appel dans la nuit.

Le dîner fini, elle emporta dans sa chambre la carafe de citronnade avec de la glace et elle s'endormit aussitôt. Elle se réveilla à onze heures et reprit des cachets pour atténuer la migraine qui ne manquerait pas de se manifester bientôt. Les vêtements mouillés de transpiration. Transpirer. Aspirer. Discuter. Le ventilateur tournait à peine, l'air n'atteignait même pas ses bras. Où était Marin? Elle n'avait pas pensé à lui. Dans le noir, elle roula sur le dos et fit le numéro de la chambre de Sarath. « Où est-il?

— Qui?

— Marin.

— En sécurité. Dans la camionnette. Vous vous souvenez?

— Non, je… il est vraiment en sécurité?

— C'était votre idée. »

Elle raccrocha, s'assura que l'appareil reposait bien sur son socle, puis demeura allongée dans l'obscurité. Besoin d'air. Quand elle ouvrit les rideaux, elle vit que la lumière en haut d'un poteau éclairait des gens qui préparaient des bateaux sur le sable noir. Si elle allumait sa lampe, elle ressemblerait pour eux à un poisson dans un aquarium.

Elle sortit dans le couloir. Il lui fallait un livre pour la tenir éveillée jusqu'au coup de téléphone. Dans l'alcôve, elle examina un moment les étagères, puis s'empara de deux volumes et se hâta de regagner sa chambre. *Gandhi* de Richard Attenborough et une biographie de Frank Sinatra. Elle tira les rideaux, alluma et se débarrassa de ses vêtements trempés. Dans la douche, elle mit ses cheveux sous le jet froid et s'appuya contre un coin de la cabine, se laissant bercer par la fraîcheur. Elle aurait voulu que quelqu'un, Leaf peut-être, chante avec elle. L'une de ces chansons à deux voix qu'elles chantaient en chœur en Arizona…

Anil se traîna hors de la douche, s'assit au pied du lit, toute mouillée. Elle était brûlante, mais elle ne pouvait se résoudre à ouvrir les rideaux. Il aurait fallu passer des vêtements. Elle commença à lire. Au bout d'un moment, comme elle s'ennuyait, elle prit l'autre livre et ne tarda pas à avoir en tête une liste interminable de personnages. La lumière était mauvaise. Elle se rappela avoir entendu Sarath dire que, quand il quittait Colombo, il n'oubliait jamais d'emporter une ampoule de 60 watts. Elle rampa en travers du lit et refit son numéro. « Je peux vous emprunter votre ampoule ? On n'y voit rien ici.

— Je vous l'apporte. »

Ils collèrent avec du Scotch plusieurs pages du Sunday Observer *pour en recouvrir le sol. Vous avez le feutre ? Oui. Elle commença à se déshabiller, lui tournant le dos, puis elle s'allongea près du squelette de Marin. Elle ne portait que son slip, celui en soie qu'elle mettait en général en affichant un petit sourire ironique. Elle n'avait jamais imaginé qu'il pourrait s'offrir ainsi à d'autres regards que le sien. Elle contempla le plafond, les mains plaquées sur ses seins. Elle était bien contre le sol dur avec le béton sous le plancher ciré qui la rafraîchissait au travers du journal et dont la fermeté lui rappelait celle qu'elle avait connue enfant, quand elle couchait sur des nattes.*

Il traça les contours de son corps à l'aide du feutre. Il faudrait que vous baissiez les bras une seconde. Elle sentit le crayon effleurer ses doigts, courir le long de sa taille, puis sur l'extérieur de ses jambes, des deux côtés, jusqu'à ce que les traits bleus se rejoignent à la base de ses talons.

Elle se leva, se détachant de sa silhouette, et lorsqu'elle se retourna, elle constata qu'il avait également dessiné celle des quatre squelettes.

On frappa et elle se réveilla. Elle n'avait pas bougé. Toute la soirée, elle avait eu conscience de demeurer silencieuse, incapable de réfléchir. Même la lecture l'avait endormie et jetée pêle-mêle dans les bras d'un paragraphe qui refusait de la lâcher. Quelque chose à propos de la formulation d'un reproche qu'Ava Gardner adressait à Frank Sinatra. Enveloppée dans le drap, elle alla ouvrir. Sarath lui passa l'ampoule et disparut. Elle avait eu le temps de voir qu'il était en chemise et en sarong. Elle voulait lui demander… Elle tira la table au centre de la chambre, éteignit et, utilisant le drap, dévissa l'ampoule brûlante. Elle craignait de recevoir une décharge électrique. Elle entendait le bruit des vagues. Péniblement, elle leva la tête et installa l'ampoule que Sarath venait de lui apporter. Tout lui paraissait soudain lourd, se dérouler au ralenti.

Elle s'étendit sur le lit, gelée de nouveau, parcourue de frissons, un gémissement aux lèvres. Elle fouilla dans son sac et en sortit deux petites bouteilles de whisky qu'elle avait prises dans l'avion. Sarath l'avait déshabillée pour tracer sa silhouette. Oui ou non ?

Le téléphone sonna. C'était l'Amérique. Une voix de femme.

« Allô ? allô ? Leaf ? Mon Dieu, c'est toi ? Tu as eu mon message.

— Tu as déjà l'accent.

— Non, je… Appelles-tu de ton téléphone ?

— Tu as une drôle de voix.

— Ah bon ?

— Tu vas bien, Anil ?

69

— Je suis malade. Il est très tard. Non, non, ça va. J'attendais ton appel. Simplement, j'ai de la fièvre et je me sens encore plus loin de tout le monde. Leaf, et toi, tu vas bien?

— Oui.

— Raconte-moi.»

Silence. «Je ne me souviens plus. J'ai oublié ton visage.»

Anil n'arrivait presque plus à respirer. Elle écarta le téléphone pour s'essuyer la joue sur l'oreiller. «Tu es toujours là, Leaf?» Elle percevait la grande distance entre elles. «Ta sœur est avec toi?

— Ma sœur?

— Écoute, Leaf, tu te rappelles... qui a tué Cherry Valance?»

Rien que de la friture et le silence dans le combiné collé à son oreille.

Dans la chambre adjacente, Sarath avait les yeux ouverts. Il ne parvenait pas à échapper au bruit des sanglots d'Anil.

Sarath tendit le bras au-dessus des assiettes du petit déjeuner et saisit le poignet d'Anil. Le pouce sur son pouls. «On sera à Colombo dans l'après-midi. On pourra travailler sur le squelette dans le labo du bateau.

— Et le garder avec nous quoi qu'il arrive, dit-elle.

— On gardera les quatre. Un groupe. Un leurre. On prétendra qu'ils sont tous anciens. Vous avez moins de fièvre.»

Elle retira sa main. «Je vais prélever un fragment du talon de Marin, le conserver pour identification.

— Avec davantage d'échantillons de sol et de pollen, on devrait réussir à déterminer où il a été enterré en premier. Ensuite poursuivre les analyses à bord du paquebot.

— Il y a une femme qui fait des travaux sur les chrysalides ici, dit Anil. J'ai lu un article. Je suis sûre qu'elle est de Colombo. Excellente thèse de premier cycle.»

Il la considéra d'un air perplexe. «Je ne sais pas. Tâchez de voir auprès des étudiants quand vous serez à l'hôpital.»

Ils demeurèrent assis l'un en face de l'autre, sans parler.

Anil finit par rompre le silence « Avant de partir, j'ai dit à mon amie Leaf : *Je vais peut-être rencontrer l'homme qui va me détruire.* Je peux vous faire confiance ?

— Vous n'avez pas d'autre choix. »

Ils arrivèrent aux docks de Mutwal au début de l'après-midi. Anil aida Sarath à porter les quatre squelettes dans le labo de l'*Oronsay*. « Prenez votre journée de demain, dit Sarath. On a besoin de matériel supplémentaire et j'en profiterai pour aller le chercher. »

Anil resta à bord du bateau après son départ. Elle voulait travailler un peu. Elle descendit l'escalier, entra dans le labo, s'empara de la barre de métal posée près de la porte et s'en servit pour cogner sur les cloisons. Bruits de débandade. Puis le silence régna dans l'obscurité. Elle gratta une allumette et s'avança en la tenant devant elle. Un instant plus tard, elle abaissait le levier du générateur et un bourdonnement envahissait la pièce tandis que naissait une lumière tremblotante.

Elle s'assit pour le regarder. Sa fièvre était tombée et elle se sentait plus légère. Elle entreprit d'examiner de nouveau le squelette à la lueur des lampes à sodium, récapitulant ce qu'ils savaient déjà sur les circonstances de sa mort, les vérités permanentes, les mêmes à Colombo qu'à Troie. Un avant-bras fracturé. Partiellement brûlé. Vertèbres du cou endommagées. Un petit trou dans le crâne, peut-être une balle. Entrée et sortie.

À la vue des lésions qui marquaient ses os, elle imaginait les derniers gestes de Marin. Il lève les bras devant son visage pour se protéger. On lui tire dessus avec un fusil, la balle lui traverse le bras, pénètre dans le cou. Il est à terre et ils viennent l'achever.

Le coup de grâce. La balle la plus petite, la moins chère. Un tunnel, calibre 22, dans lequel son stylo à bille peut se glisser. Ensuite, ils essaient de mettre le feu à son cadavre et commencent à creuser sa tombe à la lueur des flammes.

Anil entra au Kynsey Road Hospital et passa devant le panneau à côté de la porte du médecin chef.

Que les conversations cessent.
Que les rires s'envolent.
Ceci est l'endroit où la Mort
Se plaît à aider les vivants.

C'était imprimé en latin, en cinghalais et en anglais. Dans le labo où elle venait parfois travailler, car elle y bénéficiait d'un meilleur équipement, elle pouvait se détendre, seule dans la grande pièce. Mon Dieu qu'elle aimait les labos ! Les tabourets étaient toujours légèrement inclinés, de sorte qu'on devait en permanence se pencher. Tout autour, le long des murs, s'alignaient les flacons contenant des liquides couleur de betterave. Elle pouvait contourner la table puis, surveillant le cadavre du coin de l'œil, s'installer sur le tabouret et oublier le temps. Finis la faim, la soif ou le désir d'avoir un ami ou un amant pour lui tenir compagnie. Seulement la conscience du bruit que faisait au loin quelqu'un qui, à coups de marteau, frappait le vieux sol de béton comme pour atteindre la vérité.

Appuyée contre la table qui épousait le contour des os de sa hanche, elle effleura du bout du doigt la surface de bois brun à la recherche d'un grain de sable, d'un fragment, d'une miette ou de quoi que ce soit de collant. Perdue dans sa solitude. Les bras aussi bruns que la table, dépourvus de bijoux à l'exception du bracelet qui tinterait quand elle abaisserait doucement son poignet. Nul autre bruit cependant qu'Anil réfléchissait dans le silence.

Ces bâtiments étaient son foyer. Dans les cinq ou six domiciles qu'elle avait occupés parvenue à l'âge adulte, elle avait toujours eu pour habitude et pour règle de vivre en dessous de ses moyens. Elle ne possédait pas de maison, et les appartements qu'elle louait étaient sobrement meublés. Pourtant, dans ceux où elle résidait à Colombo, il y avait un petit bassin creusé dans le sol où flottaient des fleurs. Un luxe à ses yeux. Un piège destiné à confondre un cambrioleur la nuit. Le soir, en revenant du travail, Anil se débarrassait de ses sandales et entrait dans l'eau peu profonde, les orteils au milieu des pétales blancs, les bras croisés cependant qu'elle se dévêtait de sa journée, se défaisait des événements et des incidents pour les jeter au loin. Elle restait là un moment puis, les pieds mouillés, allait se coucher.

Elle savait, et les autres aussi savaient, qu'elle était une personne résolue. Elle ne s'était pas toujours appelée Anil. On lui avait donné deux prénoms totalement inappropriés et très tôt, elle avait voulu devenir «Anil» qui était le deuxième prénom de son frère. À douze ans, elle avait tenté de le lui échanger contre son appui dans toutes les disputes familiales. Il avait refusé, tout en sachant qu'elle désirait plus que tout ce nom dont il ne se servait pas.

Sa campagne avait provoqué colère et frustration dans la maison. Quand on l'appelait par l'un ou l'autre de ses prénoms officiels, elle ne répondait pas, même à l'école. Ses parents finirent par se laisser fléchir, mais il leur fallut d'abord essayer de persuader son irascible frère de céder son deuxième prénom. À quatorze ans, il prétendait qu'il pourrait en avoir besoin un jour. Deux prénoms lui conféraient davantage d'autorité, et le deuxième suggérait l'existence possible d'une autre personnalité. Et puis, il y avait son grand-père. En réalité, aucun des enfants n'avait connu le grand-père ayant porté ce prénom. Les parents, en désespoir de cause, abandonnèrent la partie, et les enfants finirent par s'arranger entre eux. Elle donna à son frère cent roupies qu'elle avait économisées, une parure de stylos qu'il convoitait depuis un moment, une boîte de cinquante

73

cigarettes Gold Leaf et le gratifia d'une faveur sexuelle qu'il avait réclamée quand les négociations s'étaient trouvées dans l'impasse. Après quoi, elle n'accepta plus qu'un autre prénom figurât sur ses passeports, bulletins scolaires ou autres formulaires de demande d'emploi. Plus tard, repensant à son enfance, ce serait la rage de ne pas pouvoir adopter ce prénom et la joie qu'elle avait éprouvée en l'obtenant enfin qu'elle se rappellerait particulièrement. Tout la séduisait en lui, son côté fragile et dépouillé, son aspect féminin, bien qu'il fût considéré comme un prénom masculin. Vingt ans après, elle conservait les mêmes sentiments. Elle avait poursuivi ce prénom comme un amant qu'elle aurait vu et désiré, et durant tout ce temps-là, rien d'autre ne l'avait tentée.

Anil se souvenait de l'atmosphère très XIXe siècle de la ville qu'elle avait quittée. Les vendeurs de crevettes qui proposaient leur marchandise aux voitures circulant sur Duplication Road, les maisons dans Colombo Seven méticuleusement peintes d'un blanc mat caractéristique. C'était le quartier du vieil argent et du pouvoir politique. « *Heaven… Colombo Seven…* » chantait son père sur l'air de *Cheek to Cheek*, laissant Anil lui mettre ses boutons de manchettes pendant qu'il s'habillait pour le dîner. Il existait un pacte tacite entre eux. Elle savait que, quelle que soit l'heure où il rentrerait après un bal, une soirée ou une opération urgente, il la conduirait le lendemain matin à l'aube à son entraînement de natation, empruntant les rues désertes en direction du Club des otaries. Et sur le chemin du retour, ils s'arrêteraient au passage prendre un bol de lait et des beignets au sucre, enveloppés chacun dans la page brillante d'un magazine anglais.

Même les mois de mousson, à six heures du matin, elle se précipitait hors de la voiture et courait sous la pluie battante pour se jeter dans l'eau piquetée et nager une heure jusqu'à épuisement. Dix filles et l'entraîneur, le tambourinement de la pluie sur le toit des voitures et la surface de l'eau, les bonnets de bain en caoutchouc qui apparaissaient et disparaissaient comme les nageuses viraient pour émerger au milieu des éclaboussures, tandis qu'une poignée de parents attendaient, lisant le *Daily News*. Ses efforts et ses débauches d'énergie semblaient toujours avoir lieu avant sept heures et demie du matin. Elle garda cette habitude en Occident où elle étudiait deux ou trois heures avant de partir suivre ses cours à la faculté de médecine. D'une certaine manière, son obsession ultérieure, qui la pousserait à creuser en quête de découvertes, présentait des similitudes avec cet univers sous-marin dans lequel elle évoluait au rythme d'une activité intense, comme si elle cherchait à regarder au travers du temps.

Aussi, bien que Sarath lui eût suggéré la veille de faire la grasse matinée et de se reposer, Anil prit son petit déjeuner très tôt et, dès six heures, se rendit au Kynsey Road Hospital. Les éternels vendeurs de crevettes se tenaient déjà au bord de la route pour tâcher d'écouler leur pêche de la nuit. Une odeur de chanvre planait dans l'air, en provenance des cordes allumées devant les petites boutiques à cigarettes. Enfant, elle avait toujours été attirée par cette odeur autour de laquelle elle aimait à s'attarder. Brusquement, sans savoir pourquoi, elle se rappela les élèves du collège de filles qui, du haut d'un balcon, écoutaient les garçons de St. Thomas, tous des malotrus, chanter autant de couplets du *Bon bateau Vénus* qu'ils le pouvaient avant que la surveillante générale les chasse.

C'était sur le bon bateau Vénus
Vous nous auriez vus, tous des Phébus
La figure de proue était une pute au lit
Qui du capitaine suçait le vit.

Les filles, censées être autant en sécurité dans leur école que des femmes dans les limites de l'amour courtois, et quoiqu'un peu surprises à l'âge de douze ou treize ans par cette étrange chorégraphie, n'avaient guère envie d'arrêter d'écouter. C'est seulement à vingt ans, et en Angleterre, qu'Anil entendit de nouveau cette chanson. Et là — au cours de la troisième mi-temps d'un match de rugby — elle paraissait plus adaptée au contexte, braillée par les mâles qui l'entouraient. La ruse employée par les garçons de St. Thomas consistait à brandir des partitions, de sorte qu'au début, on aurait dit un chant de Noël émaillé de trilles et de déchants. Ainsi, ils étaient parvenus à tromper, du moins pour un temps, la surveillante générale qui ne prêtait pas trop attention aux paroles. Seules les filles de troisième et de seconde n'en perdaient pas un mot.

> *Le second s'appelait Roger,*
> *C'était un bel enculé.*
> *Pas foutu de charrier la merde*
> *Sans qu'une pelletée il en perde.*

Anil aimait bien ce couplet, dont les rimes lui revenaient à de curieux moments. Elle adorait les chansons pleines de colères et de jugements tranchés. Aussi, à six heures du matin, marchant en direction de l'hôpital, elle s'efforça de se remémorer les autres couplets du *Bon bateau Vénus* dont elle chanta le premier à voix haute. Pour les suivants, comme elle était moins sûre, elle se contenta de les fredonner tout bas, bougeant les lèvres comme si elle jouait du tuba. « L'un des plus beaux, murmura-t-elle pour elle-même. L'un des plus essentiels. »

Il s'avéra que la stagiaire de Colombo auteur d'une thèse sur les chrysalides travaillait dans l'un des bureaux du labo de dissection. Anil avait eu du mal à se rappeler son nom. Elle trouva Chitra Abeysekera occupée à remplir à la machine un formulaire sur un papier tout imprégné de l'humidité qui régnait dans la pièce. Vêtue d'un sari, la jeune femme tapait debout à côté de ce qui semblait être un bureau portatif, composé de deux grands cartons et d'une boîte métallique. Les cartons contenaient des rapports de recherches, des spécimens de laboratoire, des boîtes de Petri ainsi que des tubes à essai. Et la boîte métallique, des petits insectes.

La jeune femme leva les yeux.

« Je vous dérange…? » Anil parcourut du regard les quatre lignes qu'elle venait de taper. « Et si vous vous reposiez un peu et que vous me laissiez finir ?

— Vous êtes la dame de Genève, non ? » L'expression incrédule.

« Oui. »

Chitra contempla ses mains, et toutes deux éclatèrent de rire. La peau abîmée, couverte de coupures et de morsures. Des mains qu'on pourrait sans doute glisser à l'intérieur d'une ruche pour s'emparer du butin.

« Dites-moi simplement ce qu'il faut mettre. »

Anil s'installa à côté de Chitra, et pendant que cette dernière lui expliquait, elle se livra à quelques rapides corrections, ajoutant çà et là des adjectifs, cherchant à donner plus de poids à sa demande de fonds. Avec la description abrupte que Chitra en avait fournie, son projet n'aurait pas été bien loin. Anil y ajouta la touche théâtrale nécessaire et présenta les compétences de la jeune femme de manière à rendre son curriculum vitae plus convaincant. Une fois qu'elles eurent terminé, Anil lui proposa de déjeuner avec elle.

« Pas à la cafétéria de l'hôpital, répondit Chitra. Le cuisinier travaille au noir dans les labos de dissection. Vous savez ce que j'aimerais ? Un chinois avec l'air conditionné. Allons au Flower Drum. »

Les seuls clients du restaurant étaient trois hommes d'affaires.

« Merci de m'avoir aidée, dit Chitra.

— C'est un bon projet. Un projet important. Vous arriverez à tout mener à bien ? Vous avez le matériel ?

— Il faut que ce soit fait ici… les chrysalides… les larves. Les expériences doivent avoir lieu à cette température. Et je n'aime pas l'Angleterre. Un jour, j'irai en Inde.

— Si vous avez besoin de quoi que ce soit, n'hésitez pas. Mon Dieu, j'avais oublié à quoi l'air frais ressemblait. Je devrais venir m'installer ici. Je voudrais vous parler de vos recherches.

— Plus tard, plus tard. Racontez-moi d'abord ce qui vous plaît en Occident.

— Oh… ce qui me plaît ? C'est surtout, je crois, que je peux vivre comme je l'entends. Ici, rien n'est anonyme. J'ai besoin d'avoir une vie privée. »

Chitra ne parut pas le moins du monde intéressée par cette vertu occidentale.

« Il faut que je sois rentrée à une heure et demie », dit-elle. Elle commanda du chow mein et un Coca.

Le carton contenant les éprouvettes était ouvert. Chitra poussa de la pointe de son crayon une larve placée sous le microscope. « Elle a deux semaines. » Elle la retira à l'aide d'une petite pince et la déposa sur une plaque à côté d'un morceau de foie humain, sans doute obtenu illégalement, songea Anil.

« On est obligés », expliqua Chitra. Elle avait surpris le regard d'Anil, et elle s'efforça de prendre un air naturel. « Quelqu'un en a prélevé un bout avant qu'on enterre le corps, un petit service. Il y a une grande différence dans la vitesse de croissance selon que les insectes se nourrissent de ça ou d'organes d'animaux. » Elle laissa tomber le reste du foie dans une glacière de pique-nique, puis sortit ses graphiques qu'elle étala sur la table centrale. « Alors, dites-moi en quoi je peux vous être utile…

— J'ai un cadavre, en partie carbonisé. Est-ce qu'on peut tirer des informations des larves qu'on a trouvées dessus ? »

Chitra mit sa main devant sa bouche pour étouffer un renvoi, ce qu'elle n'avait cessé de faire depuis le restaurant. « C'est plus facile in situ.

— Oui, mais c'est précisément le problème. J'ai bien des échantillons de terre provenant de l'endroit où nous l'avons découvert, mais nous pensons qu'il a été déplacé. Nous ne savons pas où il était avant et la seule terre que nous avons provient du deuxième site.

— Je pourrais examiner les os. Certains insectes s'intéressent aux os et pas à la chair. » Chitra sourit. « Il y a peut-être des restes de larves en provenance du premier endroit. Si on arrivait à déterminer le type d'insectes, ça permettrait de réduire le champ des recherches. Chose bizarre, c'est seulement les deux premiers mois que les os attirent ces bêtes-là.

— Curieux, en effet.

— Mmmm, fit Chitra, comme si elle dégustait du chocolat. Certains papillons aussi s'attaquent aux os, pour l'humidité…

— Je peux vous en montrer

— C'est-à-dire que demain, je dois partir dans le Nord pour quelques jours.

— Ce soir, alors? Ça ne vous dérange pas?

— Mmmm. » Chitra ne paraissait plus écouter, préoccupée qu'elle était par l'analyse de l'un de ses graphiques. Elle tourna le dos à Anil, étudia un instant son assortiment d'insectes et, après avoir choisi celui qui avait la taille et l'âge voulus, elle le saisit à l'aide de sa pince à dissection.

Ce soir-là, dans la cale du bateau, Sarath versa dans un plat creux le plastique dissous dans l'acétone, puis il prépara la brosse en poil de chameau réservée aux os. Lumière diffuse, bourdonnement du générateur. Il s'avança vers la table de laboratoire sur laquelle reposait le squelette, décrocha la lampe à pince crocodile — la seule source d'éclairage brillant — et, sans l'éteindre, se dirigea avec elle, traînant le long fil derrière lui, vers un placard situé au fond de la grande salle. Il l'ouvrit, prit une bouteille d'arack à l'intérieur et se servit un gobelet plein aux trois quarts avant de retourner s'occuper du squelette.

Les quatre squelettes de Bandarawela, exposés à l'air, n'allaient pas tarder à se détériorer.

Il extirpa une aiguille neuve en carbure de tungstène de son emballage en plastique, l'inséra dans un manche et entreprit de débarrasser le premier squelette des petits morceaux de terre qui y étaient incrustés. Après quoi, il prit un mince tuyau qu'il promena au-dessus de chaque os, si bien que l'air venait caresser les marques de traumatismes, comme si, la bouche arrondie, il soufflait doucement sur la brûlure d'un enfant. Il plongea la brosse en poil de chameau dans le plat et, commençant par la colonne vertébrale et les côtes, il passa partout une couche de plastique protecteur. Cela fait, il installa la lampe à pince crocodile sur la deuxième table et soumit le deuxième squelette au même traitement avant de s'intéresser au troisième. Quand il arriva devant Marin, il lui tourna légèrement l'os

80

du talon, à la recherche de l'endroit du calcanéum où Anil avait prélevé un minuscule éclat.

Sarath s'étira et s'éloigna des tables pour s'enfoncer dans les ténèbres, les mains tendues vers la bouteille d'arack qu'il rapporta près de Marin sous le cône de lumière. Il devait être dans les deux heures du matin. Après avoir ainsi enduit les quatre squelettes d'une couche protectrice, il prit des notes sur chacun d'eux et en photographia trois de face et de profil.

Pendant tout ce temps-là, il ne cessa de boire. L'odeur du plastique avait envahi la cale. Il n'y avait pas d'aération. Sarath ouvrit bruyamment la porte et monta sur le pont avec la bouteille d'arack. Colombo était plongée dans le noir, à cause du couvre-feu. Ce serait l'heure idéale pour se promener dans les rues à pied ou en vélo. Le lourd silence autour des barrages, le déploiement des vieux arbres le long de Solomon Dias Mawatha. Dans le port, en revanche, il régnait une intense activité, les lumières d'un remorqueur qui dansaient sur l'eau, le pinceau blanc des phares des chariots élévateurs transportant des caisses sur le quai. Trois ou quatre heures du matin. Il allait s'enfermer et dormir un peu à bord du paquebot.

La cale sentait encore le plastique. Il chercha son paquet de bidis dans un tiroir, en alluma une, inhala ses prétendus trente-deux riches et mortels arômes, récupéra la lampe à pince crocodile et s'approcha de Marin. Il lui restait à le photographier. Bon, vas-y, fais-le maintenant, se dit-il. Il prit deux photos, une vue de face et une vue de profil, comme pour les autres. Il attendit que les Polaroid se développent, les agita pour les faire sécher. Dès que l'image de Marin apparut avec netteté, il rangea les épreuves dans une enveloppe kraft, la colla, inscrivit l'adresse, puis la glissa dans la poche de sa veste.

Les trois premiers squelettes n'avaient pas de crâne. Marin, lui, en avait un. Sarath posa au bord de l'évier métallique la bidi dont il avait fumé la moitié, puis il se pencha. À l'aide d'un scalpel, il sectionna les ligaments des vertèbres du cou afin de détacher le crâne. Après quoi, il le porta à son bureau. La tête n'avait pas été touchée par les flammes, de sorte que les plaques frontales, orbitaires et lacrymales étaient lisses, de même que les sillons de la face interne étaient fins et bien dessinés. Sarath enveloppa le crâne dans une feuille de plastique et le fourra dans un grand sac marqué « Kundanmal's. » Il retourna vers la table et photographia Marin sans son crâne, deux fois, de profil et de face.

Il était plus que jamais conscient qu'Anil et lui avaient besoin d'aide.

Le Bosquet des Ascètes

Pendant un certain nombre d'années, l'épigraphiste Palipana avait été la figure de proue d'un groupe nationaliste qui était parvenu à arracher aux Européens la responsabilité des affaires archéologiques du Sri Lanka. Il avait acquis sa réputation en traduisant les manuscrits palis ainsi qu'en analysant et en traduisant les graffitis rupestres de Sigiriya.

Âme d'un mouvement cinghalais pragmatique, Palipana écrivait avec clarté, fondant son travail sur des recherches exhaustives solidement ancrées dans le contexte des cultures anciennes. Alors que l'Occident considérait l'histoire de l'Asie comme une vague ligne d'horizon où l'Europe rejoignait l'Orient, Palipana considérait son pays en termes de profondeurs et de couleurs, l'Europe n'étant qu'un bloc continental à l'extrémité de la péninsule asiatique.

Les années 1970 avaient vu se tenir les premières de toute une série de conférences internationales. Des universitaires débarquaient par avion à Dehli, à Colombo et à Hong-Kong, restaient six jours, racontaient leurs plus belles anecdotes, prenaient le pouls de l'ex-colonie, puis regagnaient Londres ou Boston. On avait fini par s'apercevoir que la culture européenne était certes ancienne, mais que l'asiatique était plus ancienne encore. Palipana, devenu le personnage le plus respecté du groupe sri lankais, s'était rendu à l'une de ces réunions, et n'avait plus jamais assisté à aucune. C'était un homme austère, incapable de se plier aux formalités et aux cérémonies.

Les trois ans que Sarath avait passés auprès de Palipana avaient compté parmi les plus difficiles de sa vie universitaire. Toutes les données archéologiques soumises par les étudiants devaient être vérifiées. Chaque glyphe ou gravure rupestre devait être dessiné et redessiné sur les pages des carnets, sur le sable, sur les tableaux noirs, jusqu'à ce qu'il devienne fragment d'un rêve. Les deux premières années, Sarath avait tenu Palipana pour un homme avare de louanges et avare (plutôt qu'austère) dans son mode de vie. Faire des compliments paraissait au-dessus de ses forces, et il ne payait jamais un verre ou un repas à quiconque. Son frère, Narada, qui n'avait pas de voiture et se faisait toujours emmener par les autres, semblait de prime abord pareil à lui, mais en réalité, il se montrait généreux de son temps et de son amitié, généreux de son rire. Palipana avait sans cesse l'air de s'économiser pour le langage de l'histoire. Il était vaniteux et excessif uniquement dans son désir de voir son œuvre publiée d'une certaine manière, exigeant des diagrammes en deux couleurs sur un bon papier qui survivrait aux intempéries et à la faune. Et, tel un fox-terrier s'accrochant à sa proie, c'est seulement une fois le livre fini que, les mains vides, il pouvait s'intéresser à une autre période ou une autre région de l'île.

L'histoire était omniprésente autour de lui. Les vestiges des bains royaux et des jardins d'eau, les cités ensevelies, la ferveur nationaliste qui le portait, tout cela lui procurait, ainsi qu'à ceux qui travaillaient avec lui, y compris Sarath, un nombre infini de sujets à noter et à interpréter. Il semblait à même de pressentir un sujet de thèse à la vue de n'importe quelle forêt sacrée.

Palipana n'était entré dans le domaine de l'archéologie qu'une fois parvenu à la cinquantaine. Et il n'avait pas fait carrière grâce à ses relations ou sa famille, mais simplement parce qu'il connaissait mieux les langages et les techniques de la recherche que ses supérieurs hiérarchiques. Ce n'était pas un homme facile à aimer, car il avait perdu son charme quelque part dans le courant de sa jeunesse. Au fil des ans, il ne devait découvrir parmi ses étudiants que quatre disciples dévoués. Dont Sarath. Passé la soixantaine, cependant, il s'était fâché avec chacun d'eux. Aucun des quatre ne lui pardonnait les humiliations qu'il avait subies. Ses élèves continuaient néanmoins à croire deux choses, non trois, plutôt : qu'il était le meilleur théoricien de l'archéologie du pays, qu'il ne se trompait pratiquement jamais et que, malgré sa célébrité et ses succès, il avait conservé un style de vie plus spartiate qu'aucun d'eux. Peut-être parce qu'il était le frère d'un moine. Sa garde-robe se limitait apparemment à deux tenues identiques. Et à mesure qu'il vieillissait, il se détachait de plus en plus du monde matériel, sauf pour ce qui était de sa vanité touchant à la publication de ses travaux. Sarath ne l'avait pas revu depuis plusieurs années.

Entre-temps, Palipana avait été mis au ban de la bonne société. Tout avait commencé avec la publication d'une série d'interprétations de glyphes rupestres qui avaient laissé abasourdis les archéologues et les historiens. Palipana avait découvert et traduit un sous-texte linguistique expliquant les raz-de-marée politiques et les remous dans la royauté intervenus dans l'île au cours du VIe siècle. Ses travaux avaient été salués dans les revues, tant à l'étranger que dans le pays, jusqu'à ce que l'un de ses disciples exprimât l'opinion qu'on ne possédait aucune preuve réelle de l'existence de ces textes. Ils n'étaient que pure invention. Un groupe d'historiens n'avait pas réussi à localiser les runes dont parlait Palipana. Personne n'avait retrouvé les derniers mots des guerriers agonisants qu'il avait cités et traduits, ni le moindre fragment des proclamations édictées par les rois, ni les poèmes érotiques en pali censés avoir été composés par les amants et les confidents de la cour dont il donnait les noms, mais qui ne figuraient pas dans le *Cūlavamsa*.

Les poésies publiées par Palipana avaient paru mettre un terme aux contestations et aux débats des historiens, d'autant qu'il passait pour être le plus rigoureux d'entre eux, se livrant toujours à des recherches approfondies. Maintenant, il leur semblait qu'il avait chorégraphié la courbe de sa carrière afin d'offrir au monde cette ultime tromperie. Encore qu'il s'agît peut-être moins d'une tromperie que d'un mensonge forgé par son propre esprit. Non d'un faux pas, mais d'un pas dans une réalité autre, la dernière figure d'une longue danse de la vérité.

Personne, cependant, n'admirait ce numéro étrange. Aucun de ses partisans universitaires. Pas même ses disciples comme Sarath qui, au cours de ses années d'étudiant, avait subi régulièrement les reproches de son mentor pour ses crimes de négligence et d'inexactitude. Le geste, « le geste de Palipana », était considéré comme la trahison des principes sur lesquels il avait établi sa réputation. Une falsification de la part d'un maître entraînait toujours davantage que des réprimandes, elle entraînait le mépris. Ce n'est qu'en la considérant sous son jour plus innocent qu'on pouvait la regarder comme une rupture autobiographique, ou peut-être chimique.

Les graffitis de la grande forteresse rocheuse de Sigiriya se trouvaient sur une saillie située près du repère marquant les premiers quatre cents mètres de la montée. Plus anciens que les célèbres peintures de femmes sur le Mur Miroir évoquant des déesses, ils avaient très probablement été gravés dans la pierre au VIᵉ siècle. Ces glyphes à demi effacés, couleur de papillon de nuit, avaient toujours attiré et intrigué les historiens — ils constituaient des sortes de déclarations en l'absence de tout contexte — et Palipana en personne, tout aussi intrigué, les avait étudiés durant quinze années de sa vie. En tant qu'historien, en tant que scientifique, il attaquait les problèmes sous tous les angles. On le rencontrait plus souvent en compagnie d'un tailleur de pierre ou à écouter une femme *dhobi* lavant son linge au bord d'une mare dans le rocher, découverte depuis peu, qu'en compagnie d'un professeur de l'université de Peradeniya. Il abordait les runes non pas avec le regard de l'historien, mais avec le pragmatisme né des compétences acquises dans le pays. Son œil repérait comment une ligne de faille sur une paroi rocheuse avait peut-être souligné l'impression de calme dégagée par une épaule peinte sur le roc.

Jusqu'à quarante ans, il avait étudié les langues et les textes. Il passa les trente années suivantes sur le terrain — déjà imprégné de la version historique. Ainsi, quand il arrivait sur un site, Palipana savait à l'avance ce qu'il y trouverait — que ce fût une disposition particulière de piliers non encastrés dans une clairière ou une icône familière dessinée tout en haut de la paroi d'une grotte. Il faisait preuve d'une curieuse assurance pour quelqu'un qui avait toujours montré de l'humilité dans ses hypothèses.

Il étalait la main au-dessus de chaque rune récemment découverte. Il dessinait chaque lettre du Livre de pierre de Polonnaruwa, un rectangle de 9 mètres de long sur 1,2 mètre de large taillé dans un rocher, le premier livre du pays, et il posait ses bras nus et sa joue sur cette dalle qui accumulait la chaleur de la journée. La plus grande partie de l'année, elle restait sombre et chaude, et ce n'est que pendant les moussons que les lettres se remplissaient d'eau, créant de petits ports parfaitement découpés, comme à Carthage. Un livre géant dans l'herbe rase du Quadrilatère sacré de Polonnaruwa, ciselé, bordé d'une frise de canards. Des canards pour l'éternité, se murmurait-il à lui-même, souriant dans la chaleur de midi après avoir reconstitué un texte ancien. Un secret. Ces découvertes lui procuraient ses plus belles joies, comme lorsqu'il avait trouvé le seul Ganesh dansant, peut-être le premier Ganesh jamais sculpté dans l'île, au milieu de personnages humains sur une frise de Mihintale.

Il établit des parallèles entre les techniques des tailleurs de pierre qu'il rencontrait à Matara et le travail qu'il avait accompli au cours des années consacrées à traduire les textes ainsi que sur le terrain. Il commença à considérer comme vérités ce qui n'était encore que suppositions. À ses yeux, cela ne relevait pas de l'invention, encore moins de la falsification.

L'archéologie est régie par des lois similaires au Code Napoléon. Le problème n'était pas qu'on pût démontrer la fausseté de ses théories, mais qu'on ne pût démontrer leur véracité. Il n'en demeurait pas moins que les motifs qui se dégageaient aux yeux de Palipana prenaient petit à petit forme. La chaîne se soudait. Elle permettait de marcher sur les flots, de sauter d'arbre en arbre. L'eau qui emplissait un alphabet gravé unissait les deux rivages. Et c'était ainsi qu'émergeait la vérité impossible à prouver.

Il avait beau s'être presque entièrement dépouillé de ses biens matériels et de toute vie sociale, on lui en arrachait encore les derniers lambeaux en réaction contre ses théories indémontrables. On n'accordait plus aucun respect à sa carrière. Pourtant, il refusa de renoncer à ce qu'il affirmait avoir découvert, et ne tenta même pas de se défendre. Il se borna à se retirer physiquement. Des années plus tôt, au cours d'un voyage en compagnie de son frère, il était tombé sur les vestiges d'un monastère de forêt à une trentaine de kilomètres d'Anuradhapura. Il vint donc s'y installer avec ses maigres possessions. À en croire la rumeur, il vivait dans les ruines d'une « salle de feuillage », au milieu du peu de permanence qui l'entourait. Ce qui s'accordait à la doctrine de la secte de moines du VIᵉ siècle, lesquels observaient des principes si stricts qu'ils rejetaient jusqu'aux décorations religieuses. Ils ne gravaient qu'une seule dalle dont ils se servaient ensuite comme urinoir. Voilà ce qu'ils pensaient des images.

Il avait plus de soixante-dix ans et sa vue l'inquiétait. Il écrivait encore en cursive, et la vérité courait ainsi de ses doigts. Il était maigre comme un clou, portait les mêmes pantalons de coton achetés sur Galle Road, les mêmes chemises couleur prune, les mêmes lunettes. Il riait toujours de son rire sec et averti qui, pour ceux qui les connaissaient tous les deux, semblait être le seul lien biologique qui le rattachât à son frère.

Il vivait dans la forêt avec ses livres et ses tablettes. Mais pour lui, l'histoire était à présent baignée de soleil et chaque creux, rempli d'eau. Encore que, pendant qu'il travaillait, il eût conscience que le papier sur lequel s'écrivait l'histoire vieillissait vite. Il était rongé par les insectes, décoloré par le soleil, éparpillé par le vent. Et à côté, son vieux corps décharné. Palipana, lui aussi, n'était plus gouverné que par les éléments.

Sarath et Anil partirent en voiture vers le nord. Ils allaient au-delà de Kandy, dans la zone sèche, à la recherche de Palipana. Ils n'avaient aucun moyen d'annoncer au maître leur venue, si bien que Sarath ignorait quel accueil les attendait — allaient-ils être éconduits ou reçus à contrecœur ? Lorsqu'ils atteignirent Anuradhapura, il faisait déjà chaud. Ils continuèrent à rouler et, une heure plus tard, ils arrivaient à la lisière de la forêt. Ils abandonnèrent la voiture et marchèrent une vingtaine de minutes le long d'un sentier qui serpentait entre de gros rochers avant de déboucher inopinément dans une clairière. Des ruines de bâtiments de pierre et de bois s'étendaient tout autour — vestiges desséchés d'un jardin d'eau, blocs de pierre. Une fille triait du riz. Sarath alla lui parler.

La fille mit de l'eau à bouillir pour le thé sur un feu de branchages, puis tous trois s'installèrent sur un banc pour le boire. La fille n'avait toujours pas prononcé un mot. Anil supposait que Palipana dormait dans la pénombre d'une hutte et en effet, peu après, un vieil homme sortit de l'un des bâtiments en ruine, vêtu d'un sarong et d'une chemise. Il contourna la construction, tira un seau d'eau du puits et se lava la figure et les bras. Quand il revint, il dit «J'ai reconnu ta voix, Sarath.» Anil et Sarath se levèrent, mais Palipana ne s'avança pas vers eux. Il resta sans bouger. Sarath fit un pas en avant, se pencha pour toucher les pieds du vieil homme qu'il conduisit ensuite jusqu'au banc.

«Voici Anil Tissera… Nous travaillons ensemble, à analyser des squelettes découverts près de Bandarawela.

— Oui.

— Comment allez-vous, monsieur?

— Très belle voix.»

Anil se rendit brusquement compte qu'il était aveugle.

Il tendit la main pour saisir l'avant-bras d'Anil dont il tâta la peau afin de sentir les muscles en dessous. Elle comprit qu'il s'efforçait de déterminer sa silhouette et sa taille à partir de ce fragment de son corps.

«Donnez-moi des détails… datant de quand?» Il la lâcha.

Anil consulta Sarath du regard. Il engloba la forêt d'un geste. À qui le vieil homme pourrait-il le répéter?

Palipana inclinait de plus en plus la tête, comme pour humer l'atmosphère autour de lui.

«Ah… un secret contre le gouvernement. Ou peut-être un secret du gouvernement. Nous sommes dans le Bosquet des Ascètes. Vous êtes en sécurité ici. Soyez sûrs que je sais garder un secret. De surcroît, il m'importe peu de savoir à qui le secret appartient. Tu le sais déjà, n'est-ce pas, Sarath? Sinon, tu n'aurais pas fait tout ce chemin pour solliciter mon aide. Est-ce que je me trompe?

— Nous devons étudier la situation sous tous ses aspects, peut-être chercher quelqu'un. Un spécialiste.

— Comme tu t'en aperçois, je ne vois plus, mais apporte-moi ce que tu as. De quoi s'agit-il ? »

Sarath se dirigea vers son sac qu'il avait laissé à côté du feu, puis il défit la feuille de plastique et alla poser le crâne sur les genoux de Palipana.

Anil observa le vieil homme assis devant eux, calme et immobile. Il était dans les cinq heures du soir et, en l'absence de la lumière éblouissante du soleil, les affleurement rocheux autour d'eux paraissaient pâles et tendres. Elle prit conscience que les bruits étaient maintenant assourdis.

« Bell, quand il a découvert cet endroit au XIXe siècle en compagnie d'autres archéologues, a pensé que c'était l'emplacement d'un palais d'été séculier, mais le *Cūlavamsa* en parle comme le lieu où résidaient des communautés, celles de moines opposés aux rites et au luxe, qui s'étaient retirés dans la forêt. »

Sans bouger la tête, Palipana désigna quelque chose sur sa gauche. Parmi les cinq bâtiments qui se dressaient dans la clairière, il habitait le plus simple, adossé à une saillie rocheuse et recouvert d'un toit de feuilles d'apparence récente.

« Ils n'étaient pas véritablement pauvres, mais ils vivaient de manière frugale — vous connaissez la distinction entre le monde matériel grossier et le monde matériel "subtil", je présume ? Eh bien, ils avaient adopté ce dernier. Sarath vous aura sans doute raconté l'histoire de la pierre urinoir et de ses dessins élaborés. Il a toujours apprécié ce détail. »

Palipana afficha une petite expression pince-sans-rire, étirant un coin de ses lèvres, probablement, songea Anil, ce qui chez lui se rapprochait le plus d'un sourire.

« Nous sommes en sûreté ici, reprit-il. Mais, bien entendu, restent les enseignements de l'histoire. Sous le règne d'Udaya III, des moines avaient fui la cour pour échapper à sa colère et s'étaient réfugiés dans le Bosquet des Ascètes. Le roi et l'Uparaja les poursuivirent et les décapitèrent. Le *Cūlavamsa* décrit la réaction du peuple devant ces exécutions. Il se rebella "comme l'océan soulevé par la tempête". Vous comprenez, le roi avait violé un sanctuaire. L'agitation gagna l'ensemble du royaume, tout cela à cause de quelques moines et de quelques têtes… »

Palipana se tut. Anil regarda ses doigts, beaux et fins, explorer le crâne que Sarath avait posé sur ses genoux, les ongles longs effleurant le rebord et le trou orbitaire, puis le caresser ainsi que pour se chauffer les paumes, comme si le crâne était une pierre tirée d'un feu éteint. Il palpa l'angle de la mâchoire, l'arête émoussée des dents. Anil imaginait qu'il entendait l'oiseau dans la forêt au loin. Elle imaginait qu'il entendait le crissement des sandales de Sarath faisant les cent pas, le frottement de l'allumette, le souffle de la flamme qui brûlait la feuille de tabac de la bidi qu'il fumait à quelques mètres de là. Elle était persuadée qu'il distinguait tout cela, le vent léger, les autres bribes de bruits qui frôlaient son visage étroit, le brun lustré de son crâne. Et pendant tout ce temps, les pauvres yeux abîmés tentaient de percer les ténèbres qui les environnaient. Il était impeccablement rasé. Le faisait-il lui-même ou était-ce la fille ?

« Dites-moi ce que vous, vous en pensez, dit-il, se tournant vers Anil.

— Eh bien… nous ne sommes pas tout à fait d'accord, mais nous savons l'un comme l'autre que le squelette auquel appartient ce crâne est contemporain. On l'a trouvé dans une fosse contenant des ossements du XIXe siècle.

— Mais le pédicule de la nuque a été tout récemment brisé, dit le vieil homme.

— Il…

— C'est moi qui l'ai fait, intervint Sarath. Il y a deux jours.

— Sans ma permission, dit-elle.

— Sarath ne fait jamais rien sans raison. Il n'est pas homme à agir au hasard. Il ne s'avance qu'en terrain solide.

— Appelons cela une décision de visionnaire en état d'ébriété », dit-elle du plus calmement qu'elle put.

Sarath regardait juste entre eux deux, content de ce trait d'esprit.

« Donnez-moi davantage de détails. Vous. » Le vieil homme se tourna de nouveau vers elle.

« Je m'appelle Anil.

— Très bien. »

Elle vit Sarath afficher un large sourire. Elle ne répondit pas à Palipana et scruta les ténèbres de la construction où il vivait. Le paysage n'avait rien de verdoyant. Les ascètes choisissaient toujours le roc et balayaient la couche arable. Il n'y avait que le toit de chaume et de palme. La salle de feuillage. De vieux ascètes excédés.

Le calme régnait, cependant. Les cigales, invisibles et bruyantes. Sarath lui avait raconté que, la première fois qu'il était venu dans un monastère de forêt, il n'avait plus voulu en repartir. Il avait deviné que son vieux professeur choisirait de s'exiler dans l'une de ces salles de feuillage qui entouraient Anuradhapura, les demeures traditionnelles des moines. Palipana avait dit un jour combien il souhaiterait être enterré dans cette région.

Anil passa devant le vieil homme et alla se pencher au-dessus du puits. « Où va-t-elle ? » entendit-elle Palipana demander d'une voix qui ne trahissait pas de véritable mécontentement. La fille sortit de la maison avec un peu de jus de fruit de la passion et quelques tranches de goyave. Anil but rapidement, puis elle s'adressa au vieil homme :

« Il est probable qu'il ait été enterré puis réenterré. La deuxième fois, et c'est ça qui est important, on l'a retrouvé dans une zone protégée — accessible seulement à la police, à l'armée ou à des gens haut placés. Comme Sarath, par exemple. Personne d'autre n'a le droit d'y pénétrer. Il ne semble donc pas qu'on ait affaire à un crime perpétré par un citoyen lambda. Je sais qu'en temps de guerre il arrive qu'on en profite pour tuer des gens pour des raisons personnelles, mais je ne pense pas qu'un assassin se payerait le luxe d'enterrer deux fois sa victime. Le squelette à qui appartient ce crâne, nous l'avons découvert dans une grotte de Bandarawela. Ce que nous devons savoir, c'est s'il s'agit d'un meurtre commis par le gouvernement.

— Bon.

— Les oligo-éléments trouvés sur les os de Marin…

— Qui est Marin ?

— Marin est le nom que nous avons donné au squelette. Donc, les oligo-éléments trouvés sur ses os ne correspondent pas à ceux du sol de la grotte. Nous ne sommes pas nécessairement d'accord sur son âge, mais nous sommes certains qu'il vient d'ailleurs. À savoir qu'il a été tué, enterré une première fois, puis exhumé et transporté pour être enseveli dans un autre endroit. Non seulement les oligo-éléments ne correspondent pas, mais nous soupçonnons que les pollens incrustés dans ses os avant qu'on l'enterre proviennent d'une région tout à fait différente.

— *Les Grains de pollen* de Wodehouse…

— Oui, nous l'avons consulté. Sarath a établi que les pollens pouvaient provenir de deux endroits situés l'un près de Kegalla, l'autre dans les environs de Ratnapura.

— Ah, la région des insurgés.

— Oui. Où beaucoup de villageois ont disparu pendant les troubles. »

Palipana se leva et tendit le crâne pour que Sarath ou Anil le prenne. « Il fait plus frais à présent, nous allons dîner. Vous pouvez rester pour la nuit ?

— Oui, répondit Anil.

— J'aiderai Lakma à préparer le repas, nous le préparons toujours ensemble, et pendant ce temps-là, vous pourrez peut-être vous reposer un peu.

— J'aimerais me laver à l'eau du puits, dit Anil. Nous sommes en route depuis cinq heures du matin. Je peux ? »

Palipana fit oui de la tête.

Sarath pénétra dans les ténèbres de la salle de feuillage et s'allongea sur une natte. Il paraissait épuisé après toutes ces heures passées au volant. Anil retourna à la voiture prendre deux sarongs dans son sac, puis revint vers la clairière. Elle se déshabilla à côté du puits, ôta sa montre, s'enroula dans son *diya reddha*, puis descendit le seau dans les profondeurs. Elle perçut un choc sourd tout au fond, un bruit étouffé d'éclaboussement. Le seau s'enfonça et se remplit. Elle tira d'un coup sec et le seau jaillit. Elle saisit la corde près de la poignée et s'aspergea ensuite d'une eau froide dont l'éclat, ruisselant le long de son corps, la rafraîchit. Elle redescendit le seau dans le puits pour en verser le contenu sur ses cheveux et ses épaules, de sorte que l'eau s'engouffra à l'intérieur de la mince étoffe qui se gonfla autour de son ventre et de ses jambes. Elle comprenait pourquoi les puits devenaient sacrés. Ils combinaient le luxe et la simple nécessité. Elle donnerait toutes ses boucles d'oreille pour une heure près d'un puits. Elle répéta à de nombreuses reprises le mantra de ses gestes. Quand elle eut fini, elle déroula l'étoffe mouillée et se tint nue dans le vent et les derniers rayons du soleil, puis elle mit son sarong de rechange. Après quoi, elle se pencha et secoua la tête pour sécher un peu ses cheveux.

Plus tard, elle se réveilla, se redressa sur le banc. Au bruit des éclaboussements, elle se retourna. Palipana était nu, debout à côté du puits, et la fille versait de l'eau sur lui. Il se tenait face à Anil, les bras collés le long du corps. Il était mince, comme un animal perdu, comme une *idée*. Lakma continua de l'arroser, et tous deux à présent riaient en faisant de grands gestes.

À cinq heures et quart du matin, ceux qui s'étaient levés dans le noir avaient déjà marché un kilomètre et demi, quitté les rues et atteint les champs. Ils avaient soufflé la seule lanterne qui les éclairait et s'avançaient maintenant dans l'obscurité d'un pas assuré, et leurs pieds nus s'enfonçaient dans la boue et l'herbe mouillée. Ananda Udugama était habitué aux chemins ténébreux. Il savait qu'ils n'allaient pas tarder à arriver devant les cabanes disséminées, les monticules de terre fraîche, la pompe à eau et le trou de quatre-vingt-dix centimètres de diamètre qui constituait l'entrée du puits.

Baignant dans la lumière vert foncé du petit matin, les hommes paraissaient flotter au-dessus de la rase campagne. Ils entendaient et distinguaient presque les oiseaux qui s'envolaient des champs, tenant des vies prisonnières dans leurs becs. Ils ôtèrent leurs vestes. C'étaient tous des ouvriers qui travaillaient dans les puits à gemmes. Bientôt, ils seraient sous terre, agenouillés à creuser les parois à la recherche de la dureté d'une pierre, d'une racine ou d'une gemme. Ils se faufileraient parmi les taupinières, pataugeant pieds nus dans l'eau et la boue, plongeant leurs doigts écartés dans l'argile et les parois détrempées. Chaque équipe restait six heures au fond. Certains descendaient sous terre alors qu'il faisait nuit et émergeaient dans la lumière du jour, d'autres, dans la pénombre du crépuscule.

Hommes et femmes se tenaient maintenant à côté de la pompe. Les hommes plièrent leurs sarongs et les nouèrent à la taille, puis ils suspendirent leurs vestes aux poutres de la cabane. Ananda prit dans sa bouche une gorgée d'essence qu'il cracha dans le carburateur. Après quoi, il tira sur la corde et le moteur démarra, cognant contre la terre. L'eau jaillit d'un tuyau. Un autre moteur se mit en route à un kilomètre de là, près d'un autre puits. Au cours des dix minutes qui suivirent, le paysage se dessina dans l'aube naissante, mais Ananda et ses trois compagnons avaient disparu sous terre par une échelle.

Peu de temps auparavant, par l'ouverture large de quatre-vingt-dix centimètres, on avait descendu dans les ténèbres, quarante pieds plus bas, un panier portant sept bougies allumées qui donnaient de la lumière de même qu'elles permettaient de savoir si l'air présentait ou non un danger. Au fond du puits, à l'endroit où reposait le panier, trois galeries s'enfonçaient dans des ténèbres plus profondes encore, où les hommes allaient se glisser.

Désormais seules à la surface, les femmes préparèrent les tamis en forme de paniers et, une quinzaine de minutes plus tard, prévenues par les sifflets, elles commencèrent à remonter les paniers pleins de boue. Lorsqu'il fit enfin grand jour dans les champs, toute la région plate du district de Ratnapura s'anima, tandis que les pompes crachotantes tiraient de l'eau des puits, dont les femmes se servaient pour laver l'argile contenue dans les tamis avec l'espoir de recueillir quelque pierre de valeur.

Les hommes travaillaient à moitié accroupis, trempés par la sueur et l'eau qui ruisselait dans les galeries. Si l'un d'entre eux se coupait au bras ou à la cuisse avec l'outil tranchant qu'il utilisait pour creuser, son sang paraissait noir à la lumière qui régnait sous terre. Quand les bougies s'éteignaient à cause de l'humidité omniprésente, les ouvriers s'allongeaient dans l'eau cependant que celui d'entre eux qui se trouvait le plus proche de l'entrée de la galerie rampait dans les ténèbres et faisait remonter le panier à l'air sec du jour, afin qu'on rallumât les bougies avant de les redescendre.

À midi, l'équipe d'Ananda avait terminé. Ils grimpèrent l'un après l'autre à l'échelle. Chacun s'arrêtait un instant à trois mètres de la surface pour s'accoutumer à la clarté, puis reprenait son ascension et débouchait dans les champs. Soutenus par les femmes, ils se dirigeaient ensuite vers le monticule de terre où on les nettoyait au jet, en commençant par les cheveux et les épaules, tandis que l'eau giclait sur leurs corps presque nus.

Ils se rhabillèrent et reprirent le chemin de chez eux. À trois heures de l'après-midi, dans le village où il habitait avec sa sœur et son beau-frère, Ananda était soûl. Il roula de la paillasse sur laquelle on l'avait installé, sortit, accroupi comme d'habitude, et pissa dans le jardin, incapable de se mettre debout ou même de lever la tête pour voir si quelqu'un le regardait.

Dans la salle de feuillage aux couleurs sourdes et peuplée d'ombres, le seul objet dont Anil eût conscience était la montre de Sarath. Il y avait deux nattes roulées et une petite table sur laquelle Palipana écrivait, en dépit de sa cécité, en larges lettres, mi-langage, mi-ornementation, la frontière entre les deux demeurant floue. C'était là qu'il s'installait presque tous les matins cependant que ses pensées tournoyaient avant de se prendre dans l'obscurité de la pièce.

La fille posa un carré de tissu à même le sol, autour duquel ils s'assirent, puis ils se penchèrent sur leurs bols de nourriture, mangeant avec les doigts. Sarath se souvenait comment Palipana avait coutume de voyager partout au pays en compagnie de ses élèves, comment il mangeait en silence, les écoutait et donnait brusquement son avis par le biais d'un monologue de vingt minutes. Aussi Sarath avait-il de même pris ses premiers repas en silence, sans jamais avancer la moindre théorie. Il apprenait les règles et les méthodes de la discussion, tout comme un garçon qui regarde un match du bord de la touche apprend en restant immobile les rythmes et les techniques nécessaires. Si les élèves se risquaient à émettre une supposition, le maître les tançait. Ils avaient confiance en lui parce qu'il était sévère, parce qu'il était incorruptible.

Toi, disait-il, pointant le doigt. Il n'appelait jamais personne par son nom, comme si les noms n'avaient aucune importance en regard de la discussion ou de la recherche. Juste : *Quand cette pierre a-t-elle été gravée ? Quelle lettre manque-t-il ? Le nom de l'artiste qui a dessiné ce bras ?*

100

Ils empruntaient les petites routes, descendaient dans des auberges de troisième catégorie, tiraient des broussailles des dalles ciselées afin de les étudier au soleil, et la nuit, dessinaient les plans de cours et de palais à partir des ruines de piliers et de voûtes qu'ils avaient vues durant la journée.

« J'avais une raison pour enlever la tête. »

Palipana ne suspendit pas son geste et continua de tendre les mains vers son bol.

« Prends des *brinjals*, elles font ma fierté… »

Sarath n'ignorait pas que, si Palipana l'interrompait ainsi, c'est qu'il était impatient. Une manière de sarcasme. La réalité de la vie opposée au concept.

« Pour le dossier, j'ai photographié le squelette avec et sans son crâne. En attendant, nous allons poursuivre nos analyses — pédologie, palynologie. Les *brinjals* sont délicieuses… Vous et moi, monsieur, nous avons travaillé sur les vieilles pierres, les fossiles, nous avons reconstitué les jardins d'eau asséchés, nous nous sommes demandé pourquoi une armée avait pénétré dans la zone sèche. Nous sommes capables d'identifier un architecte à sa façon de bâtir les palais d'hiver et d'été. Mais Anil, elle, vit dans l'époque contemporaine. Elle emploie les méthodes contemporaines. Elle sait pratiquer une coupe transversale d'un os à l'aide d'une petite scie et déterminer ainsi l'âge exact du squelette au moment de sa mort.

— Comment est-ce possible ? »

Sarath se tut afin de laisser Anil répondre. Tenant son bol, elle se servit de sa main libre pour appuyer son explication :

« On place la coupe transversale sous un microscope. Il faut qu'elle mesure un dixième de millimètre — pour distinguer les canaux par où passe le sang. Plus les gens vieillissent, plus ces canaux sont nombreux, brisés et fragmentés. Avec un tel outil, nous pouvons deviner l'âge.

— Deviner, marmonna le vieil homme.

— Une marge d'erreur de cinq pour cent. Je dirais que la personne dont vous avez examiné le crâne avait vingt-huit ans.

— Quelle certitude…

— Davantage que vous ne pourriez le déterminer en palpant le crâne, les sillons du front, et en mesurant la mâchoire.

— C'est magnifique.» Il tourna la tête vers elle. «Vous êtes une femme magnifique.»

Elle rougit de confusion.

«Je suppose qu'avec un bout d'os, vous pourriez aussi dire l'âge d'un vieux bonhomme comme moi.

— Vous avez soixante-seize ans.

— Comment…?» Palipana avait l'air désorienté. «Ma peau? Mes ongles?

— J'ai consulté l'encyclopédie cinghalaise avant de quitter Colombo.

— Ah oui, en effet. Vous avez eu de la chance de mettre la main sur une ancienne édition. Je ne figure plus dans la nouvelle.

— Alors, nous devrons vous ériger une statue», dit Sarath un peu trop obligeamment.

Un silence gêné s'instaura.

«J'ai vécu toute ma vie parmi les images, finit par répondre Palipana. Je ne crois pas en elles.

— Les temples ont aussi leurs héros séculiers.

— Donc, tu as enlevé le crâne…

— Nous ne savons pas encore quand il a été assassiné. Il y a dix ans? Cinq? Moins? Nous n'avons pas le matériel nécessaire pour le déterminer. Et compte tenu de l'endroit où nous l'avons trouvé, nous ne pouvons pas réclamer d'aide en ce domaine.»

Palipana, la tête inclinée, les bras croisés, resta silencieux. Sarath poursuivit «Vous avez reconstitué des époques entières rien qu'en étudiant des runes. Vous avez employé des peintres pour recréer des scènes à partir de quelques fragments de peinture. Alors voilà nous avons un crâne et nous voudrions que quelqu'un nous dise à quoi son possesseur pouvait ressembler. L'une des choses qui nous permettrait d'établir à quelle époque il avait vingt-huit ans, c'est que quelqu'un puisse l'identifier.»

Personne ne réagit. Sarath lui-même avait baissé les yeux. Il reprit «Mais nous ne possédons ni le spécialiste ni le savoir pour cela. C'est pourquoi je vous ai apporté le crâne. Pour que vous nous disiez où aller et quoi faire. Nous devons procéder avec discrétion.

— Oui, bien sûr. »

Palipana se leva, imité par les autres, puis sortit dans la nuit. N'accordant au vieil homme que la liberté qu'on autorise au chien en laisse, ils se dirigèrent vers le *pokuna* et s'immobilisèrent devant l'eau noire. Anil ne cessait de penser à la cécité de Palipana au cœur de ce paysage de verts et de gris foncés. Les marches de pierre se nichaient dans la terre en pente comme les morceaux de bois et de brique dans le rocher. Les squelettes d'habitations anciennes. Anil avait l'impression que son pouls s'était assoupi et qu'elle se déplaçait dans l'herbe comme l'animal le plus lent du monde. Elle saisissait toutes les complexités de ce qui l'entourait. L'esprit de Palipana, dans toute la puissance de sa cécité, était sans doute envahi de pensées similaires. Je ne vais plus vouloir quitter cet endroit, songea-t-elle, se rappelant que Sarath lui avait dit la même chose.

« Vous connaissez la tradition du Nētra Mangala ? » Palipana leur avait posé la question dans un murmure, comme s'il réfléchissait à voix haute. Il leva la main droite et désigna son propre visage. Il paraissait s'adresser davantage à Anil qu'à Sarath ou à la fille.

« *Nētra* signifie "œil", reprit-il. Il s'agit d'un rituel des yeux. Le soin de peindre les yeux d'une figure sainte doit être confié à un artiste particulier. Et on fait toujours cela en dernier. C'est ce qui donne vie à l'image. Comme un détonateur. Les yeux sont un détonateur. Tant que ce n'est pas fait, la statue ou la peinture dans une *vihara* n'est pas sacrée. Knox le mentionne, et après lui, Coomaraswamy. Vous l'avez lu ?

— Oui, mais je ne m'en souviens plus.

— Coomaraswamy note qu'avant la cérémonie de peinture des yeux on a juste affaire à un bloc de métal ou de pierre, mais que, je le cite, une fois les yeux peints, *dès lors c'est un dieu*. Naturellement, il y a une manière spéciale de peindre les yeux. Parfois, c'est le roi qui le fait, mais il vaut mieux que ce soit quelqu'un de qualifié, un homme de l'art, qui s'en charge. Maintenant, bien sûr, nous n'avons plus de rois. Et le Nētra Mangala est mieux sans rois. »

Anil, Sarath, Palipana et la fille étaient à présent assis à l'intérieur d'une *ambalama* de forme carrée, au centre de laquelle brûlait une lampe à pétrole. Le vieil homme, désignant l'habitation d'un geste du bras, avait dit qu'ils pourraient peut-être y parler, et même y dormir cette nuit. C'était une simple structure en bois, sans murs ni véritable plafond. La journée, les voyageurs ou les pèlerins en quête d'ombre et de fraîcheur venaient s'y réfugier. Et le soir, on ne distinguait plus qu'une armature squelettique ouverte aux ténèbres, dont les rares poutres créaient une illusion d'ordre. Une charpente bâtie sur le roc. Une demeure de bois et de pierre.

Il faisait presque noir, et les occupants sentaient un souffle d'air arriver vers eux, imprégné de l'eau du *pokuna*, entendaient les bruissements de créatures invisibles. Chaque soir, Palipana et Lakma quittaient leur clairière dans la forêt pour dormir dans l'*ambalama*. Le vieil homme pouvait satisfaire ses besoins naturels depuis le bord de la plate-forme sans avoir à demander à la fille de le conduire. Il restait allongé, conscient des bruits de l'océan d'arbres autour de lui. Loin étaient les guerres et la terreur, les terroristes amoureux de la détonation de leurs armes, là où la raison d'être de la guerre était devenue la guerre elle-même.

La fille était à sa gauche et Sarath à sa droite, la femme en face de lui. Il savait que celle-ci était maintenant debout, qui regardait soit vers lui, soit au-delà, vers l'eau. Lui aussi avait entendu l'éclaboussement. Quelque créature aquatique dans le calme de la nuit. Un vautour aura débouchait de la forêt. Entre Palipana et la femme — sur le roc, à côté de la lampe ocre — se trouvait le crâne qu'ils avaient apporté avec eux.

« Il y avait un homme qui peignait les yeux. Le meilleur que j'aie connu. Mais il a arrêté.

— De peindre les yeux ? »

Il perçut une curiosité nouvelle dans la voix de la femme.

« Une cérémonie a lieu la nuit qui précède, afin de préparer l'artiste. Comprenez bien, il ne vient que pour peindre les yeux de l'image du Bouddha. Il faut que ce soit fait le matin, à cinq heures. L'heure où le Bouddha a connu l'illumination. Les cérémonies débutent donc la veille, par des prières dans les temples qu'on a décorés.

« Sans yeux, ce n'est pas seulement la cécité, c'est le néant. L'absence d'existence. L'artiste donne vie à la vue, à la vérité et à la présence. Ensuite, on lui rend honneur et il reçoit des cadeaux. Des terres ou des bœufs. Il franchit les portes du temple. Il est vêtu comme un prince, couvert de bijoux, une épée sur le côté, de la dentelle au-dessus de sa tête. Il s'avance, accompagné par un homme qui porte les pinceaux, la peinture noire et un miroir de métal.

« Il monte à une échelle dressée devant la statue. L'autre homme le suit. C'est ainsi depuis des siècles, sachez-le, nous avons des écrits du IXe siècle qui le mentionnent déjà. L'artiste trempe un pinceau dans la peinture, puis tourne le dos à la statue, si bien qu'il a l'air blotti entre ses bras immenses. La peinture brille sur le pinceau. Le deuxième homme, face à lui, tient le miroir cependant que l'artiste tend le bras par-dessus son épaule et peint les yeux sans regarder directement le visage. Il n'utilise que le reflet du visage pour le guider — ainsi, c'est le miroir qui reçoit l'image du regard qu'il est en train de créer. Nul œil humain ne peut rencontrer celui du Bouddha durant l'acte de création. Tout autour, les mantras continuent. *Puisses-tu récolter les fruits de tes actions… Puisse la terre grandir et les jours s'allonger… Salut à vous, les yeux*

« Le travail peut prendre une heure ou moins d'une minute, cela dépend de l'essence de l'artiste, de son état. Il ne regarde jamais directement les yeux. Il ne les voit que dans le miroir. »

Anil, debout sur la plate-forme de bois où elle allait dormir, pensait à Cullis. À l'endroit où il pouvait se trouver. Sans nul doute dans les bras conjugaux. Elle préférait éviter de se le représenter là. Il ne lui avait guère ménagé de place au sein de cet univers qu'elle n'avait fait qu'entrevoir, comme s'il lui avait bandé les yeux.

« Pourquoi tu n'arrêtes pas, Cullis ? À quoi bon continuer ? Après deux ans, j'ai encore l'impression d'être la fille que tu rejoins entre deux et quatre. »

Elle était couchée à côté de lui. Sans le toucher. Besoin simplement de le regarder dans les yeux, de parler. De la main gauche, il lui empoigna les cheveux.

« Quoi qu'il arrive, ne me laisse pas, dit-il.

— Et pourquoi pas ? » Elle rejeta la tête en arrière, mais il ne la lâcha pas.

« Lâche-moi ! »

Il s'accrochait à elle.

Elle savait où il était. Elle tendit le bras derrière elle pour s'emparer du petit couteau qui lui avait servi un peu plus tôt à couper un avocat et, au bout d'un arc parfait, le planta dans le bras qui la maintenait. L'air s'échappa des lèvres non loin des siennes. *Ahhh*. L'accentuation sur les *h*. Elle se figurait presque voir les lettres jaillir dans la pénombre, la lame enfoncée dans le muscle du bras.

Elle scruta son visage, ses yeux gris (ils étaient toujours plus bleus au jour), et vit la douceur qu'il avait laissé s'installer sur ses traits une fois la quarantaine atteinte disparaître soudain, s'évanouir. L'expression tendue, les émotions à nu. Il pesait tout, cette trahison physique. Elle avait encore la main lovée autour du manche du couteau, l'effleurant à peine.

Ils se regardèrent. Ni l'un ni l'autre ne voulait céder. Elle se refusait à endiguer sa colère. Quand elle rejeta de nouveau la tête en arrière, il lâcha ses cheveux noirs mouillés, qui coulèrent entre ses doigts. Elle roula sur le côté et prit le téléphone. L'emportant à la lumière de la salle de bains, elle appela un taxi. Elle se tourna vers lui « Tu te souviendras : voilà ce que je t'ai fait à Borrego Springs. Tu pourras écrire une nouvelle là-dessus. »

Elle s'habilla dans la salle de bains, se maquilla, regagna la chambre. Elle alluma toutes les lampes pour que rien, aucun vêtement, ne lui échappe pendant qu'elle faisait son sac. Après quoi, elle éteignit et s'assit pour attendre. Il était sur le lit jumeau, immobile. Elle entendit le taxi arriver puis klaxonner.

Quand elle se dirigea vers la voiture, elle sentit que ses cheveux étaient encore humides. Le taxi démarra sous l'enseigne du motel Una Palma. Leur histoire d'amour avait été une longue intimité dont l'existence, dans l'ensemble, était demeurée secrète, un au revoir bref et définitif, encore que, sur le chemin de la gare routière, elle porta la main à sa poitrine et sentit son cœur battre à tout rompre, comme pour cracher la vérité.

Le bras levé, elle se tenait au chevron au-dessus de sa tête. Elle avait l'impression d'être un fouet prêt à claquer et à enrouler son long doigt autour de quelque chose. Palipana était face à la femme venue avec Sarath. *Salut à vous, les yeux!* Il le redit. Tandis qu'il écoutait le vieil homme, Sarath distinguait le bras pâle qui se dessinait à la lueur de la lampe à pétrole. « Quand le peintre avait fini, on lui bandait les yeux et on le conduisait hors du temple. Le roi lui donnait alors des biens et des terres. Nous avons des écrits. Il définissait les frontières de nouveaux villages — hautes terres et basses terres, jungles et étangs. Il ordonnait que l'artiste reçoive trente *amunu* de graines de paddy, trente morceaux de fer, dix buffles de son troupeau et dix bufflonnes avec leurs petits. » La conversation de Palipana semblait toujours comporter des phrases qu'il se rappelait, issues de textes historiques.

« Des bufflonnes avec leurs petits, répéta Anil à voix basse, se parlant à elle-même. Des graines de paddy… Ils étaient bien récompensés. »

Le vieil homme l'entendit. « Vous savez, les rois aussi créaient du désordre. Déjà à l'époque, il n'y avait pas de certitudes. On ne savait toujours pas ce qu'était la vérité. Nous n'avons jamais possédé la vérité. Même vous avec votre travail sur les os.

— Nous nous servons des os pour la rechercher. "Et la vérité vous rendra libres." Je le crois.

— La plupart du temps, dans notre monde, la vérité n'est qu'une opinion. »

Un coup de tonnerre éclata au loin, comme si on arrachait la terre et les arbres. L'*ambalama* en bois tangua ainsi qu'un radeau ou un lit à baldaquin dans la clairière ténébreuse. Peut-être qu'ils n'étaient pas ancrés au roc mais qu'ils dérivaient sur un fleuve. Anil était allongée au bord de la construction, sur l'une des plates-formes où l'on dormait. Elle s'était réveillée et elle entendait Palipana se tourner et se retourner toutes les deux ou trois minutes comme s'il n'arrivait pas à trouver le bon endroit et la bonne position pour dormir. Elle se replongea dans son univers, reporta ses pensées sur Cullis. Il lui semblait qu'un fil la rattachait à lui où qu'il fût sur la planète, au-delà de l'océan et de l'orage, un fragile fil téléphonique qu'il fallait dégager des branches ou des rochers au fond de la mer. Gardait-il l'image d'elle sortant à grandes enjambées de cette chambre à Borrego ? Ils avaient tous deux espéré une folle nuit d'amour. En le quittant, elle avait décidé de l'appeler un peu plus tard pour s'assurer qu'il ne s'était pas rendormi, mais encore dévorée de rage, elle ne l'avait pas fait.

Sarath frotta une allumette sur le rocher à côté de l'*ambalama*. Il n'y avait donc pas de fleuve qui coulait en bas. La flamme jaillit en vacillant et Anil sentit l'odeur de la bidi. Un insecte émit un bruit qui évoquait celui d'une montre qu'on remonte, l'un des habitants de cette forêt d'ascètes. « La passion a toujours généré le carnage », entendit-elle dire Palipana.

Il continua à parler dans le noir « Même quand on est moine, comme mon frère, la passion ou le carnage finissent par vous atteindre. Car on ne peut pas survivre en tant que moine si la société n'existe pas. On renonce à la société, mais pour cela, il faut d'abord en faire partie, apprendre comment s'en retirer. Tel est le paradoxe qui attend celui qui fait retraite. Mon frère est entré au temple. Il a échappé au monde, mais le monde l'a rattrapé. Il avait soixante-dix ans quand il a été tué par un inconnu, peut-être quelqu'un venu de l'époque où il brisait ses chaînes — car c'est le moment délicat, celui où l'on quitte le monde. Je suis le dernier de la famille. Ma sœur aussi est morte. Lakma est sa fille. »

Quelques années auparavant, Lakma avait assisté au meurtre de ses parents. Une semaine après, on avait placé la fillette âgée de douze ans dans une institution gouvernementale dirigée par des nonnes. Située au nord de Colombo, elle recueillait les enfants des victimes de la guerre civile. Le choc éprouvé à la suite de l'assassinat de ses parents l'avait à ce point secouée que, souffrant de troubles moteurs et de troubles du langage, elle était retombée en enfance. À quoi s'ajoutait une attitude adulte de repli sur soi-même. Elle ne voulait plus se laisser atteindre par quoi que ce soit.

Elle demeura terrée là-bas plus d'un mois, silencieuse, privée de toute réaction, physiquement contrainte de quitter sa chambre pour faire un peu d'exercice à la lumière du jour. Le cauchemar se poursuivait pour Lakma, incapable d'affronter les périls dont elle se croyait environnée. Cette enfant n'ignorait pas combien était fausse la prétendue sécurité religieuse régnant autour d'elle, symbolisée par ses dortoirs propres et ses lits impeccablement faits. Lorsque Palipana, le seul parent qui lui restait, vint lui rendre visite, il constata que dans ce lieu elle se montrait réfractaire à toute aide. Un bruit soudain représentait pour elle un danger. Elle fouillait sa nourriture de ses doigts, à la recherche d'insectes ou de morceaux de verre, refusait de dormir sur son lit et se cachait en dessous. C'était l'époque où Palipana lui-même traversait une grave crise dans sa carrière et où ses yeux étaient affligés d'un glaucome au stade aigu. Il avait réuni les affaires de Lakma et pris le train jusqu'à Anuradhapura avec elle, terrifiée durant tout le voyage, puis il l'avait conduite en charrette au monastère de forêt entouré de la salle de feuillage et de l'*ambalama*, au cœur du Bosquet des Ascètes. Ainsi, ils s'étaient échappés du monde, sans que personne ne les remarque — un vieil homme et une fillette de douze ans terrorisée par le moindre signe de présence humaine, y compris celle de cet homme qui l'avait emmenée dans la zone sèche.

Il souhaitait par-dessus tout la tirer de l'isolement dans lequel elle se murait. Ce que ses parents lui avaient appris était logé trop profondément en elle. Palipana, le plus grand épigraphiste du pays, s'attacha à l'éduquer sur deux plans d'une part en lui faisant acquérir les connaissances mnémoniques de l'alphabet et de la phraséologie, et d'autre part, en entretenant avec elle des conversations poussées aux limites de son propre savoir et de ses propres croyances. Cela se passait alors que sa vision s'obscurcissait et qu'il commençait à se déplacer lentement, avec des gestes amplifiés. (C'est seulement plus tard, quand il fit davantage confiance au noir et à la fille, que ses mouvements devinrent minimaux.)

Il s'était toujours fié à elle, pensait-il, en dépit de sa rage et de son refus du monde. Il entrelaçait en elle les fils de ses conversations sur les guerres, les *slokas* médiévaux, les textes et la langue *palis,* et il lui expliquait comment l'histoire aussi s'effaçait, tout autant que les batailles, comment elle ne pouvait exister qu'à travers le souvenir — car même les *slokas* sur papyrus et les feuilles d'*ola* finiraient mangés par les mites et les poissons d'argent, délités par les pluies –, comment seuls le roc et la pierre pouvaient conserver à jamais l'image d'une personne disparue et la beauté d'une autre.

Elle effectuait des voyages en sa compagnie — une randonnée de deux jours jusqu'au chapitre de Mihintale, l'ascension des cent trente-deux marches, accrochée à ce vieil homme aveugle et à sa peur à elle lorsqu'il insista pour qu'ils se rendent un jour en car à Polonnaruwa, afin qu'il puisse se trouver une dernière fois en présence du Livre de pierre, les mains sur les canards — là pour l'éternité. Quand ils se déplaçaient en char à bœufs, Palipana humait l'air, écoutait les murmures parmi les gommiers, et il savait où il était, savait qu'il y avait non loin un temple à demi enfoui, et aussitôt, il penchait son corps maigre pour descendre de la charrette, et Lakma le suivait. «Nous sommes, j'ai été, formés par l'histoire, disait-il. Mais les trois endroits que j'aime le plus y ont échappé. Arankale. Kaludiya Pokuna. Ritigala.»

Ainsi ils allèrent vers le sud jusqu'à Ritigala, se faisant transporter dans de lents chars à bœufs où elle se sentait plus en sûreté, et ils escaladèrent la montagne sacrée pendant des heures à travers la forêt étouffante de chaleur, accompagnés par le bruit des cigales. Ils atteignirent le sentier qui grimpait à flanc de colline en décrivant un S géant. Au moment où ils pénétraient dans le bois, ils cassèrent une petite branche qu'ils donnèrent en offrande, et ne prirent rien d'autre.

Toutes les colonnes anciennes qu'il rencontrait dans un champ, il les étreignait comme s'il s'agissait de personnes qu'il aurait connues par le passé. Pendant la majeure partie de sa vie, il avait déchiffré l'histoire dans les pierres et les sculptures. Et ces dernières années, il avait déchiffré l'histoire cachée, perdue intentionnellement, qui avait modifié les perspectives et les connaissances sur les époques antérieures. C'est ainsi qu'on dissimulait ou qu'on écrivait la vérité lorsqu'il était nécessaire de mentir.

Il avait déchiffré les inscriptions à la lueur des éclairs, les recopiant sous le tonnerre et la pluie. Une lampe à sodium portative ou un feu de buissons épineux flambait devant l'entrée d'une grotte. Le dialogue entre les mots anciens et les mots cachés, le va-et-vient entre ce qui était officiel et ce qui ne l'était pas au cours de ses voyages solitaires sur le terrain, lorsqu'il ne parlait à personne des semaines durant, si bien que ce dialogue constituait son unique conversation — un épigraphiste qui, étudiant le style particulier d'un texte gravé au IVe siècle, tombait entre les lignes sur une histoire interdite, proscrite par les rois, l'État et les prêtres. Ces strophes contenaient la plus noire des preuves.

Lakma l'observait et l'écoutait, sans jamais prononcer un mot, auditrice muette des histoires qu'il murmurait. Il amalgamait des fragments de récits pour en composer un paysage. Peu importait qu'elle fût incapable de distinguer entre la vérité et les versions qu'il présentait. En définitive, elle était en sûreté avec lui, avec cet homme qui était le frère aîné de sa mère. L'après-midi, ils dormaient sur des nattes dans la salle de feuillage, et le soir, sous la charpente de l'*ambalama*. À mesure qu'il perdait la vue, il donnait de plus en plus de sa vie à Lakma. Les derniers jours où il voyait encore, il les passa simplement à la regarder.

Avec la cécité de Palipana, elle gagna l'autorité qu'il n'avait pu lui accorder. Elle réorganisa le cheminement des jours. Ce qu'elle faisait à côté de lui appartenait désormais au monde invisible. D'une certaine manière, sa semi-nudité reflétait son état d'esprit. Elle portait le sarong comme un homme. Palipana ne pouvait pas le voir, ni voir la main gauche de la fille qui tirait sur les poils tout neufs de son pubis ou qui jouait avec pendant qu'il lui parlait. Son comportement ne lui était dicté que par la sécurité et le confort du vieil homme. S'il risquait de buter sur une racine, elle se précipitait pour guider ses pas. Chaque matin, elle lui mouillait le visage avec l'eau qu'elle avait mise à bouillir sur un feu, puis elle le rasait. Ils se levaient tôt et se couchaient tôt, alignés sur le soleil et la lune. Elle resta ainsi auprès de lui deux années durant, jusqu'à l'apparition de Sarath et d'Anil. À leur arrivée, elle se plaça en retrait, encore que ce fût maintenant davantage son domaine à elle que celui de Palipana qu'ils envahissaient. C'était son ordonnancement des journées qu'ils perturbaient. Si Anil percevait la courtoisie et la gentillesse chez le vieil homme, c'était uniquement à travers les gestes de ses mains et les mots qu'il chuchotait à Lakma, si bas qu'on ne les entendait qu'à un pas de distance, de sorte que la jeune femme et Sarath étaient exclus de la plupart de leurs conversations. À la fin de l'après-midi, la fille s'installait entre ses jambes, et les doigts fins de Palipana lui peignaient les cheveux, à la recherche de poux, tandis qu'elle lui massait les pieds. Quand il marchait, elle lui évitait de trébucher sur les obstacles en le tirant légèrement par la manche.

Plus tard, à la mort de Palipana, elle se glissait la nuit dans la forêt, silencieuse comme la tombe.

Elle couvrait sa nudité de palmes de *thambili,* lesquelles faisaient partie des ornements de deuil, puis elle cousait les derniers carnets du vieil homme dans ses vêtements. Elle avait déjà préparé un bûcher au bord du *pokuna* dont elle aimait le son — et le reflet des flammes à présent dansait à la surface du lac. Elle avait aussi commencé à graver l'une de ses phrases dans le roc, l'une des premières qu'il avait prononcées à son intention et à laquelle, au cours de ses années de peur, elle s'était accrochée comme à un radeau. Elle l'avait ciselée à la ligne d'horizon de l'eau pour que, selon la marée et la lune, les mots dans la pierre fussent submergés, suspendus au-dessus de leur reflet ou bien visibles dans les deux éléments. De l'eau jusqu'à la taille, elle gravait les lettres cinghalaises sur la pierre noire comme il lui avait dit que procédaient les artisans. Un jour, il lui avait montré de pareilles runes, qu'il avait découvertes malgré sa cécité, ainsi que leur frise de canards, présents pour l'éternité. Aussi traçat-elle des silhouettes de canards de part et d'autre de sa phrase. Et dans le réservoir de Kaludiya Pokuna, cette phrase longue d'un mètre continue ainsi à apparaître et disparaître. Elle passe déjà pour une vieille légende. Mais la fille qui, de l'eau jusqu'à la taille, la grava dans le roc lors de la dernière semaine d'agonie de Palipana, puis y transporta le vieillard et posa sa main parcheminée sur l'inscription dans l'eau boueuse n'était pas vieille. Il hocha la tête, se remémorant chaque mot. Il demeura au bord de l'eau et tous les matins, la fille se déshabillait, descendait le long de la paroi rocheuse submergée qu'elle attaquait à coups de marteau et de ciseau, de sorte que les derniers jours de la vie de Palipana furent accompagnés par le bruit majestueux du travail de Lakma, comme si elle lui parlait à voix haute. Rien que la phrase. Pas son nom, ni les années de son existence, rien qu'une gentille phrase qu'elle avait autrefois saisie et dont l'eau diffusait l'empreinte tout autour du lac.

Il lui avait donné ses vieilles lunettes fatiguées et, à la fin, après qu'elle avait cousu ses carnets dans ses vêtements, elle n'emporta que ce talisman quand elle entra dans la forêt.

Cette nuit-là, près des deux étrangers dans l'*ambalama*, la fille percevait la nervosité d'Anil aussi clairement que la bidi de Sarath qui rougeoyait par intermittence dans les ténèbres. Palipana s'assit, et Lakma sut qu'il allait reprendre comme s'il n'y avait pas eu une interruption d'une demi-heure.

« L'homme dont j'ai parlé, l'artiste, il y a eu un drame dans sa vie. Maintenant, il travaille dans les puits à gemmes, il y descend quatre ou cinq jours par semaine. Un buveur d'arack, à ce qu'il paraît. Il vaut mieux ne pas être sous terre avec lui. Peut-être qu'il est encore là. C'est lui qui peignait les yeux — comme son père et son grand-père avant lui. Un don héréditaire, bien qu'à mon avis il soit le meilleur des trois. Je pense que c'est lui que vous devriez aller trouver. Il faudra le payer. »

Anil demanda « Le payer pour quoi ?

— Pour reconstituer la tête », murmura Sarath dans le noir.

Bien que tombés sous le charme du vieil homme et de sa forêt, et bien que ni l'un ni l'autre n'en eût envie, ils reprirent le lendemain la route de Colombo. Ils attendirent la fraîcheur du soir et partirent dès que Palipana et la fille se dirigèrent vers l'*ambalama* pour y dormir. Un heure plus tard, au sud de Matale, à la sortie d'un virage, Sarath vit un camion qui fonçait droit sur eux. Il freina à fond et la voiture, vibrant de toutes ses tôles, dérapa sur le macadam. Il s'aperçut alors que, de fait, le camion était immobile, arrêté au milieu de la route en face d'eux, phares allumés.

Il ôta le pied de la pédale de frein et continua à rouler doucement. Anil, qui s'était réveillée, passa la tête par la vitre. Un homme était allongé sur la chaussée devant le camion. Étendu sur le dos, bras et jambes écartés. Le camion l'écrasait de sa masse. Le pinceau lumineux des phares trouait les ténèbres au-dessus de lui. L'homme ne portait pas de chemise et ses pieds nus pointaient comiquement vers le ciel. Après la peur, les passagers de la voiture éprouvèrent un sentiment d'amusement. Tout était silencieux autour d'eux cependant qu'ils passaient au ralenti. Pas d'aboiements de chiens. Pas de cigales. Le moteur du camion coupé.

« C'est le chauffeur ? murmura Anil, regrettant de briser le silence.

— Il leur arrive parfois de dormir comme ça, pour se reposer un petit moment. Ils s'arrêtent sur le mauvais côté de la route, laissent les phares allumés et se couchent sur la chaussée le temps d'une heure ou deux. À moins qu'il soit tout simplement soûl. »

Ils poursuivirent leur chemin. Anil, maintenant tout à fait réveillée, s'était adossée à la portière pour être face à Sarath dont les paroles étaient à peine audibles dans le vent qui s'engouffrait par les vitres ouvertes. Quand il était en mission, il roulait toujours de nuit, en particulier depuis la mort de sa femme, expliquait-il. Il effectuait ainsi deux voyages par semaine — soit vers Puttalam au nord, soit vers la côte sud. Il accompagnait des groupes d'étudiants qui exploraient les environs des digues autour des élevages de crevettes, à la recherche de sites d'anciens villages, ou alors, il allait superviser la restauration d'un pont de pierre à Anuradhapura.

Ils se trouvaient au sud d'Ambepussa et atteindraient les faubourgs de Colombo d'ici une heure. « Quand j'étais jeune, mon père pariait avec nous — combien on rencontrerait d'ivrognes endormis près de leur camion, combien on croiserait de chiens. Avec un bonus si on apercevait un chien à côté d'un homme endormi. Quelquefois, on en voyait jusqu'à trois ou quatre dans l'ombre d'un camion arrêté sous le clair de lune. Il faisait ça pour rester éveillé pendant qu'il conduisait. Il adorait parier. »

Après une longue pause, Sarath reprit « Toute sa vie, il a joué. Enfants, on ne s'en rendait pas bien compte. Il avait une vie professionnelle parfaitement réglée. C'était un avocat respecté. Nous formions une famille très unie, mais c'était un joueur, et notre fortune a connu des hauts et des bas.

— Tout ce qu'un enfant désire, c'est la certitude.

— Oui.

— Quand vous avez fait la connaissance de votre femme, vous avez été sûr, vous étiez sûr que… que vous deux… ?

— Je savais que je l'aimais. Mais je n'ai jamais été sûr de nous, en tant que couple.

— Sarath, vous pourriez vous arrêter, s'il vous plaît. » Elle perçut un petit choc sourd lorsque le pied droit de Sarath glissa de la pédale d'accélérateur. La voiture ralentit progressivement. Anil garda le silence, les yeux fixés sur les ténèbres devant elle. Il braqua vers le bas-côté, se rangea, et ils restèrent un moment sans rien dire dans l'habitacle plongé dans le noir, tandis que le moteur ronronnait.

« Vous avez remarqué qu'il n'y avait pas de chiens là-bas, près du camion ?

— Oui, j'y ai pensé au moment où je vous en parlais. Il y a quelque chose d'anormal.

— C'est peut-être un village sans chiens… Il faut faire demi-tour. » Elle détacha son regard de la route pour le porter sur Sarath. Il démarra avec un cahot, puis fit demi-tour.

Vingt minutes plus tard, ils s'arrêtaient à côté du camion. L'homme était vivant mais incapable de bouger. Presque inconcient. On lui avait planté un gros clou dans la paume gauche et un autre dans la droite, le crucifiant sur le macadam. C'était le chauffeur et, cependant que Sarath et Anil s'approchaient de lui, une expression de terreur envahit ses traits. Comme s'il croyait qu'on revenait l'achever ou lui infliger des tortures supplémentaires.

Elle prit le visage de l'homme entre ses mains, tandis que Sarath arrachait les clous de la chaussée afin de le libérer.

« Laissez les clous dans les paumes pour l'instant, dit Anil. Ne les enlevez surtout pas. »

Sarath expliqua à l'homme qu'elle était médecin. Ils sortirent une couverture du coffre, en enveloppèrent le chauffeur, puis installèrent celui-ci sur la banquette arrière. Il n'y avait rien à boire hormis un ou deux doigts d'un cordial qu'il but avidement.

Ils repartirent en direction du sud. Chaque fois qu'Anil se retournait pour voir comment il allait, l'homme avait les yeux grands ouverts et les regardait. Elle dit qu'elle avait besoin de solution saline. Apercevant une lumière devant, elle posa la main sur le bras de Sarath pour qu'il s'arrête. Il se gara sur l'accotement et coupa le moteur.

« C'est quoi ce village ?

— Galapitigama. Le village des belles femmes », récita-t-il comme un refrain. Anil le considéra un instant. « À ce qu'on dit. D'après McAlpine. »

Elle descendit et s'avança vers une porte par où filtrait de la lumière. Elle sentit une odeur de tabac. Sarath se tenait à ses côtés.

« Il nous faut du sel. De l'eau chaude. À défaut, on se contentera d'eau froide. Un petit bol — il faudra qu'on le garde avec nous. »

La porte s'ouvrit. Une intense activité régnait à mi-hauteur de la pièce. Sept hommes étaient assis le long des murs, qui roulaient des cigarettes, les pesaient par paquets et les attachaient avec une mince ficelle. Du travail de nuit clandestin. Ils ne portaient que des sarongs de coton dans cette pièce étouffante et dépourvue de fenêtres. Trois lampes étaient posées à même le sol, à côté des piles de bidis. Tout prenait une teinte brune, orangée, à la lueur des flammes tremblotantes maintenues tout bas. Les sarongs des sept occupants étaient à carreaux bleus et verts.

L'homme au torse nu qui leur avait ouvert jeta un regard derrière eux, vers la voiture, inquiet à l'idée qu'ils puissent représenter une autorité quelconque. Sarath expliqua qu'ils avaient besoin d'un peu d'eau chaude et de sel, puis, après réflexion, il demanda s'il pouvait avoir des bidis, s'ils accepteraient de lui en vendre. À quoi l'homme éclata de rire.

L'un des autres disparut par la porte du fond pendant que Sarath et Anil attendaient sur le seuil, puis il revint un instant plus tard, du sel dans une main, un petit bol dans l'autre. Anil encercla de ses doigts le poignet de l'homme et le fit pivoter pour que le sel se déverse dans l'eau, où il forma un nuage.

Cette fois, elle monta à l'arrière près du chauffeur de camion. Sarath lui dit quelque chose par-dessus son épaule, et l'homme tendit la main gauche d'un geste hésitant. À la faible lueur du plafonnier, Anil trempa un mouchoir dans la solution saline et le pressa sur la paume dans laquelle le clou était resté planté. Ensuite, la main droite, puis de nouveau la gauche.

Sarath démarra.

La forêt bordait les deux côtés de la route déserte. Le bourdonnement du moteur emplissait le silence, fil qui traversait le monde silencieux, habité seulement par Anil, Sarath et l'homme blessé. De temps en temps un village, de temps en temps un barrage non gardé où ils devaient ralentir et se faufiler comme par le chas d'une aiguille. Alors qu'ils passaient près d'un lampadaire, Anil constata que l'eau dont elle imbibait les paumes du chauffeur était maintenant rouge de sang. Elle continua néanmoins, car le mouvement le calmait et l'empêchait de sombrer dans le coma. Leurs gestes à tous deux — elle qui donnait, lui qui recevait — avaient pour l'un comme pour l'autre un caractère hypnotique.

« Comment vous appelez-vous ?

— Gunesena.

— Vous habitez par ici ? »

Il fit légèrement rouler sa tête, un oui et non diplomatique, et Anil sourit. Moins d'une heure plus tard, ils atteignaient les faubourgs de Colombo. Ils se garèrent devant les urgences de l'hôpital.

Un frère

Dans les salles d'opération des hôpitaux de la province du Centre-Nord, il y avait toujours quatre livres placés en évidence *Vietnam, Analyse des 2 187 plaies pénétrantes au cerveau* de Hammon, *Blessures par balles* de Swan et Swan, *Chirurgie vasculaire pendant la guerre de Corée* de C.W. Hughes et les *Annales chirurgicales*. Au milieu d'une opération, les médecins demandaient à une aide-soignante de leur tourner les pages afin qu'ils puissent jeter un coup d'œil sur le texte pendant qu'ils continuaient à opérer. Au bout de deux semaines, et à raison de quinze heures par jour, ils n'avaient plus besoin du secours des livres et se sentaient dans leur élément entre les blessures et les techniques suturales. Les ouvrages médicaux restaient cependant là, pour la formation de nouveaux futurs chirurgiens.

Dans la salle de garde de l'un de ces hôpitaux, quelqu'un avait abandonné derrière lui un exemplaire des *Affinités électives* parmi d'autres livres de poche plus perméables. Il demeura là durant toute la guerre, sans être lu. Il arrivait de temps à autre qu'une personne qui attendait le prenne, parcoure la quatrième de couverture, puis le repose respectueusement sur la pile des autres. Lesquels — œuvres d'une bande d'écrivains plus populaires comprenant Erle Stanley Gardner, Rosemary Rogers, James Hilton et Walter Tevis — se consommaient en deux ou trois heures, dévorés comme des sandwiches sur le pouce. N'importe quoi pour éviter de penser à la guerre.

Les bâtiments qui composaient l'hôpital dataient du tournant du siècle. Avant que les conflits ne prennent de l'ampleur, il avait été dirigé avec quelque nonchalance. Sur la pelouse, des marques d'une époque plus innocente survivaient aux déferlements de violence. Des soldats à moitié morts qui désiraient profiter encore du soleil et de l'air frais venaient s'y reposer en se bourrant de comprimés de morphine à côté d'un panneau : INTERDIT DE MÂCHER DU BÉTEL.

Les premières victimes de « violences intentionnelles » étaient arrivées en mars 1984. C'étaient presque toujours des hommes, âgés de vingt à trente ans, blessés par des mines, des grenades, des obus de mortiers. Les médecins de service abandonnaient *Le Jeu de la dame* ou *La Dame de minuit* et entreprenaient de stopper les hémorragies. Ils extrayaient éclats de métal et de pierre des poumons, suturaient les poitrines déchiquetées. Dans l'un des ouvrages que lisait le jeune docteur Gamini figurait une phrase qu'il aimait particulièrement : *Dans le diagnostic d'une lésion vasculaire, une très grande prudence s'impose.*

Les deux premières années de guerre, l'hôpital accueillit plus de trois cents blessés à la suite d'explosions. À mesure que les armes devenaient plus sophistiquées, la guerre dans la province du Centre-Nord se faisait plus meurtrière. Les guérilleros utilisaient des armes introduites en contrebande par les trafiquants internationaux, de même que des bombes artisanales.

Les médecins sauvaient d'abord les vies, puis les membres. Il s'agissait surtout de blessures occasionnées par des grenades. Une mine antipersonnel de la taille d'un encrier pouvait réduire un pied en charpie. Autour de chaque hôpital naissaient de nouveaux villages. On avait besoin d'établir des programmes de rééducation et de fabriquer ce qui allait être bientôt connu sous le nom de « jambe de Jaipur ». En Europe, un pied artificiel coûtait 2 500 livres. Ici, pour 30 livres on pouvait avoir une jambe de Jaipur — c'était d'autant moins cher que les victimes asiatiques avaient coutume de marcher sans chaussures.

À chaque nouvelle offensive, l'hôpital se trouvait à court d'analgésiques dès la première semaine. Noyé parmi les hurlements, on perdait toute identité. On s'accrochait à n'importe quelle notion d'ordre — l'odeur de l'antiseptique Savlon employé pour laver les sols et les murs, la salle des « piqûres pour enfants » et ses dessins de maternelle. Pendant la guerre, l'hôpital continuait à assurer ses fonctions habituelles. Quand, au milieu de la nuit, Gamini avait fini d'opérer, il se rendait dans l'aile est, auprès des enfants malades. Les mères étaient tout le temps là. Assises sur des tabourets, à moitié affalées sur le lit, elles dormaient en tenant les petites mains de leurs enfants. Il n'y avait pas beaucoup de pères. Gamini regardait les enfants, oublieux des bras de leurs parents. À cinquante mètres de là, aux urgences, il avait entendu des hommes adultes appeler leurs mères dans un dernier cri d'agonie. « *Attends-moi! Je sais que tu es là!* » C'était alors qu'il avait cessé de croire au règne de l'homme sur la terre. Il se détournait de tous ceux qui défendaient la guerre. Ou l'idée de patrie, l'orgueil du propriétaire, ou même les droits individuels. Tout cela était d'une façon ou d'une autre exploité par un pouvoir inconsidéré. On n'était ni pire ni meilleur que l'ennemi. Il ne croyait qu'aux mères endormies contre leurs enfants, la grande sexualité de l'esprit qui était en elles, la sexualité de l'amour, pour que les enfants se sentent en confiance et en sécurité durant la nuit.

Dix lits s'alignaient le long des murs de la pièce. Au centre se tenait le bureau des infirmières. Gamini appréciait l'ordre qui régnait dans ces pavillons clos. Dès qu'il avait quelques heures de libres, évitant le dortoir des médecins, il venait s'allonger ici sur un lit vide, si bien que, même quand il n'arrivait pas à dormir, il se sentait environné d'une atmosphère qu'il ne trouverait nulle part ailleurs dans le pays. Il aurait voulu qu'une mère le serre dans ses bras, qu'elle se couche en travers de sa poitrine, qu'elle passe un gant frais sur son visage. Il se tournait pour regarder un enfant atteint de jaunisse qui baignait dans une lumière bleu pâle, comme sur un diorama. Une lumière bleue, peut-être chaude plutôt que pâle, en définitive, dotée d'une fréquence particulière. « *Tends-moi un bouquet de gentiane, donne-moi une torche!* » Lui aussi aurait désiré baigner dans cette lumière. L'infirmière consulta sa montre et se leva de son bureau pour aller le réveiller. Mais il ne dormait pas. Il but une tasse de thé avec elle, puis quitta le service de pédiatrie qui avait déjà assez de ses propres malheurs. Au passage, il caressa le petit bouddha logé dans une niche du mur.

Il traversa la pelouse et regagna le théâtre des opérations. La différence entre pré- et post-opérés y semblait minime. La seule constante, la seule quasi-certitude, c'est qu'il y aurait demain davantage de cadavres — armes blanches, mines terrestres. Traumatismes orthopédiques, poumons perforés, lésions de la moelle épinière…

Quelques années auparavant, une histoire avait circulé au sujet d'un médecin de Colombo du nom de Linus Corea, neurochirurgien qui exerçait dans le secteur privé. Il descendait de trois générations de médecins et sa famille comptait également parmi ses membres les banquiers les plus solidement établis du pays. Linus approchait de la cinquantaine quand la guerre éclata. À l'instar de la plupart des médecins, il estimait qu'il s'agissait d'une folie, et à l'inverse de la plupart, il continua à exercer dans le secteur privé. Le Premier ministre était l'un de ses patients, de même que le chef de l'opposition. Il se faisait masser le crâne chez Gabriel à huit heures du matin, consultait de neuf heures à quatorze heures, puis allait faire sa partie de golf, protégé par un garde du corps. Il dînait dehors, rentrait chez lui avant le couvre-feu et dormait dans une chambre équipée de l'air conditionné. Il était marié depuis dix ans et avait deux fils. Tout le monde l'appréciait. Il était poli avec tout un chacun, car c'était la meilleure façon de s'épargner les ennuis, être invisible aux yeux de ceux qui ne lui importaient pas. Cette attitude de courtoisie créait une bulle à l'intérieur de laquelle il se déplaçait. Son comportement et sa politesse cachaient un manque d'intérêt fondamental ou, du moins, un manque de temps à consacrer aux gens qu'il croisait dans la rue. Il aimait la photo. Il tirait ses propres épreuves le soir.

En 1987, alors qu'il puttait sur un green, son garde du corps fut abattu et le Dr Linus Corea kidnappé. Ils débouchèrent lentement du bois, sans chercher à se dissimuler, ce qui signifiait qu'ils se moquaient d'être vus, et cela l'effraya plus que tout le reste. Il avait fait le parcours seul. Il était debout à côté du mort étendu face contre terre. Les hommes l'entourèrent. Ils venaient d'abattre son garde du corps d'une balle dans la tête tirée de quarante mètres, exactement à l'endroit voulu. Pas de violences inutiles.

Ils lui parlèrent calmement, dans une langue inventée, ce qui accrut son angoisse. Ils le frappèrent une fois et lui cassèrent une côte pour qu'il retienne la leçon, puis ils regagnèrent leur voiture et repartirent avec lui. Pendant des mois, personne ne sut ce qu'il était devenu. On fit appel à la police, au Premier ministre et au secrétaire du Parti communiste qui, tous, manifestèrent leur indignation. Les ravisseurs ne prirent pas contact pour réclamer une rançon. C'était le grand mystère de Colombo en cette année 1987. Des offres de récompense parurent dans la presse, et aucune ne reçut de réponse.

Huit mois après la disparition de Linus Corea, sa femme se trouvait seule à la maison avec leurs deux enfants quand un homme se présenta à la porte et lui remit une lettre de son mari. L'inconnu entra. Le mot était simple. Il disait : *Si tu veux me revoir, viens avec les enfants. Sinon, je comprendrai.*

Elle se dirigea vers le téléphone et l'homme sortit un revolver. Elle s'immobilisa. À sa gauche, il y avait un bassin où quelques fleurs flottaient dans l'eau peu profonde. Tous ses bijoux étaient en haut. Elle demeura figée sur place, tandis que les enfants s'amusaient dans leurs chambres. Son mariage n'avait pas été un mariage heureux. Confortable mais sans joie. L'amour ne pesait guère dans la balance. La lettre, cependant, bien qu'elle reflétât la nature abrupte de son mari, avait quelque chose à quoi elle ne se serait jamais attendue : elle lui donnait le choix. C'était dit de manière laconique, mais c'était dit, sans conditions. Plus tard, elle songea que sinon elle n'aurait pas accepté. Elle marmonna quelques mots à l'homme. Il lui répondit dans un langage inventé qu'elle ne comprenait pas. Certains articles publiés au moment de l'enlèvement du Dr Linus Corea avaient parlé d'extra-terrestres, ce qui, étrangement, revint à l'esprit de sa femme alors qu'elle se tenait dans le vestibule, face à l'inconnu.

« Nous venons avec vous », répéta-t-elle plus fort, et là, l'homme fit un pas vers elle pour lui remettre une deuxième lettre.

Aussi abrupte que la première, elle disait : *S'il te plaît, apporte-moi ces livres.* Suivait une liste qui comportait huit titres. Il lui indiquait où les trouver dans son bureau. Elle demanda à ses fils de préparer des vêtements et des chaussures de rechange, mais elle ne prit rien pour elle. Elle se contenta de porter les livres. Une fois dehors, l'homme les conduisit vers une voiture dont le moteur tournait déjà.

Linus Corea se dirigea dans le noir vers la tente et s'allongea sur le lit de camp. Il était neuf heures du soir. S'ils venaient, ils seraient là dans environ cinq heures. Il avait indiqué aux hommes le moment où ils auraient des chances de la trouver seule à la maison. Il fallait qu'il dorme. Il avait travaillé dans la tente où l'on triait les blessés pendant près de six heures et, malgré sa petite sieste après le déjeuner, il était épuisé.

Il n'avait pas quitté le camp des insurgés depuis qu'ils l'avaient enlevé à Colombo. À ce moment-là, il était deux heures de l'après-midi, et vers les sept heures, ils atteignaient les collines du Sud. Personne ne lui avait parlé dans la voiture. Ils continuaient à utiliser cette langue idiote, une plaisanterie de leur part. À quoi cela leur servait, il l'ignorait. Une fois arrivés, ils lui expliquèrent en cinghalais ce qu'ils attendaient de lui, à savoir qu'il exerce sa profession de médecin pour leur compte. Rien de plus. La conversation ne fut pas tendue, ni assortie de menaces. On lui dit qu'il pourrait revoir sa famille dans quelques mois. Et qu'il pouvait maintenant aller dormir, mais qu'au matin, il faudrait qu'il travaille. Quelques heures plus tard, on le réveilla pour une urgence. Il fut conduit dans la tente de tri à la lueur d'une lanterne qu'on suspendit à un crochet au-dessus de l'homme à moitié mort. Là, on lui demanda de pratiquer sur cet homme une opération du crâne à cette seule lumière. La blessure était trop grave, mais ils insistèrent. Lui-même souffrait de sa côte cassée, et chaque fois qu'il se penchait, une douleur fulgurante lui traversait la poitrine. Une demi-heure plus tard, l'homme était mort et ils portèrent la lanterne vers un deuxième lit où un autre blessé par balle attendait en silence. Il dut amputer la jambe au-dessus du genou, mais l'homme survécut. Linus Corea retourna se coucher à deux heures et demie. À six heures du matin, on le réveilla de nouveau.

Au bout de quelques jours, il leur demanda de lui procurer des blouses, des gants en caoutchouc et de la morphine. Il leur dressa la liste de ce dont il avait besoin et le soir même, ils attaquèrent un hôpital près de Gurutulawa, s'emparèrent des produits médicaux essentiels et kidnappèrent une infirmière à son intention. Bizarrement, elle non plus ne se plaignit pas de son sort. Au fond de lui, il était en colère et fatigué d'un monde qui rendait tout cela nécessaire, mais il continua à afficher la fausse courtoisie qu'il avait manifestée au cours de son existence antérieure. Il disait merci à propos de n'importe quoi et ne réclamait que ce qui était indispensable. Il finit par s'habituer à son absence de besoins, et il en tira même une certaine fierté. Quand il lui fallait quelque chose — des seringues, des pansements, un livre — il faisait une liste qu'il leur remettait. Une semaine, ou six semaines plus tard, il l'obtenait. Le premier raid mené contre un hôpital était le seul qu'ils avaient organisé rien que pour lui.

Ignorant combien de temps ils allaient le garder prisonnier, il décida d'apprendre à l'infirmière tout ce qu'il pouvait dans le domaine de la chirurgie. Rosalyn avait dans les quarante ans et elle était très futée malgré ses grands airs. Quand il y avait affluence de blessés, il la laissait opérer à ses côtés.

Au bout d'un mois, il dut s'avouer que ses enfants et sa femme ne lui manquaient plus, ni même Colombo. Non qu'il fût heureux ici, mais sa tâche l'occupait entièrement.

Il ne lui restait pas assez d'énergie pour ressentir colère ou humiliation. De six heures à midi. Deux heures pour déjeuner et se reposer. Puis six nouvelles heures de travail. En cas d'urgence, c'était plus. L'infirmière demeurait toujours près de lui. Elle portait l'une des blouses qu'il avait réclamées, et elle s'en montrait extrêmement fière. Elle la lavait tous les soirs afin qu'elle soit propre au matin.

C'était un jour comme les autres, sauf que c'était son anniversaire. Il se disait cela sur le chemin de la tente. Cinquante et un ans. Son premier anniversaire dans les montagnes. À midi, une jeep déboula en trombe. On les fit grimper dedans, l'infirmière et lui. Ils roulèrent un moment, puis on lui banda les yeux. Peu après, on le tira hors du véhicule. Il ne lutta pas. Du vent sur le visage. Avançant prudemment le pied, il sentit qu'il se trouvait au bord d'une saillie. Une falaise ? On le poussa et il s'envola, tomba dans le vide, mais il n'eut pas le temps d'avoir peur qu'il entrait dans l'eau. Froide comme un lac de montagne. Il n'avait rien. Il ôta son bandeau et entendit des acclamations. L'infirmière, tout habillée, plongea du rocher et creva la surface à côté de lui. Les hommes l'imitèrent. Il se demandait comment, mais ils avaient su pour son anniversaire. À dater de ce jour-là, une baignade quotidienne devint la règle, du moins quand les circonstances le permettaient. Il y pensait toujours avant de s'endormir. Elle augmentait l'excitation qu'il éprouvait à l'idée du lendemain. La baignade.

Quand sa famille arriva, il dormait. L'infirmière tenta bien de le réveiller, mais il était plongé dans un sommeil trop profond. Elle suggéra à sa femme de venir dans sa tente avec les deux garçons pour qu'il puisse continuer à dormir sans être dérangé, car d'ici quelques heures, il faudrait qu'il se lève pour travailler. À quoi ? demanda son épouse. Il est médecin, répondit l'infirmière.

Cela valait peut-être mieux. La route avait été longue et ils étaient tous trois fatigués. Le moment n'était pas aux embrassades et aux explications. Lorsqu'ils se réveillèrent au matin, il était dix heures et Linus travaillait déjà depuis quatre heures. Il était entré dans leur tente, sa tasse de thé à la main, les avait regardés, puis était parti assumer sa tâche quotidienne, assisté de l'infirmière. Celle-ci lui avait fait part de son étonnement devant la jeunesse de sa femme, et il avait ri. À Colombo, il aurait rougi ou se serait mis en colère. Il se rendait compte que cette infirmière pouvait tout lui dire.

Donc, quand sa femme et ses enfants se levèrent, personne ne leur prêta attention. L'infirmière avait disparu et les soldats vaquaient à leurs occupations. La mère insista pour qu'ils restent ensemble, et ils parcoururent le camp comme des touristes égarés jusqu'à ce qu'ils trouvent l'infirmière, qui lavait des bandages devant une tente sale.

Rosalyn s'approcha et lui dit quelque chose qu'il ne comprit pas. Elle lui répéta que sa femme et ses enfants l'attendaient à l'entrée de la tente. Il leva les yeux, puis lui demanda si elle pouvait prendre le relais. Elle fit signe que oui. Il abandonna l'opération sur laquelle il se concentrait, passa à côté des gens allongés par terre et se dirigea vers sa femme et ses enfants. L'infirmière le vit presque sauter de joie. Quand il arriva près d'elle, sa femme, à la vue du sang qui maculait sa blouse, hésita. « Ça n'a pas d'importance », dit-il en la serrant dans ses bras. Elle effleura sa barbe dont il avait oublié l'existence. En l'absence de glace, il ne la voyait pas.

« Tu as fait la connaissance de Rosalyn ?

— Oui. Elle nous a aidés hier soir. Toi, naturellement, on n'a pas pu te réveiller.

— Mmmm, fit Linus Corea en riant. Ça me permet de tenir. » Il marqua une pause. « C'est ma vie. »

Chaque fois qu'une bombe explosait dans un lieu public, Gamini se postait à l'entrée de l'hôpital, qui faisait alors office de centre de tri, et il classait par catégories les blessés qui arrivaient, jugeant d'un coup d'œil l'état de chacun pour les envoyer soit en soins intensifs, soit en salle d'opération. Cette fois, il y avait également des femmes, car la bombe avait été déposée en pleine rue. Les survivants, ceux qui se trouvaient à la périphérie de l'explosion, furent amenés dans l'heure qui suivit. Les médecins n'employaient pas de noms. On mettait une étiquette au poignet droit, ou à la cheville droite en l'absence de bras. Rouge pour Neuro, verte pour Orthopédie, jaune pour Chirurgie. Ni la profession, ni la race. Il estimait que c'était aussi bien ainsi. On notait les noms plus tard, quand les survivants étaient capables de parler, au cas où ils mourraient. On prélevait dix cm^3 de sang à chaque victime, conservés dans un tube attaché aux matelas à côté d'aiguilles à jeter qu'on réutilisait si besoin était.

On effectuait le tri entre les mourants, ceux dont l'état nécessitait une intervention chirurgicale immédiate et ceux qui pouvaient attendre. Aux mourants, on donnait des comprimés de morphine afin de ne pas perdre de temps auprès d'eux. Distinguer entre les autres était plus délicat. Une bombe qui explosait dans la rue, contenant en général des clous ou des roulements à bille, pouvait déchiqueter un abdomen dans un rayon de cinquante mètres et l'onde de choc, provoquer une rupture de l'estomac. « J'ai quelque chose au ventre », disait une femme, craignant d'avoir reçu un éclat. En réalité, son estomac avait été carrément retourné sous la violence du souffle.

Tout le monde était secoué après un attentat. Des mois plus tard, des survivants venaient consulter à l'hôpital, parce qu'ils avaient encore peur de mourir. Pour ceux qui se trouvaient assez loin de l'endroit où la bombe avait éclaté, les bouts de métal dont ils avaient été criblés et qui, par miracle, n'avaient atteint aucun organe vital, étaient relativement inoffensifs, car la chaleur de l'explosion les avait stérilisés. Ce qui était dangereux, par contre, c'était le choc émotionnel. Sans compter la surdité totale ou partielle selon l'angle où la tête était tournée dans la rue ce jour-là. Bien peu pouvaient s'offrir une reconstitution du tympan.

Dans ces moments-là, de simples étudiants assuraient le travail de chirurgiens orthopédistes. Les routes menant aux centres médicaux plus importants étaient souvent fermées à cause des mines, et les hélicoptères n'étaient pas équipés pour voler la nuit. Si bien qu'ils devaient faire face à toutes formes de traumatismes et de brûlures. Il n'y avait que quatre neurochirurgiens dans le pays deux à Colombo, un à Kandy et un qui exerçait dans le secteur privé — mais ce dernier avait été enlevé quelques années auparavant.

Entre-temps, loin au sud, d'autres événements se déroulaient. Des insurgés pénétrèrent dans le Ward Place Hospital à Colombo où ils tuèrent un médecin et deux de ses assistants. Ils cherchaient un malade. « Où est Untel ? » demandèrent-ils. « Je ne sais pas. » L'enfer se déchaîna. Une fois qu'ils eurent trouvé leur homme, ils sortirent de grands couteaux et le découpèrent en morceaux. Ensuite, ils menacèrent les infirmières et leur ordonnèrent de ne plus venir travailler. Le lendemain, cependant, elles revinrent, non pas en uniforme mais en robe et en chaussons. Il y avait des tireurs sur le toit de l'hôpital. Il y avait des indicateurs partout. Le Ward Place Hospital resta néanmoins ouvert. Ce genre de choses arrivait rarement dans les hôpitaux. Gamini et ses assistants, Kasan et Monica, parvenaient à se reposer un peu dans la salle de garde. La moitié du temps, ils ne pouvaient pas regagner leurs domiciles en raison du couvre-feu. De toute façon, Gamini était incapable de dormir. Les pilules qu'il prenait depuis peu produisaient encore leur effet et l'adrénaline coulait dans ses veines, quoique son cerveau et ses centres moteurs fussent épuisés, si bien qu'il préférait la plupart du temps aller se promener la nuit sous les arbres. Il croisait quelques personnes qui fumaient, des parents de blessés. Il ne désirait pas nouer de contacts, sentait simplement son cœur battre plus vite. Il rentrait, prenait un livre de poche, l'ouvrait au hasard et fixait la page comme si elle décrivait une scène située sur une autre planète. Il finissait par retourner dans l'aile des enfants pour y trouver un lit, là où on ne le connaissait pas et où il avait le sentiment d'être davantage en sécurité. Des mères le considéraient d'un œil soupçonneux, soucieuses de protéger leurs enfants de cet inconnu, comme des mères poules, avant de reconnaître en lui le médecin qui exerçait ici depuis deux ans, qui ne réussissait presque jamais à dormir et qui, à présent, s'installait sur un matelas dépourvu de drap et s'allongeait sur le dos, immobile, jusqu'au moment où il tournait la tête pour contempler la lumière bleue. Quand il s'endormait enfin, l'infirmière de service venait lui délacer et lui ôter ses chaussures. Il ronflait fort, ce qui réveillait parfois les enfants.

Il avait alors trente-quatre ans. La situation ne ferait qu'empirer. À trente-six ans, il travaillait au service des accidentés de l'hôpital de Colombo. « Le service des blessés par balles », comme on le surnommait. Il se rappelait encore le pavillon de pédiatrie dans la province du Centre-Nord, la lumière bleue au-dessus de cet enfant atteint de jaunisse qui parvenait à l'apaiser, sa fréquence de 470 à 490 nanomètres qui, à longueur de nuit, cassait les pigments jaunes.

Il se rappelait les livres, les quatre ouvrages médicaux essentiels et les histoires qu'il n'avait jamais lues jusqu'au bout, bien qu'il les eût tenues des heures entre les mains cependant que, installé dans le fauteuil en osier, il tâchait de se reposer, de restaurer un semblant d'ordre autour de lui, alors que seules les ténèbres s'abattaient dans cette pièce, tandis que son regard demeurait rivé sur les pages et que, au travers d'elles, ses pensées se concentraient sur la vérité de leur temps.

Il était une heure du matin lorsque Sarath et Anil atteignirent le centre de Colombo après avoir roulé dans les rues grises et désertes de la ville. Comme ils se dirigeaient vers les urgences, la jeune femme demanda « Ça ira ? On peut le bouger ?

— Oui, oui. On va le confier à mon frère. Avec un peu de chance, on le trouvera quelque part dans le service.

— Vous avez un frère ici ? »

Sarath se gara et resta un moment silencieux avant de dire « Mon Dieu, je suis épuisé.

— Vous voulez dormir un peu ? Je m'occuperai de lui.

— Non, ça ira. De toute façon, il vaut mieux que je parle à mon frère. S'il est là. »

Ils réveillèrent Gunesena et, le soutenant chacun d'un côté, le conduisirent à l'intérieur du bâtiment. Sarath dit quelques mots à la personne qui se trouvait à l'accueil, puis tous trois s'assirent pour attendre, les mains de Gunesena posées sur ses genoux comme celles d'un boxeur. Une certaine activité régnait autour des Admissions, encore que tout le monde se déplaçât sans bruit et comme au ralenti. Un homme en chemise rayée s'approcha d'eux et se mit à bavarder avec Sarath.

« Je te présente Anil. »

L'homme inclina la tête vers elle.

« Mon frère, Gamini.

— Enchantée, fit-elle d'un ton neutre.

— C'est mon frère cadet, le médecin de la famille. »

Il n'y avait eu aucun contact physique entre Sarath et lui, pas la moindre poignée de main.

« Venez… » Gamini aida Gunesena à se mettre debout et ils le suivirent dans une petite pièce. Gamini déboucha un flacon et nettoya les paumes du blessé. Anil remarqua qu'il ne portait pas de gants, ni même de blouse. On aurait dit qu'il sortait d'une partie de cartes interrompue. Il injecta l'anesthésique dans les mains du chauffeur.

« J'ignorais qu'il avait un frère, dit-elle, brisant le silence.

— Oh, nous ne nous voyons pas souvent. Vous savez, moi non plus, je ne parle pas de lui. Chacun sa vie.

— Pourtant, il savait que vous étiez ici, et qu'il vous trouverait sans doute à cette heure. »

Tous deux excluaient volontairement Sarath de leur conversation.

« Depuis quand travaillez-vous avec lui ? demanda Gamini un instant plus tard.

— Trois semaines, répondit-elle.

— Tes mains, intervint Sarath. Elles ne tremblent pas. Tu es guéri ?

— Oui. » Gamini se tourna vers Anil. « Le secret de la famille, c'est moi. »

Il retira les clous des paumes anesthésiées de Gunesena qu'il lava ensuite au Betalima, un liquide mousseux aux reflets violets qu'il fit gicler d'une bouteille en plastique. Il pansa les plaies tout en parlant gentiment au blessé. Il était très doux, ce qui, sans qu'elle sache très bien pourquoi, étonna Anil. Il ouvrit un tiroir, prit une deuxième aiguille à jeter et fit à Gunesena une piqûre antitétanique. « Tu dois deux aiguilles à l'hôpital, murmura-t-il à son frère. Il y a une boutique au coin de la rue. Tu pourrais aller les acheter pendant que je signe son autorisation de sortie. » Il précéda Sarath et Anil hors de la pièce, laissant le chauffeur derrière lui.

« Il n'y a pas de lits disponibles ce soir. Pas pour une blessure comme celle-là, en tout cas. Voyez-vous, de nos jours, même la crucifixion n'est pas considérée comme une grave agression… Si vous ne pouvez pas le ramener chez lui, je trouverai quelqu'un pour le surveiller pendant qu'il dormira dans la salle d'attente des Admissions. Je donnerai mon accord, je veux dire.

— Il peut venir avec nous, dit Sarath. Si ça le tente, je le ferai embaucher comme chauffeur.

— Tu as intérêt à remplacer ces deux aiguilles. Je termine bientôt mon service. Vous voulez manger quelque chose Sur le Galle Face ? » Il s'adressait de nouveau à Anil.

« Il est deux heures du matin » protesta Sarath.

Anil répondit « Oui, avec plaisir. »

Gamini la regarda et hocha la tête.

Il ouvrit la portière côté passager et s'installa près de son frère, ce qui ne laissa pas d'autre choix à Anil que de monter derrière avec Gunesena. Eh bien, de cette manière, elle serait en meilleure position pour les observer.

Les rues étaient désertes et ils ne croisèrent qu'une patrouille militaire qui s'avançait en silence sous la voûte des arbres, le long de Solomon Dias Mawatha. On les arrêta à un barrage où ils durent montrer leurs laissez-passer. Un peu plus loin, ils virent un vendeur ambulant, et Gamini descendit acheter à manger pour eux quatre. Sur la route, le cadet des deux frères avait l'air sauvage, aussi mince que son ombre.

Ils laissèrent Gunesena dormir dans la voiture, puis se dirigèrent vers le Galle Face Green et allèrent s'asseoir sur la digue, au bord de la mer qui paraissait presque noire. Pendant que Gamini déballait ses trophées, Anil alluma une cigarette. Elle n'avait pas faim. Gamini, quant à lui, consomma dans l'heure qui suivit plusieurs rouleaux de *lamprais,* quantité astronomique pour un homme qu'elle trouvait si maigre. Elle le vit prendre discrètement une pilule dans sa paume et l'avaler avec une gorgée de son Orange Crush.

« On en reçoit beaucoup comme lui…

— Les mains transpercées par des clous ? » Elle s'aperçut qu'elle avait pris un ton horrifié.

« Ces derniers temps, on voit de tout. On est presque soulagés quand ce ne sont que des clous qu'ils utilisent. Vis, boulons — ils fourrent n'importe quoi dans leurs bombes pour être sûrs que les gens sur le lieu des explosions attrapent la gangrène.

Il défit la feuille de bananier autour d'un autre *lamprais* et commença à manger avec ses doigts. « … Dieu merci, ce n'est pas la pleine lune. Les jours de *poya* sont les pires. Tout le monde s'imagine voir comme en plein jour. Les gens sortent et marchent sur quelque chose. Vous faites partie de l'équipe qui travaille sur les squelettes qu'on a récemment découverts ?

— Comment le savez-vous ? demanda-t-elle d'une voix soudain tendue.

— Ce n'est pas le bon moment pour les exhumations. Ils ne veulent pas qu'on obtienne de résultats. Ils mènent la guerre sur deux fronts maintenant, le gouvernement, je veux dire. Ils ne tiennent pas à être exposés à de nouvelles critiques.

— Je les comprends, dit Sarath.

— Mais elle ? » Gamini s'interrompit, puis reprit : « Simplement, soyez prudente. Personne n'est parfait. Personne n'a raison. Et il y a trop de gens qui sont au courant pour votre enquête. Il y a toujours quelqu'un qui guette. »

Après une seconde de silence, Sarath demanda à son frère ce qu'il faisait d'autre.

« Juste dormir et travailler, répondit celui-ci en bâillant. C'est tout. Mon mariage s'est envolé. Tout ce cérémonial, et il s'est désintégré en l'espace de quelques mois. J'étais trop exalté à l'époque. Vous voyez, je suis probablement un exemple de traumatisme de plus. C'est ce qui se produit quand on n'a pas d'autre vie. Qu'est-ce que mon mariage et vos foutues recherches signifient, hein ? Et tous ces rebelles de salon qui vivent à l'étranger avec leurs notions de justice ? Je n'ai rien contre leurs idées, mais j'aimerais qu'ils viennent ici. Qu'ils fassent un tour dans mon service de chirurgie. »

Il se pencha pour prendre une cigarette dans le paquet d'Anil. Elle la lui alluma et il la remercia d'un bref hochement de tête.

« Je veux dire que je suis incollable sur les explosifs. Mortiers, mines Claymore, mines antipersonnel contenant de la gélignite et du trinitrotoluène. Et quand je pense que je suis médecin Celles-là se soldent par des amputations en dessous du genou. Les victimes perdent connaissance et leur tension s'effondre. On fait une tomographie du cerveau et du tronc cérébral, et on constate des hémorragies et des œdèmes. Pour ça, on a recours à la déxaméthasone et à la ventilation mécanique — à savoir qu'on doit ouvrir le crâne. La plupart du temps, ça se traduit par d'horribles mutilations, et puis on s'efforce de stopper les hémorragies… On nous en amène tout le temps. Vous trouvez de la boue, de l'herbe, du métal, les lambeaux d'une jambe et d'une botte, tout ça incrusté dans la cuisse et les organes génitaux. Voilà ce qui arrive quand on marche sur une bombe et qu'elle explose. Alors, si vous avez l'intention de vous balader dans une zone minée, il vaut mieux mettre des tennis. C'est moins dangereux que les rangers. Quoi qu'il en soit, les poseurs de bombes, ce sont ceux que la presse occidentale appelle les combattants de la liberté… Et vous, vous voulez enquêter sur le gouvernement ?

— Il y a aussi des Tamouls innocents qui se font tuer au Sud, répliqua Sarath. Des meurtres épouvantables. Tu devrais lire les rapports.

— Je les ai, les rapports. » Gamini s'allongea et sa tête vint reposer contre la cuisse d'Anil, mais il ne parut pas s'en apercevoir. « On est en train de se faire tous avoir, non ? On ne sait pas comment agir. On se jette dedans, c'est tout. Alors, s'il vous plaît, ne montez plus sur vos grands chevaux. C'est une guerre qui concerne les gens à pied.

— Certains rapports… commença-t-elle. Il y a des lettres de parents qui ont perdu leurs enfants. On ne peut pas éliminer ça d'un geste, passer dessus. »

Elle lui effleura l'épaule. Il leva un instant la main, puis sa tête glissa. Anil constata qu'il s'était endormi. Son front, ses cheveux dépeignés, le poids de sa fatigue sur ses genoux. *Sommeil, libère-moi.* Les paroles d'une chanson en tête, incapable de trouver l'air qui les accompagnait. *Sommeil, libère-moi…* Plus tard, elle devait se souvenir que Sarath avait le regard fixé sur la surface noire et changeante de l'océan.

Amygdala.

Le mot lui avait semblé sri lankais la première fois qu'elle l'avait entendu. Quand elle faisait ses études au Guy's Hospital à Londres, après avoir coupé et écarté le tissu pour révéler un petit nœud de fibres. Près de la base du cerveau. Le professeur à côté d'elle le lui nomma. *Amygdala.*

«Qu'est-ce que ça veut dire?

— Rien. C'est un endroit. La face sombre du cerveau.

— Je…

— Un endroit où loger les souvenirs de peur.

— Juste la peur?

— Nous ne le savons pas avec certitude. La colère aussi, croyons-nous, mais surtout la peur. L'émotion pure. Nous ne pouvons pas expliquer davantage.

— Pourquoi?

— Eh bien… est-ce quelque chose qu'on hérite? S'agit-il d'une peur ancestrale? Des peurs de l'enfance? De la peur de ce qui pourrait arriver quand on devient vieux? Ou de la peur quand on a commis un crime? Ce pourrait aussi n'être que la projection de fantasmes de peur.

— Comme dans les rêves?

— Oui, comme dans les rêves, acquiesça-t-il. Encore que, parfois, les rêves ne soient pas le fruit de fantasmes mais de vieilles habitudes que nous ignorions avoir.

— Si je ne me trompe, c'est donc quelque chose qui a été

fabriqué, créé par nous, par notre propre histoire. Ce nœud est différent d'une personne à l'autre, même si elles sont de la même famille. Parce que nous avons tous un passé différent. »

Le professeur, étonné par l'intérêt qu'elle manifestait, marqua une pause avant de reprendre. « Je pense que nous sommes encore incapables de déterminer à quel point les nœuds peuvent ou non être similaires et s'il existe des structures fondamentales. J'ai toujours aimé ces romans du XIXe siècle où des frères et des sœurs vivant dans des villes éloignées éprouvaient parfois les mêmes douleurs, les mêmes peurs… Mais je digresse. En fait, nous ne savons pas, Anil.

— Il sonne sri lankais, ce nom.

— Vous n'avez qu'à vérifier son étymologie. Il n'a pas l'air scientifique.

— Non. On dirait un dieu malfaisant. »

Elle se rappelle le nœud en forme d'amande. Pendant les autopsies, pour penser à autre chose, elle avait secrètement l'habitude de chercher l'amygdala, ce paquet de nerfs qui héberge la peur — et qui gouverne donc tout. Notre comportement et nos décisions, notre quête de mariages stables, la construction de maisons sûres.

Un jour, en voiture avec Sarath. Il demande « Vous n'enregistrez pas ? — Non. — Il y a au moins deux lieux de détention clandestins à Colombo. L'un non loin de Havelock Road dans Kollupitiya. Certains de ceux qu'on arrête y restent un mois, mais la torture elle-même ne dure pas tout ce temps-là. La plupart craquent au bout d'une heure. De toute façon, la majorité d'entre nous craquent à la seule idée de ce qui pourrait arriver. »

« Vous n'enregistrez pas ? a-t-il demandé. — Non. » Et ce n'est qu'à ce moment-là qu'il a parlé.

« *Je voulais trouver une loi qui s'applique à tout ce qui vit. J'ai trouvé la peur…* »

Anil — le nom qu'elle avait acheté à son frère à l'âge de treize ans — devait encore franchir une étape avant de s'installer définitivement. À seize ans, Anil était coléreuse et entretenait des rapports conflictuels avec sa famille. Ses parents la conduisirent chez un astrologue de Wellawatta afin qu'il essaie d'arrondir les angles de sa nature. L'homme nota la date et l'heure de sa naissance, opéra divisions et soustractions, étudia ses influences astrales et, ignorant les tractations auxquelles il avait donné lieu, déclara que le problème résidait dans son nom. Le caractère ombrageux de l'adolescente pouvait être jugulé grâce à un changement de nom. Il ne savait rien du marché conclu en échange de cigarettes Gold Leaf et de roupies. Il s'exprimait d'une voix qui approchait de la sérénité et de la sagesse dans la pièce exiguë derrière le rideau de laquelle d'autres personnes attendaient dans le couloir, espérant surprendre des secrets de famille. Tout ce qu'ils entendirent, ce furent des protestations fermes et véhémentes de la part de la jeune fille. L'astrologue-devin finit par proposer un compromis et limiter ses exigences à une simple addition celle d'un *e*, pour que son nom devienne *Anile*. Ce qui, en même temps que le nom, la rendrait plus féminine. Les courbes de ce *e* permettraient à toute sa colère de s'écouler. Même cela, elle le refusa.

Quand elle y repensait, elle se rendait compte que son côté ergoteur n'avait été qu'une phase. Il y a souvent dans la vie des gens un moment d'anarchie du corps : garçons dont les hormones s'affolent, filles que le père et la mère se renvoient comme un volant de badminton. Les filles et leur papa, les filles et leur maman. Un champ de mines où fleurit l'adolescence, et c'est seulement lorsque ses parents se séparèrent qu'elle se calma et vogua, ou plutôt nagea, sur la crête des quatre années qui suivirent.

Les guerres familiales continuèrent cependant à faire rage en elle, même quand elle partit étudier la médecine à l'étranger. Dans les laboratoires d'anatomopathologie, elle mettait un point d'honneur à établir aussi clairement que possible les différences entre les caractères féminins et masculins. Elle remarqua combien les femmes se laissaient beaucoup plus facilement bouleverser par les manques d'égards d'un amant ou d'un mari, alors qu'elles supportaient bien mieux que les hommes les catastrophes dans le domaine professionnel. Elles avaient la capacité de donner la vie, de protéger les enfants, de les aider à franchir les caps difficiles. Les hommes, eux, avaient besoin de marquer une pause et de s'habiller de froideur afin d'affronter un corps mutilé. Elle eut l'occasion de le vérifier à de multiples reprises tout au long de ses études en Europe et en Amérique. Les femmes médecins étaient plus sûres d'elles au milieu du chaos et du malheur, plus calmes devant le cadavre encore chaud d'une vieille femme, d'un beau jeune homme ou d'un petit enfant. Les fois où Anil s'abandonnait au chagrin, c'était quand elle voyait un enfant mort portant encore ses vêtements. Une fillette de trois ans dans les vêtements dont ses parents l'avaient habillée.

« Nous ne sommes qu'anarchie. Nous nous déshabillons parce que nous ne devrions pas le faire. Et nous nous conduisons encore plus mal à l'étranger. Au Sri Lanka règne l'ordre familial, la plupart des gens connaissent tous nos rendez-vous de la journée, rien n'est anonyme. En revanche, lorsque je rencontre un Sri Lankais ailleurs dans le monde et que nous avons un après-midi de libre, bien sûr ça n'arrive pas tout le temps, mais chacun de nous sait qu'on peut faire une bringue à tout casser. Qu'est-ce que nous avons en nous pour être ainsi ? Qu'en pensez-vous ? Qui nous pousse à créer notre propre univers de cinglés ? »

Anil s'adresse à Sarath qui, soupçonne-t-elle, le long du chemin menant de la jeunesse à l'âge d'homme, est demeuré prisonnier des principes parentaux. Il obéissait aux règles, elle en est persuadée, alors qu'il n'y croyait pas nécessairement. Il devait sans doute ignorer les réalités de la liberté sexuelle dont il aurait pu disposer, bien que ses idées se fussent peut-être égarées du côté de l'anarchie. Elle le devine timide dans le sens où il manque de confiance en son approche des autres. En tout cas, elle sait qu'ils sont tous deux les produits d'une société faite d'hasardeuses intrigues amoureuses et maritales et d'un système tout aussi anarchique fondé sur les influences des astres. Au cours d'un repas dans une auberge, Sarath lui a parlé de l'*henahuru* dans sa famille…

Quand on était né sous une certaine étoile, on ne pouvait pas se marier. Une femme née avec Mars dans la Septième Maison était « maléfique ». Son mari, quel qu'il soit, mourrait. C'est-à-dire que, dans l'esprit des Sri Lankais, elle serait par essence responsable de sa mort, elle le tuerait.

Le père de Sarath, par exemple, avait deux frères. L'aîné épousa une femme que leur famille connaissait depuis des années. Il fut emporté deux ans plus tard par une fièvre maligne, durant laquelle elle le veilla nuit et jour. Ils avaient un fils. À la mort de son mari, en proie à un terrible chagrin, elle se retira du monde. La famille demanda au deuxième frère de la sortir de sa retraite pour le bien du petit garçon. Il apporta des cadeaux à l'enfant, parvint à convaincre la mère de l'accompagner en vacances dans le Nord avec son fils, et finalement, tous deux, l'ancienne épouse de son frère et lui, s'éprirent l'un de l'autre. C'était, sous de nombreux aspects, un amour plus profond et plus délicat que celui qui avait présidé au premier mariage. Au début, l'intention d'aimer n'existait pas. La femme était revenue dans le monde. Il y avait un sentiment de reconnaissance envers le frère cadet au physique séduisant. Aussi, dans la voiture, lorsqu'une pointe de désir naquit en lui avec le premier rire de la jeune femme depuis un an, il dut ressentir cela comme une trahison, lui qui n'avait eu à l'esprit que le souci désintéressé du bien-être de la veuve de son frère. Ils se marièrent, il éleva le fils de son frère. Ils eurent une fille et, un an et demi plus tard, il tomba malade à son tour et mourut dans les bras de sa femme.

Il s'avéra, naturellement, que la femme était « maléfique ». Le seul qu'elle aurait pu épouser sans risques était un homme du même signe astral qu'elle. Par conséquent, toutes les femmes nées sous ce signe recherchaient un homme né sous le même. De leur côté, les hommes « maléfiques » devaient eux aussi épouser une femme née sous un signe identique, mais on croyait ces femmes-là considérablement plus dangereuses que les hommes. Si un homme « maléfique épousait une femme « non maléfique », celle-ci ne mourait pas obligatoirement. Quand c'était l'inverse, l'homme était sûr de mourir. Elle était une *henahuru*, littéralement une « enquiquineuse ». Mais en beaucoup plus redoutable.

Ironiquement, Sarath, le fils du troisième frère, né quelques années plus tard et n'ayant aucun lien avec la femme des deux autres frères, était lui aussi né avec Mars dans la Septième Maison. « Mon père a épousé la femme pour qui il a eu le coup de foudre, dit Sarath. Il n'a même pas pris la peine de consulter son thème astral. Je suis arrivé. Mon frère est arrivé. Je n'ai entendu raconter cette histoire que des années après. Je l'ai considérée comme un conte de bonnes femmes, fondé sur de vagues configurations astrales. Ces croyances-là apportent une espèce de confort médiéval. Je pourrais dire, par exemple, que pendant mes années d'études à l'étranger, j'avais Jupiter en tête et que ça m'a aidé à réussir mes examens. Et qu'à mon retour Vénus l'a remplacé et je suis tombé amoureux. Vénus n'est pas toujours bénéfique, elle peut nous rendre frivole dans nos jugements. Mais je ne crois pas à tout ça.

— Moi non plus, dit-elle. On est ce qu'on est. »

Quand Anil était sortie de son premier cours au Guy's Hospital de Londres, il n'y avait qu'une seule phrase écrite dans son cahier : *Le fémur est le plus bel os.*

Elle adorait la manière dont le maître assistant l'avait dit, avec un côté pompeux sous une apparente désinvolture. Comme si cette information était la première règle indispensable avant d'aborder de plus grands principes. Les études d'anatomopathologie commençaient donc par l'os de la cuisse.

Ce qui étonna Anil tandis que le professeur présentait le programme des cours, c'est le calme qui régnait dans cette classe anglaise. À Colombo, il y avait toujours du vacarme. Les oiseaux, les camions, les chiens qui se battaient, les enfants de maternelle qui apprenaient leurs récitations, les vendeurs ambulants — tous ces bruits qui pénétraient par les fenêtres ouvertes. Les tours d'ivoire ne pouvaient pas exister sous les tropiques. Anil nota la phrase du Dr Endicott et, quelques minutes plus tard, dans le profond silence, la souligna au stylo bille. Pendant le reste du cours, elle se contenta d'écouter et d'observer les manières du maître assistant.

Durant ses études au Guy's, Anil se trouva prise dans les filets d'un mariage désastreux. Elle avait à peine plus de vingt ans et elle cacherait cet épisode de sa vie à tous ceux qu'elle rencontrerait par la suite. Aujourd'hui encore, elle avait du mal à repenser aux dégâts qui en avaient résulté. Elle considérait cela plutôt comme une fable moderne, instructive.

Lui aussi était originaire du Sri Lanka et, rétrospectivement, elle se rendait compte qu'elle était tombée amoureuse de lui à cause de la solitude où elle vivait. Avec lui, elle pouvait préparer un curry, parler d'un certain coiffeur à Bambalapitiya, avouer dans un murmure son envie de sucre de palme ou de fruit du jaquier, et il la comprenait. C'était important dans ce nouveau pays trop froid. Peut-être qu'elle était elle-même trop tendue, rongée d'incertitudes et de timidité. Elle avait cru qu'elle ne se sentirait étrangère en Angleterre que l'espace de deux ou trois semaines. Des oncles ayant effectué le même voyage une génération auparavant lui avaient fait un récit romanesque de leur séjour. Ils lui avaient laissé entendre que les mots et les gestes appropriés lui ouvriraient toutes les portes. Un ami de son père, le Dr Peterson, lui avait raconté qu'il avait été envoyé à l'école en Angleterre à l'âge de onze ans. Le premier jour, un de ses camarades de classe l'avait traité d'« indigène ». Il s'était aussitôt levé pour déclarer au professeur « Pardonnez-moi, monsieur, mais je dois dire que Roxborough ne sait pas qui je suis. Il m'a traité d' "indigène". Il se trompe. C'est lui l'indigène, et dans ce pays, moi, je ne suis qu'un visiteur. »

Se faire accepter était cependant plus difficile qu'elle ne l'aurait imaginé. Privée de la petite célébrité acquise à Colombo grâce aux compétitions de natation, Anil se sentait timide et avait du mal à se mêler aux conversations. Plus tard, quand elle manifesta ses talents dans l'exercice de son travail d'anatomopathologiste, elle comprit que l'un des avantages, c'est qu'ils signalaient aux autres son existence — un peu comme un héraut impartial.

Lors de son premier mois à Londres, la topographie de la ville l'avait constamment déroutée. (Ce qui la frappait le plus à propos du Guy's Hospital, c'était le nombre de portes!) Elle commença par manquer deux cours parce qu'elle n'avait pas réussi à trouver la salle. Aussi, durant quelques jours, elle arriva le matin en avance, attendit le Dr Endicott sur les marches de devant et le suivit à travers les portes battantes, puis dans les escaliers et les couloirs roses et gris jusqu'à la salle anonyme. (Une fois, elle entra ainsi dans les toilettes pour messieurs où elle le fit sursauter de même que les autres hommes.)

Sa timidité paraissait même s'appliquer à sa propre personne. Elle se sentait perdue, émotive. Elle parlait toute seule à l'instar de ses tantes vieilles filles. Pendant une semaine, elle ne mangea presque rien et économisa assez d'argent pour appeler Colombo. Son père était sorti et sa mère ne pouvait pas prendre le téléphone. Il était environ une heure du matin et elle avait réveillé son *ayah,* Lalitha. Elles parlèrent quelques minutes, jusqu'à ce que toutes deux fondent en larmes, chacune à un bout du monde. Un mois plus tard, elle tombait sous le charme de son futur — et futur ex — mari.

Il lui sembla qu'il venait d'arriver du Sri Lanka sur des échasses, couvert de bracelets. Lui aussi étudiait la médecine. Il n'était pas timide. Peu de temps après leur rencontre, il concentra toutes ses pensées sur Anil — un séducteur aux bras multiples, un homme qui écrivait des petits mots, qui apportait des fleurs, qui laissait des messages téléphoniques (il n'avait pas tardé à faire la conquête de la propriétaire d'Anil). Elle baignait dans la passion qu'il organisait autour d'elle. Elle avait l'impression qu'il n'avait jamais été seul, qu'il n'avait jamais éprouvé de sentiment de solitude avant de la connaître. Il ne manquait pas de panache avec sa façon de séduire et de mettre en scène les autres étudiants. Il était drôle. Il avait des cigarettes. Elle voyait comment avec lui, tout était affaire de position sur le terrain, comme au rugby, et comment il introduisait ce genre d'éléments dans la trame des conversations jusqu'à ce qu'ils deviennent des pierres de touche familières — une astuce qui ne laissait jamais personne à court de mots. Une équipe, une clique qui, de fait, n'avait que deux semaines d'existence. Chacun était doté d'une épithète. Lawrence qui avait vomi un jour dans le métro, Sandra et Percy Lewis, le frère et la sœur, dont les scandales de famille étaient avoués et pardonnés, Jackman aux sourcils touffus.

Ils se marièrent presque tout de suite. Un bref instant, elle soupçonna qu'il s'agissait pour lui d'un nouveau prétexte à donner une fête qui contribuerait à souder les membres du clan. En dépit de sa vie publique qu'il avait à mettre en scène, c'était un amant ardent. Il lui ouvrit sans nul doute des horizons en ce domaine, tenant à faire l'amour dans leur living mal insonorisé, sur le lavabo branlant de la salle de bains commune au fond du couloir, à la limite du terrain de cricket, derrière le guichet, pendant un match local. Ces actes privés accomplis quasiment en public reflétaient sa nature. Il avait l'air de ne faire aucune distinction entre sa vie privée et ses amitiés. Plus tard, elle lirait que c'était là l'essence d'un monstre. Il n'en demeurait pas moins que l'un comme l'autre connurent les premiers temps d'immenses plaisirs. Encore qu'elle prît conscience qu'il faudrait bientôt revenir sur terre, et poursuivre ses études universitaires.

Quand son beau-père vint en Angleterre, il passa les prendre et les emmena dîner. Pour une fois, le fils resta silencieux, et le père tenta de les persuader de rentrer à Colombo et de lui donner des petits-enfants. Il ne cessait de se qualifier de philanthrope, ce qui, semblait-il croire, le plaçait dans une haute position morale. Elle avait l'impression qu'il utilisait avec elle tous les arguments du gratin de Colombo Seven. Il désapprouvait l'idée qu'elle mène une carrière à temps plein, qu'elle conserve son nom, et il n'appréciait pas qu'elle le contredise. Lorsque, au dessert, elle décrivit les autopsies pratiquées en cours, il s'écria, indigné : « Vous êtes donc capable de tout ? » Et elle répliqua « Non, je ne jouerais pas aux dés avec des barons et des comtes[1]. »

Le lendemain, le père déjeuna seul avec son fils, puis reprit l'avion pour Colombo.

À la maison, tous deux à présent se querellaient à propos de tout. Elle doutait des capacités de réflexion et de compréhension de son mari. Il paraissait consacrer toutes ses réserves d'énergie à l'empathie. Quand elle pleurait, il pleurait. À la suite de quoi elle ne fit plus jamais confiance aux gens qui ont la larme facile. (Plus tard, dans le sud-ouest

---

1. « I won't go to crap games with barons and earls. » Paroles extraites de *The Lady Is a Tramp*. (N.d.T.)

des États-Unis, elle éviterait tous ces programmes de télé pleins de cow-boys et de prêtres larmoyants.) Pendant cette période de claustrophobie et de guerre conjugale, le sexe resta leur seule constante. Elle y tenait autant que lui. Elle supposait que cela conférait une certaine normalité à leur relation. Journées de combat et de cul.

Certaine que leurs rapports allaient se désagréger, elle ne repasserait jamais dans son esprit aucun des moments qu'ils avaient vécus ensemble. Elle avait été abusée par l'énergie et le charme. Il avait pleuré et s'était terré sous son intelligence à elle, jusqu'à ce qu'elle eût l'impression de ne plus en avoir du tout. Vénus, comme aurait dit Sarath, était dans sa tête, alors qu'aurait dû venir le temps de Jupiter.

Elle rentrait le soir du laboratoire et il l'accueillait, bloc de jalousie. Au début, cela se présentait comme une jalousie sexuelle, mais Anil ne tarda pas à s'apercevoir qu'il s'agissait en réalité de brider ses recherches et ses études. C'était la première menotte du mariage qui la laissa presque prisonnière de leur petit appartement de Ladbroke Grove. Une fois qu'elle lui eut échappé, elle ne prononça plus jamais son nom à voix haute. Lorsqu'elle reconnaissait son écriture sur l'enveloppe d'une lettre, elle ne l'ouvrait pas, sentant monter en elle la peur et la claustrophobie. De fait, la seule référence à son mariage qu'elle autorisait à empiéter sur sa vie était *Slim Slow Slider* de Van Morrison où l'on parlait de Ladbroke Grove. Seule la chanson survivait. Et seulement parce qu'elle évoquait la séparation.

Saw you early this morning
With your brand-new boy and your Cadillac…

Elle chantait en même temps, espérant que, où qu'il fût, il n'en faisait pas autant, lui et sa sentimentalité.

You've gone for something,
And I know you won't be back.

Sinon, toute l'affaire du mariage et du divorce, le bonjour et au revoir, étaient à ses yeux quelque chose d'illicite qui l'embarrassait terriblement. Elle le quitta dès que prit fin le semestre d'études au Guy's Hospital, pour qu'il ne puisse pas la retrouver. Elle avait comploté cela dans le but d'éviter qu'il la harcèle, ainsi qu'il en était tout à fait capable. Il appartenait à ce genre d'hommes qui ont du temps. *Cesse et renonce!* avait-elle griffonné cérémonieusement sur son dernier petit billet doux pleurnichard avant de le lui retourner à son adresse.

Elle se retrouva seule. Une existence enfin sans nuages. Elle eut du mal à supporter les mois de liberté précédant la reprise des cours, le moment où elle pourrait se plonger dans le cocon des études de manière plus sérieuse et plus intime qu'elle ne l'aurait imaginé possible. Elle tomba alors amoureuse du travail nocturne, et il lui arrivait parfois d'être incapable d'abandonner le laboratoire, si bien qu'elle se contentait de poser avec bonheur sur la table sa tête brune lourde de fatigue. Il n'y avait plus ni couvre-feu ni compromis avec un amant. Elle rentrait chez elle à minuit, se levait à huit heures, annales médicales et expériences à portée de son esprit.

Finalement, elle apprit qu'il était retourné à Colombo. Elle n'eut désormais plus besoin de se remémorer les coiffeurs et les restaurants le long de Galle Road. La dernière fois qu'elle avait utilisé le cinghalais, c'était lors de cette pénible conversation téléphonique avec Lalitha qui s'était terminée par des larmes à propos des œufs *rulang* et du lait caillé avec du sucre de palme qui lui manquaient tant. Elle ne parlait plus cinghalais avec personne. Elle s'immergea dans le lieu où elle vivait, se concentra sur l'anatomopathologie et les autres branches de la médecine légale, apprit presque par cœur le *Spitz et Fisher*. Ensuite, elle obtint une bourse pour les États-Unis. En Oklahoma, elle se prit de passion pour l'application de sa discipline aux droits de l'homme. Deux ans plus tard, en Arizona, elle étudia les transformations physiques et chimiques qui se produisent sur les os non seulement au cours de la vie, mais aussi après la mort et l'inhumation.

Elle pratiquait maintenant le langage de la science. Le fémur était le plus bel os.

Anil entra dans les bureaux du service d'Archéologie de Colombo. Elle étudia une à une les cartes placardées sur les murs du couloir. Chacune traitait d'un aspect de l'île climat, sol, végétation, humidité, ruines historiques, oiseaux, insectes. La personnalité d'un pays, pareille à celle d'un ami au caractère complexe. Sarath était en retard. Dès qu'il arriverait, ils chargeraient la jeep.

« … je sais pas grand-chose en en-to-mo-lo-gie », chantonna-t-elle en examinant la carte des mines — des marques noires éparpillées qui ressemblaient à des filaments.

Elle jeta un coup d'œil à son image vague qui se reflétait dans le verre protégeant la carte. Elle était en jean, sandales et ample chemisier de soie.

Si elle était aux États-Unis, elle écouterait sans doute son Walkman tout en sciant de fines lamelles d'os à l'aide d'un microtome. C'était une vieille tradition parmi ceux avec qui elle avait travaillé en Oklahoma. Les toxicologues et les histologistes étaient des fans de rock and roll. On passait la porte à fermeture hermétique, et des accents de heavy metal jaillis des haut-parleurs vous déchiraient les tympans, tandis que Vernon Jenkins, âgé de trente-six ans et pesant quarante kilos, étudiait du tissu pulmonaire placé sur un porte-objet. On aurait dit une guerre civile au Fillmore. À côté se trouvait la « salle de garde » où les gens venaient identifier les cadavres de parents ou d'amis, inconscients de la musique derrière la porte hermétiquement close, inconscients des brèves descriptions qui se transmettaient par le biais des transistors logés dans les écouteurs reliés à l'interphone « *Faites monter la Dame du Lac.* » « *Faites monter la suicidée.* »

Elle aimait leurs rituels. À l'heure du déjeuner, les gens du labo entraient d'un pas traînant dans le foyer avec leurs thermos et leurs sandwiches et regardaient *The Price is Right,* un peu effrayés par cette autre civilisation, comme si eux seuls — qui travaillaient dans un bâtiment où le nombre des morts dépassait celui des vivants — évoluaient dans un univers normal.

C'est en Oklahoma, un mois après son arrivée, qu'ils avaient créé l'École des Légistes de ce con de Yorick. Il ne s'agissait pas seulement d'un principe de nécessaire légèreté, mais aussi du nom de leur équipe de bowling. Partout où elle avait travaillé, d'abord en Oklahoma, puis en Arizona, ses complices terminaient leurs soirées une bière dans une main, un taco au fromage dans l'autre, à applaudir ou à insulter leurs partenaires au bord des pistes de bowling dans leurs chaussures venues tout droit de la planète Andromède. Elle avait adoré le Sud-Ouest, regrettant de ne pas être comme tout le monde, désormais à des années-lumière du personnage qu'elle avait été à Londres. Ils finissaient leur rude journée de labeur, puis prenaient leurs voitures pour se rendre dans les bars chauds de la banlieue et les boîtes de nuit des faubourgs de Tulsa ou de Norman, les chansons de Sam Cooke en tête. Dans le foyer, on avait affiché la liste de tous les bowlings d'Oklahoma où l'on servait de l'alcool. Ils ne répondaient pas aux offres d'emploi émanant de comtés où l'alcool était interdit. Ils ensevelissaient la mort sous la musique et la folie. *Carpe diem* s'inscrivait sur tous les chariots qui attendaient dans le couloir. La rhétorique de la mort leur parvenait par l'interphone « atomisation » ou « microfragmentation » signifiait que le « client » en question avait été réduit en charpie. Ils ne pouvaient pas échapper à la mort qui habitait chaque structure, chaque cellule autour d'eux. Dans une morgue, personne ne tournait le bouton de la radio s'il n'avait pas de gants.

Entre-temps, les lampes au tungstène éclairaient les labos d'une lumière crue, et la musique en Toxicologie convenait à merveille aux abdominaux et aux étirements quand on avait la nuque et le dos raides à force de s'être penché sur son travail. Tandis que se déroulait autour d'elle un débat bon enfant à propos d'un cadavre découvert dans une voiture.

« Quand a-t-on signalé sa disparition ?

— Voyons, ça fait cinq ou six ans.

— Elle s'est jetée dans le lac avec sa voiture, Clyde. Avant, il a fallu qu'elle descende ouvrir un portail. Elle avait bu. Son mari a dit qu'elle avait pris le chien et qu'elle était partie.

— Pas de chien dans la voiture ?

— Non, pas de chien. La voiture avait beau être pleine de boue, même un chihuahua ne m'aurait pas échappé. Son squelette s'est déminéralisé. Les phares de la voiture étaient allumés. Laisse tomber la photo, Rafael.

— Donc, quand elle a ouvert le portail, elle a libéré le chien. Elle avait un plan. C'est une suicidée. Quand la voiture a commencé à couler, elle a probablement voulu changer d'avis et elle a grimpé sur le siège arrière. C'est bien là qu'on l'a trouvée, non ?

— Elle aurait dû buter son mari…

— C'était peut-être un saint. »

Anil adorerait toujours le tapage et le verbiage des pathologistes.

Elle était arrivée directement à Colombo après avoir travaillé dans d'austères petites villes du désert à tendance high-tech, situées dans le sud-ouest des États-Unis. Encore que la dernière, Borrego Springs, ne lui eût pas semblé, du moins au début, assez désertique à son goût. Trop de bars à cappuccinos et de boutiques de vêtements dans la rue principale. Au bout d'une semaine, elle se sentit néanmoins à l'aise dans ce qui n'était en réalité qu'une étroite bande de civilisation, quelques commodités du XXᵉ siècle perdues au milieu de la désolation du désert. La beauté du lieu était ténue. Dans les déserts du sud-ouest, il fallait contempler deux fois le vide, il fallait prendre son temps, où l'air était pareil à l'éther, où les choses ne poussaient qu'avec difficulté. Sur l'île de son enfance, il suffisait de cracher par terre pour que jaillisse un buisson.

La première fois qu'elle s'était aventurée dans le désert, son guide portait un brumisateur accroché à la ceinture. Il vaporisa un peu d'eau sur les feuilles minces d'une plante et fit signe à Anil de s'approcher et de se pencher pour sentir. Elle respira l'odeur de la créosote. La plante répandait ce mélange toxique chaque fois qu'il pleuvait afin d'écarter tout ce qui voudrait pousser autour d'elle — se ménageant ainsi un petit périmètre destiné à assurer ses propres besoins en eau.

Elle apprit tout sur l'agave aux usages multiples dont on tirait, entre autres, des fibres textiles et dont les épines pouvaient servir d'aiguilles. Elle vit les buissons de mauve, l'herbe des teinturiers, les « doigts-de-l'homme-mort » (une plante grasse qui n'est comestible qu'un mois par an), les « arbres à perruque » et leur étonnant réseau de racines (celles qui sont sous terre étant le reflet exact des branches qui sont au-dessus du sol) et l'ocotillo qui incline ses feuilles afin de conserver l'humidité. Sans compter les plantes aux teintes qui paraissaient délavées et celles dont les couleurs devenaient deux fois plus riches dans le crépuscule. Elle passait le moins de temps possible dans la petite maison qu'elle partageait dans la rue H. Dès sept heures et demie, elle se trouvait en général au labo de paléontologie devant un café et un croissant. Le soir, elle partait pour le désert en jeep avec ses collègues. Trois millions d'années auparavant, il y avait eu ici des zèbres. Des chameaux. Les ruminants habituels. Elle marchait au-dessus des squelettes de ces grands animaux défunts, sur des atolls laissés par l'océan sept millions d'années plus tôt. Un petit flirt naissait cependant qu'elle effleurait la main qui lui tendait les jumelles, pour repérer un épervier.

Une fois encore, elle découvrit la passion du bowling chez les spécialistes de l'anthropologie physique. Peut-être que l'excès de minutie mis, pendant la journée, à ramasser des fragments d'os avec de petites pinces ou à les brosser à l'aide de minuscules pinceaux leur donnait envie de balancer les choses autour d'eux, une envie à laquelle ils s'abandonnaient volontiers après six verres. Il n'y avait pas de bowling à Borrego Springs, aussi tous les soirs ils grimpaient dans un camion du musée et quittaient la vallée en direction des collines et de l'une des villes les plus proches. Ils emportaient leurs « marteaux » — des boules spécialement lestées pour les compétitions. Tout au long de ces soirées, malgré le juke-box qui ne cessait de beugler dans le bâtiment préfabriqué, elle fredonnait une chanson triste *Better days in jail — with your back turned towards the wall*... Bien qu'il n'y eût pas de tristesse en elle à l'époque. Peut-être s'attendait-elle simplement à ce que la tristesse de la chanson finisse par déteindre sur elle, car elle se doutait qu'une dispute éclaterait avec Cullis quand il arriverait.

Les amants qui lisent des histoires d'amour ou qui regardent des tableaux figurant l'amour le font prétendument à fin de clarification. Alors que plus l'histoire est confuse et anarchique, plus ceux qui sont pris dans les filets de l'amour auront tendance à y croire. Il n'existe que peu d'œuvres picturales dépeignant l'amour qui soient à la fois importantes et dignes de confiance. Et parmi celles-ci, aussi célèbres doivent-elles devenir, il y a toujours un aspect qui demeure inorganisé et intime. Elles n'apportent pas l'équilibre mental et se bornent à projeter une lumière cafardeuse et tourmentée.

L'écrivain Martha Gellhorn a dit « Les meilleurs rapports sont ceux qu'on entretient avec quelqu'un qui habite à cinq rues de chez soi, doté d'un grand sens de l'humour et très occupé par son travail. » Eh bien, cela s'appliquait à Cullis, son amant, sauf qu'au lieu de cinq rues, c'étaient cinq États et huit mille kilomètres. Et qu'il était marié.

Apparemment, c'était lorsqu'ils se trouvaient séparés qu'ils s'aimaient le plus. Ils se tenaient trop sur leurs gardes quand ils étaient ensemble, quand les joies possibles poussées à leurs extrêmes devenaient dangereuses. À Borrego Springs, elle se contentait de leurs conversations au téléphone. Les femmes adorent la distance, lui avait-il dit un jour.

La dispute eut lieu la première nuit qu'ils passèrent ensemble. Elle devait être tôt au travail le lendemain matin : un imprévu. La découverte d'une magnifique défense, mais elle ne le lui précisa pas. Il était arrivé quelques heures auparavant après un vol de plusieurs milliers de kilomètres. La mauvaise humeur et le mécontentement qu'il manifesta devant le changement de programme pour le week-end avaient déclenché en elle une vieille colère. Dans une certaine mesure, ils chantaient leur putain de chanson d'amour depuis trop longtemps.

Elle se leva du lit, à Borrego, et alla prendre une douche, assise sur le rebord de la baignoire, face au rideau de pluie. Les poignets tendus, les mains crispées de rage. La salle de bains envahie de vapeur. Une semaine avant la venue de Cullis, elle avait réservé une chambre pour lui, pour eux, au motel Una Palma. Il devait prendre le bus de huit heures à l'aéroport le vendredi soir, pour qu'ils puissent profiter du week-end de trois jours dont elle bénéficiait. Seulement, on avait découvert la défense.

L'accueillant à la descente du bus, elle lui offrit un brin de lavande du désert qu'elle avait soigneusement choisi et qu'il cassa en voulant le mettre à sa boutonnière.

Un bon archéologue est capable de lire le contenu d'un seau de terre comme s'il s'agissait d'un roman historique complexe. Si un os avait été effleuré par une pierre quelconque, Anil n'ignorait pas que Sarath parviendrait à déterminer l'origine probable des particules, ces preuves infimes que la pierre avait ainsi laissées. Tout comme elle-même avait récupéré les quelques fragments de la partie endommagée du crâne de Marin pour la reconstituer à l'aide d'un pistolet à colle. Mais, à Colombo, elle ne savait pas où se procurer la moitié du matériel dont Sarath et elle avaient besoin, un matériel qu'on trouvait à profusion en Amérique. Ils devraient se contenter de pioches et de pelles, de ficelles et de pierres. Et puis elle irait acheter deux ou trois blaireaux ainsi qu'un plumeau chez Cargill.

Quand Sarath arriva enfin au service d'Archéologie, il la rejoignit devant les cartes murales. Cela se passait quelques jours après la soirée sur le Galle Face Green en compagnie de son frère. Le lendemain, elle avait essayé de joindre Sarath, mais il semblait avoir disparu sous terre. Entre-temps, elle avait reçu un paquet de Chitra, si bien qu'elle avait consacré ce premier après-midi à dévorer les notes mal tapées de l'entomologiste avant de sortir une carte routière de son sac.

Et, en ce dimanche matin, Sarath avait téléphoné à l'aube, s'excusant non pas pour l'heure mais pour avoir été absent, impossible à contacter. Il lui avait donné rendez-vous dans les bureaux du service « Dans une heure, avait-il ajouté. Vous savez comment vous y rendre De chez vous, vous allez tout droit et vous tombez sur Buller's Road. »

Elle avait raccroché, jeté un regard sur le lit, luxe auquel il lui fallait renoncer, puis avait été prendre une douche.

« J'ai des échantillons du premier endroit où on l'a enterré, dit-il. Recueillis dans les cavités crâniennes. Probablement un marécage. On l'a enseveli temporairement dans un sol humide. C'est logique. Moins à creuser. Ils l'ont peut-être mis dans une rizière avant de le transporter plus tard dans la zone interdite pour le cacher là-bas et dissimuler ainsi le fait qu'il s'agissait d'un contemporain. Quoi qu'il en soit, je pense que le premier site se trouve dans cette région. (Il pointa le doigt.) Le district de Ratnapura. C'est au sud-est de Colombo. Il faut qu'on vérifie les niveaux hydrostatiques.

— Là où il y a des lucioles », dit-elle.

Il la regarda sans comprendre.

« Ça permet de limiter le champ des recherches, reprit-elle. De réduire le périmètre. Des lucioles. Donc, pas un village où règne une grande activité. Plutôt la campagne. La berge d'un fleuve où personne ne va. Chitra, l'entomologiste dont je vous ai parlé — ces marques qui ressemblaient à des taches de rousseur, elle est venue à bord du paquebot pour les examiner, et elle a pris des notes. Elle a des centaines de planches des insectes de l'île. Elle m'a dit que c'était de la colle de pupes, celles des cigales "crient-et-meurent" — on les trouve dans des régions forestières comme Ritigala. Tenez, elle nous a dessiné une carte des endroits possibles. Ils sont tous situés plus au sud, ce qui rejoint vos analyses du sol. Quelque part à la lisière de la forêt de Sinharaja peut-être.

— Oui, mais du côté nord, dit-il. Ailleurs, le sol ne correspond pas.

— Bon, d'accord, cette zone-là. »

Sur le verre protégeant la carte, Sarath traça au feutre rouge un rectangle. Weddagala à l'ouest, Moragoda à l'est. Ratnapura et Sinharaja.

« Là, il doit y avoir un marécage ou un petit lac, un *pokuna* dans la forêt, expliqua-t-il.

— Je me demande qui d'autre on va trouver. »

Comme il n'y avait personne dans les bureaux, ils prirent tout leur temps pour réunir les cartes et les différents ouvrages dont ils avaient besoin. Sarath faisait des allers et retours afin de charger le tout dans la jeep qu'il avait empruntée. Anil ne savait pas combien de temps ils resteraient absents de Colombo, ni où ils résideraient. Peut-être dans une autre des auberges préférées de Sarath. Pendant qu'il consultait diverses cartes géologiques, Anil tira d'un rayon de la bibliothèque un manuel d'études sur le terrain.

« Où va-t-on habiter ? À Ratnapura ? » Elle posa la question d'une voix forte. Elle aimait les échos qui résonnaient à l'intérieur de l'imposant édifice.

« Plus loin. On pourra s'installer dans une *walawwa*, une ancienne propriété familiale — et on travaillera là-bas. Avec un peu de chance, ce sera encore désert. Marin a dû être tué dans cette région, dont il était peut-être même originaire. En route, nous pourrons essayer de trouver le peintre que Palipana a mentionné. Je vous suggérerais de rompre tout contact avec Chitra.

— Et vous, vous ne l'avez dit à personne.

— Il a bien fallu que je voie des fonctionnaires, que je leur fasse un résumé de ce que nous avons l'intention de faire, mais pour eux, notre enquête n'existe pas. Je n'en ai pas parlé.

— Comment pouvez-vous accepter ça ?

— Vous ne vous rendez pas compte à quel point la situation était grave. Quels que soient les actes que le gouvernement puisse commettre aujourd'hui, c'était bien pire à l'époque où régnait un véritable chaos. Vous n'étiez pas là pour le voir — la loi ignorée de tous, hormis de quelques bons avocats. La terreur partout, répandue par chacun des camps. Nous n'aurions pas survécu sous vos lois édictées par Westminster. En représailles, des forces gouvernementales illégales se sont donc constituées. Et nous, nous étions pris entre deux feux. Comme si une femme se trouvait dans une chambre en compagnie de trois soupirants, qui tous avaient du sang sur les mains. Dans presque chaque maison, dans presque chaque famille, on connaissait quelqu'un qui avait été assassiné ou enlevé par un groupe ou un autre. Je vais vous raconter une scène dont j'ai été témoin… »

Les lieux avaient beau être déserts, Sarath jeta un regard autour de lui.

« J'étais dans le Sud… le soir tombait, le marché fermait. Deux hommes, des insurgés, je suppose, s'étaient emparés d'un troisième. J'ignore ce qu'il avait fait. Peut-être qu'il les avait trahis, peut-être qu'il avait tué quelqu'un, ou encore désobéi à un ordre ou trop tardé à y répondre. À l'époque, la peine de mort était appliquée pour un oui ou pour un non. Je ne sais pas s'il devait être exécuté, malmené ou sermonné, ou encore, dans le plus improbable des scénarios, pardonné. Il portait un sarong et une chemise blanche dont les manches longues étaient retroussées. Sa chemise pendait sur son sarong. Il n'avait pas de chaussures et il avait les yeux bandés. Ils l'ont soulevé et installé tant bien que mal sur la barre d'un vélo. Puis l'un des ravisseurs a enfourché le vélo, tandis que l'autre, armé d'un fusil, restait à côté. Au moment où je suis arrivé, ils s'apprêtaient à partir. L'homme ne voyait rien de ce qui se passait autour de lui et ne savait probablement pas où on l'emmenait.

« Quand ils ont démarré, l'homme aux yeux bandés a dû se tenir. Une main sur le guidon, il a passé l'autre bras autour du cou de son ravisseur. C'est cette intimité nécessaire qui était troublante. Ils se sont éloignés en zigzaguant sur la route, suivis par l'homme au fusil sur un deuxième vélo.

« Il leur aurait été plus facile de partir à pied, mais on avait le sentiment d'un étrange cérémonial. Peut-être que, pour eux, le vélo était le symbole d'une certaine position sociale et qu'ils tenaient à l'utiliser. Sinon, pourquoi transporter une victime aux yeux bandés sur un vélo? Ainsi, toute forme de vie paraissait précaire. Cela les plaçait tous sur un plan d'égalité. Comme des étudiants ivres. L'homme aux yeux bandés devait épouser les mouvements du corps de celui qui allait peut-être le tuer. Ils se sont éloignés, roulant dans la poussière de la rue, et arrivés au bout, après les bâtiments du marché, ils ont tourné et disparu. Naturellement, ils avaient agi de cette manière pour être sûrs qu'on n'oublie pas.

— Qu'est-ce que vous avez fait?

— Rien. »

Il y a des images gravées ou peintes sur la pierre — un village vu en perspective depuis le sommet d'une colline voisine, une simple ligne pour figurer le dos d'une femme penchée au-dessus d'un enfant — qui ont affecté la perception que Sarath a de son univers. Des années auparavant, Palipana et lui avaient pénétré dans des ténèbres rocheuses inconnues, gratté une allumette et distingué des traces de couleurs. Ils ressortirent, coupèrent les branches d'un rhododendron, puis s'en retournèrent allumer un feu pour éclairer la grotte, cependant que la fumée âcre dégagée par le bois vert voilait la lueur des flammes.

C'étaient des découvertes effectuées durant la pire des crises, dans le même temps que s'accomplissaient des milliers de vilains petits actes racistes et politiques, au milieu de la folie des bandes armées et de l'argent sale. La guerre s'était répandue comme un poison dans le sang.

Les images dans les grottes, parmi la fumée et les flammes. Les interrogatoires nocturnes, les camions dans la journée chargés de gens ramassés au hasard. L'homme emporté sur un vélo. Disparitions massives à Suriyakanda, rumeurs de charniers à Ankumbura, charniers à Akmeemana. La moitié du monde, semblait-il, avait été enterrée, la vérité enfouie sous la peur, tandis que le passé se révélait à la lueur d'un buisson de rhododendron en feu.

Anil ne comprendrait pas ce vieil équilibre accepté de tous. Sarath savait que, pour elle, le but du voyage était la recherche de la vérité. Mais où la vérité allait-elle les mener ? C'était une flamme lancée dans un lac d'essence endormi. Il avait vu des vérités morcelées afin d'être exploitées par la presse étrangère, accompagnées de photos sans rapport. Une attitude désinvolte à l'égard de l'Asie, susceptible d'entraîner, conséquence de cette information, de nouvelles vengeances et de nouveaux massacres. Il était dangereux d'apporter la vérité à une ville peu sûre. En tant qu'archéologue, Sarath croyait à la vérité comme principe. C'est-à-dire qu'il aurait donné sa vie pour la vérité si celle-ci eût été de quelque utilité.

Et au fond de lui (il y réfléchirait avant de s'endormir), il savait qu'il la donnerait aussi pour la gravure rupestre d'un autre siècle représentant la femme penchée au-dessus de son enfant. Il se rappelait comment ils s'étaient tenus devant elle dans la lumière vacillante, le bras de Palipana qui épousait l'arrondi du dos de la femme courbée sous le poids du chagrin ou de la tendresse. Un enfant invisible. Les gestes et le joug de la maternité. Le cri étranglé que dénotait sa posture.

Le pays existait, creusant sa propre tombe. La disparition d'écoliers, la mort d'avocats sous la torture, les cadavres exhumés du charnier de Hokandara. Les meurtres dans les marais de Muthurajawela.

Ananda

Ils suivaient la route qui serpentait en direction des collines de l'intérieur.

« Nous n'avons pas le matériel nécessaire pour exécuter ce type de travail, dit Anil. Vous le savez très bien.

— Si l'artiste est aussi bon que l'affirme Palipana, il improvisera et trouvera les outils. Vous avez déjà participé à ça ?

— Non. Je n'ai jamais fait de reconstitution. Je dois dire que nous méprisons plus ou moins ce travail. Pour nous, il évoquerait plutôt des bandes dessinées historiques. Des dioramas, des choses de ce genre. Vous allez faire un moulage du crâne ?

— Pourquoi ?

— Avant de le lui laisser… à cet inconnu qui n'est pas habilité. À propos, je suis ravie qu'on ait choisi un ivrogne.

— Impossible de faire effectuer un moulage sans que tout Colombo soit au courant. On lui donnera juste le crâne.

— Moi, je ne le ferais pas.

— En plus, ça prendrait des semaines à organiser. On n'est pas à Bruxelles ou en Amérique. Dans ce pays, seules les armes sont à la pointe de la modernité.

— Bon, dénichons d'abord notre homme et voyons s'il est capable ne serait-ce que de tenir un pinceau sans trembler. »

Ils arrivèrent devant quelques huttes en torchis disséminées en bordure d'un village. Ils apprirent que l'homme du nom d'Ananda Udugama n'habitait plus chez sa sœur mais à la ville voisine, près d'un poste d'essence. Ils repartirent, et un peu plus tard, Anil regarda Sarath qui, descendu de voiture, arpentait l'unique rue du village en demandant après Ananda. Il finit par le trouver — il avait l'air de se réveiller de sa sieste — , puis il fit signe à Anil de les rejoindre.

Sarath expliqua à Ananda ce qu'ils attendaient de lui, mentionna Palipana et précisa qu'il serait payé. L'homme, qui portait d'épaisses lunettes, déclara qu'il aurait besoin de certains objets : des gommes, du style de celles qui sont au bout des crayons d'écoliers, des petites épingles. Il ajouta qu'il fallait aussi qu'il voie le squelette. Ils ouvrirent l'arrière de la jeep. Ananda prit leur lampe de poche, promena le pinceau lumineux sur les côtes, les arcs et les courbes. Anil avait l'impression que cet examen ne lui apprendrait pas grand-chose.

Sarath réussit à le persuader de les accompagner. Après une brève inclination de tête, l'homme entra dans la chambre où il vivait et en ressortit un instant plus tard avec un petit carton qui contenait toutes ses possessions.

Deux heures avant d'atteindre Ratnapura, ils furent arrêtés à un barrage. Des soldats, la démarche alanguie, débouchèrent de l'ombre qui baignait les deux côtés de la route et se dirigèrent vers eux. Assis en silence, adoptant une attitude polie, ils produisirent obligeamment leurs cartes d'identité quand une main s'insinua à l'intérieur de la jeep et fit claquer ses doigts. Les papiers d'Anil semblèrent leur poser un problème. Un soldat ouvrit sa portière et attendit. Anil ne savait pas trop ce qu'il voulait, jusqu'à ce que Sarath le lui explique à voix basse. Elle descendit.

Le soldat sauta dans la jeep, s'empara du sac à bandoulière d'Anil, puis en déversa bruyamment le contenu sur le capot. Tout était étalé dans le soleil, une paire de lunettes, un stylo qui glissa sur le macadam. Le soldat ne se baissa pas pour le ramasser. Lorsqu'elle s'avança pour le récupérer, il tendit le bras. Dans la lumière de midi, il examina lentement chacun des objets qui se trouvaient devant lui il dévissa le bouchon d'un petit flacon d'eau de Cologne pour le renifler, étudia la carte postale représentant un oiseau, vida le portefeuille, inséra la pointe d'un crayon dans une cassette et la fit tourner en silence. Il n'y avait rien qui eût de la valeur dans son sac, mais la lenteur des gestes du soldat la gêna et l'irrita. Il ouvrit le dos de son réveil, sortit la pile et, apercevant le pack de piles encore sous plastique, il les prit également et les passa à un autre soldat qui traversa la route pour les apporter dans un trou protégé par des sacs de sable. Abandonnant tout sur place, le premier soldat s'éloigna et, sans même jeter un regard derrière lui, leur fit signe de poursuivre leur chemin. « Ne dites rien », entendit-elle Sarath lui souffler dans la pénombre de la jeep.

Elle fourra ses affaires dans son sac et remonta en voiture.

« Les piles sont indispensables pour la fabrication de bombes artisanales, dit Sarath.

— Je sais, répliqua-t-elle sèchement. Je sais. »

Comme ils repartaient, elle se tourna et vit Ananda qui, indifférent, jouait avec un crayon.

Une *walawwa* à Ekneligoda, la propriété qui avait appartenu pendant cinq générations à la famille Wickramasinghe. Le dernier du nom, un peintre, y avait vécu dans les années 1960. À sa mort, la demeure vieille de deux siècles était revenue à la Société d'archéologie et d'histoire. (Un parent lointain s'intéressait en effet à l'archéologie.) Mais la région était devenue peu sûre, théâtre de nombreuses disparitions, si bien que les occupants avaient abandonné le domaine qui, tel un puits tari, n'avait pas tardé à dégager un sentiment d'absence.

Sarath y était venu pour la première fois durant sa jeunesse, quand on pensait que son frère cadet allait mourir. *Diphtérie,* avait-on dit. *Quelque chose de blanc dans la bouche,* avaient murmuré les médecins aux parents. Aussi, avant de ramener Gamini de l'hôpital, on avait mis Sarath dans la voiture avec ses livres préférés pour le conduire à Ekneligoda, à l'abri du danger. Les Wickramasinghe étaient en Europe, et pendant deux mois, le garçon de treize ans, sous la seule garde d'une *ayah,* avait vagabondé dans les jardins, dessiné la carte des chemins tracés dans le fourré par la mangouste, créé des villes et des voisins imaginaires. Tandis que sur Greenpath Road, à Colombo, ses parents fermaient toutes les portes et se préparaient à veiller leur fils cadet agonisant, installé comme un petit prince et détenteur du secret de la mort dont Sarath ignorait tout.

Autour de la trentaine, il revenait visiter la propriété chaque fois que ses études sur le terrain l'amenaient dans la région, mais la dernière fois remontait à au moins une décennie, et là, devant le vide et l'abandon qui régnaient dans la demeure et les jardins, il se sentit déprimé. Néanmoins, il savait encore où les clés étaient cachées, à quel endroit de la traverse en bas de la barrière, et il retrouva le chemin éternel laissé par la mangouste parmi le buisson épineux, dans le jardin inférieur.

Accompagné d'Anil et d'Ananda, il ouvrit toutes les chambres pour que chacun choisisse l'endroit où il allait travailler et dormir, après quoi, il referma les autres pièces. Ils camperaient dans le plus petit espace possible, pour ne pas trop envahir les lieux. Sarath parcourut avec Anil une maison qui lui semblait aujourd'hui beaucoup moins vaste, et il se sentit lui-même à cheval sur deux époques. Il décrivit les tableaux qui ornaient les murs dix ans auparavant, quand il avait habité ici deux mois et vécu dans une solitude dont il n'avait peut-être jamais tout à fait émergé. Peu survivaient à la diphtérie, lui avait-on affirmé. Il avait donc accepté comme une quasi-certitude la mort de son frère, le fait qu'il serait bientôt le fils unique.

Le pas léger d'Anil à côté de lui. Puis sa voix calme. « Qu'est-ce que c'est ? » Ils étaient entrés dans une pièce qui donnait sur la cour. Quelqu'un avait inscrit au fusain deux mots géants en cinghalais. MAKAMKRUKA sur un mur. Et MADANARAGA sur le mur opposé. « Qu'est-ce que c'est ? Ce sont des noms ? — Non. » Il tendit le bras pour effleurer les lettres brunes.

« Ce ne sont pas des noms. Un *makamkruka*… c'est difficile à expliquer. Un *makamkruka* est un remueur, un agitateur. Quelqu'un qui voit peut-être les choses sous un angle plus juste en mettant tout sens dessus dessous. C'est presque un diable, un *yaksa*. Encore que, curieusement, le *makamkruka* soit chargé de garder l'enceinte sacrée du temple. Personne ne sait pourquoi on lui fait l'honneur de lui confier une telle responsabilité.

— Et ?

— L'autre est plus étrange. *Madanaraga* signifie "avec la vitesse de l'amour", excitation sexuelle. C'est le genre de mot qu'on trouve dans les anciennes histoires d'amour. Pas dans la langue vernaculaire. »

Pendant qu'Ananda travaillerait sur la tête, Anil continuerait à s'intéresser au squelette de Marin pour tâcher, entre autres, de découvrir les « marques de sa profession ». Elle était avec Sarath depuis maintenant plus de trois semaines et ils se trouvaient « sur le terrain », c'est-à-dire loin des réseaux politiques au sein desquels Sarath évoluait en ville. Personne à Colombo ne s'attendrait à ce qu'ils campent dans ce domaine familial, près de la zone où Marin avait peut-être été enterré la première fois. Il se pouvait que celui-ci eût été « important » sur le plan local et donc « identifiable ». Ici, ils seraient plus proches de la source, et on ne viendrait pas les déranger.

Le lendemain de leur arrivée, Ananda Udugama disparut le matin sans un mot. Provoquant l'irritation de Sarath et le silence prudent d'Anil. Celle-ci installa son établi et son labo de fortune dans une cour, à l'ombre déchiquetée d'un banian, puis elle alla chercher Marin. Sarath, quant à lui, choisit d'effectuer ses propres recherches dans l'immense salle à manger. Il lui faudrait de temps en temps retourner à Colombo pour faire son rapport et se procurer des provisions. Il n'y avait pas de téléphone, hormis son portable qui ne fonctionnait que par intermittence, si bien qu'ils se sentaient isolés du reste du pays.

Ananda, de fait, en ce premier matin, s'était réveillé de bonne heure pour se rendre au marché du village voisin. Il avait acheté un peu de toddy frais et s'était assis à côté du puits public. Il bavarda avec tous ceux qui prenaient place à côté de lui, partagea ses quelques cigarettes et regarda le village s'activer autour de lui, les gens avec leurs comportements propres, leurs postures et leurs physionomies. Il voulait savoir ce qu'ils buvaient, savoir s'ils avaient un régime alimentaire particulier qui leur gonflait les joues davantage qu'ailleurs, savoir si leurs lèvres étaient plus pleines qu'à Batticaloa. Observer aussi leurs diverses coiffures, la qualité de leur vue. Circulaient-ils à pied ou à vélo ? Utilisaient-ils de l'huile de coco pour la cuisine et les cheveux ? Il passa la journée dans le village, puis il alla dans les champs remplir trois sacs de boue. Il pourrait mélanger les brunes et la noire pour obtenir toute une palette de nuances. Ensuite, il acheta au village plusieurs bouteilles d'arack et retourna à la *walawwa*.

Il se levait à l'aube, s'installait dans un carré de soleil et, comme un chat, se déplaçait pour en suivre la course. Il jetait peut-être de temps en temps un coup d'œil au crâne, mais c'est tout. Il partait pour le village et revenait avec du papier à cerfs-volants de différentes couleurs, de la graisse de rognon, des colorants alimentaires et, un jour, avec deux antiques tourne-disques et toute une pile de 78 tours.

De tous les endroits possibles au sein de la vaste demeure, Ananda avait choisi celui ayant servi d'atelier au peintre. Il ne connaissait pas l'histoire des lieux, mais il aimait la lumière de la pièce, sur les murs de laquelle étaient écrits les mots MAKAM-KRUKA et MADANARAGA. Elle ouvrait sur la cour où travaillait Anil. Le matin où il se mit à l'œuvre sur le crâne, elle entendit de la musique dans la pièce. La voix d'un ténor jaillit, s'éleva un moment avec force, puis commença à détonner avant la fin de l'air. Curieuse, elle entra. Ananda était en train de remonter le gramophone. À côté, il y avait un deuxième appareil où il avait moulé un socle d'argile sur lequel reposait le crâne. Il pouvait ainsi le faire tourner dans un sens ou dans l'autre, comme un tour de potier. Il en était déjà à la gorge. Elle se retira.

Anil avait reconnu la technique employée pour les reconstitutions faciales. Il avait marqué des épingles à la peinture rouge dans le but d'indiquer les différentes épaisseurs de chair sur les os, puis enduit le crâne d'une couche de pâte à modeler dont l'épaisseur variait selon les marques des épingles. Après, il appliquerait de minces rondelles de gomme sur l'argile afin de construire le visage qui, avec ces collages constitués de divers objets domestiques, aurait l'air d'un monstre de pacotille.

Pendant les trois jours que Sarath passa à Colombo, il n'y eut guère de communication entre Anil et Ananda, le peintre des yeux devenu mineur de gemmes alcoolique devenu restaurateur de tête. Ils vaquaient chacun à leurs occupations parfois bruyantes, se croisaient dans la maison, la démarche traînante, n'échangeant même plus après le premier jour les simples politesses d'usage. Elle continuait à considérer ce projet de Sarath comme une extravagance.

Le soir, elle transportait dans le grenier tout ce que la pluie risquait d'endommager. À ce moment-là, Ananda était occupé à boire. Avant qu'il commence à travailler sur le crâne, ce n'était pas trop grave. Maintenant, par contre, il s'irritait quand on changeait ses provisions de place dans la cuisine ou quand il se coupait avec le couteau X-acto, ce qui lui arrivait constamment. Un après-midi de soleil, pendant qu'Anil mesurait des os, il passa près d'elle et son sarong effleura l'établi. Elle l'injuria. Fou furieux, il pivota d'un bloc, ripostant sur le même ton. Cette altercation fut suivie d'un silence lourd de colère rentrée. Il regagna sa chambre d'un pas raide, et elle s'attendit plus ou moins à voir la tête rouler sur le sol.

Plus tard, dans la nuit, elle sortit de la maison munie d'une lampe et partit à sa recherche. Elle était soulagée de ne pas l'avoir vu au dîner (chacun préparait son repas de son côté, mais ils mangeaient ensemble, en silence). À dix heures et demie, comme il n'était toujours pas revenu, avant de fermer les portes — c'était en général lui qui s'en chargeait –, elle avait pensé qu'elle devrait quand même faire un geste, aussi avait-elle pris la lampe pour aller explorer les alentours. Elle le découvrit allongé sur un muret, ivre mort, vêtu de son seul sarong. Elle le remit debout et, vacillant sous son poids et ses bras qu'elle sentait peser partout sur elle, elle entreprit de le ramener.

Anil n'aimait pas les ivrognes. Elle ne leur trouvait rien de drôle ni de romanesque. Dans le couloir où elle avait réussi à le conduire, il s'écroula par terre et s'endormit aussitôt. Impossible de le réveiller et de l'obliger à se relever. Elle alla dans sa chambre prendre son Walkman ainsi qu'une cassette. Une petite vengeance. Elle lui mit le casque et enclencha la bande. La voix de Tom Waits chantant *Pioche, pioche, pioche*, extraite de *Blanche-Neige et les sept nains*, s'infiltra dans le cerveau d'Ananda qui, terrifié, se redressa d'un bond. Il devait s'imaginer entendre les voix des morts. Il chancela, comme s'il ne pouvait échapper aux bruits qui résonnaient en lui, et finit par arracher les fils reliés à sa tête.

Elle était assise sur les marches de la cour. La lune libérée brillait sur ce qui avait constitué jadis le domaine des Wickramasinghe. Elle fit avancer la bande jusqu'à *Fearless Heart* de Steve Earle et ses fanfaronnades compliquées. Personne d'autre que Steve Earle dans les pires moments. Son sang s'accélérait, ses hanches entamaient un mouvement sensuel chaque fois qu'elle entendait l'une de ses chansons qui parlaient d'amours désespérés. Aussi, esquissant un pas de danse, elle s'avança dans la cour, passa devant le squelette de Marin. La nuit était claire et elle pouvait le laisser dehors.

Dans sa chambre, quand elle commença à se déshabiller, elle pensa à lui, la claustrophobie sous le plastique, et elle ressortit défaire les feuilles dont il était enveloppé. Le vent et la nuit s'engouffrèrent dans Marin. Après les brûlures et les ensevelissements, il gisait sur une table en bois, baignant dans la lumière de la lune. Elle reprit le chemin de sa chambre, la splendeur de la musique maintenant disparue.

Il y avait des soirs où Cullis restait étendu à côté d'elle, l'effleurant du bout des doigts. Il se glissait vers le pied du lit, embrassait sa hanche brune, sa toison, la grotte en elle. Quand ils étaient séparés, il lui écrivait combien il aimait le son de sa respiration dans ces instants-là, le souffle régulier, le rythme calme, comme si elle se préparait, comme si elle savait qu'une course d'endurance l'attendait. Les mains de Cullis sur ses cuisses, son visage mouillé des saveurs qui étaient en elle, ses paumes à elle plaquées sur sa nuque à lui. Ou alors, assise sur lui, elle le regardait jouir aux mouvements rapides de sa main à elle. Les sons précis et inarticulés de l'un perçus par l'autre.

La silhouette d'Ananda passa lentement devant ses yeux — le corps émacié d'un buveur, toujours torse nu. Il se frotta les bras, frictionna sa poitrine maigre, regarda autour de lui sans voir qu'Anil se tenait dans l'un des coins sombres de la cour.

Arrivé devant l'établi, il veilla à mettre ses mains derrière son dos afin d'être sûr de ne rien déranger, puis il se pencha pour examiner au travers de ses épaisses lunettes le compas, les courbes de poids, comme s'il se trouvait dans le silence d'un musée. Il se pencha davantage pour renifler les objets. Un esprit scientifique, songea Anil. Hier, elle avait remarqué combien ses doigts étaient délicats, teintés d'ocre à cause de son travail.

Puis il souleva le squelette et le prit dans ses bras.

Anil n'en éprouva nulle frayeur. Il y avait des moments où elle-même, absorbée par ses recherches et trop concentrée après des heures d'études complexes, aurait eu besoin de prendre Marin dans ses bras, pour qu'il lui rappelle qu'il était son semblable. Et pas seulement une preuve, mais aussi quelqu'un avec ses qualités et ses défauts, qui avait une famille, qui venait d'un village et qui, atteint par la foudre des luttes politiques, levait les mains à la dernière seconde, si bien qu'on les lui brisait. Ananda, tenant Marin, fit lentement quelques pas avec lui, puis le reposa sur la table. C'est alors qu'il vit Anil. Elle lui adressa un imperceptible signe de tête pour montrer qu'elle n'avait pas de colère en elle. Puis se leva doucement et s'approcha. Une petite feuille jaune voltigea, se glissa entre les côtes du squelette et demeura posée là, palpitante.

Elle distingua les deux lunes prisonnières des lunettes d'Ananda. Une paire toute rafistolée — les verres fixés aux montures à l'aide de fil de fer et les branches entourées de bouts de tissus, de véritables chiffons, sur lesquels il pouvait s'essuyer ou se sécher les doigts. Anil aurait voulu échanger des informations avec lui, mais elle avait depuis longtemps oublié les subtilités de la langue qu'ils partageaient autrefois. Elle lui aurait dit ce que les mesures des os de Marin signifiaient en termes de posture et de taille. Quant à lui… Dieu sait quelles idées il avait.

Les après-midi où il n'arrivait à rien avec la reconstruction du crâne, Ananda détruisait tout, brisait l'argile. Étrange comportement. Anil considérait cela comme une perte de temps. Mais dès le lendemain matin de bonne heure, il savait comment retrouver l'épaisseur et la texture correctes, et parvenait ainsi à recréer en vingt minutes son œuvre de la veille. Ensuite, il réfléchissait et avançait d'un pas dans la composition du visage. Comme si la mise en train que lui procurait le travail des jours passés lui permettait de s'aventurer avec plus d'assurance sur le chemin hasardeux de l'avenir. Aussi, quand il ne travaillait pas, il n'y avait rien à voir dans sa chambre. Après seulement dix jours, celle-ci ressemblait à un nid — des chiffons et de la bourre, de la boue et de l'argile, des barbouillages partout, les grandes lettres au-dessus de lui sur le mur.

Cette nuit-là, cependant, sans qu'une parole eût été prononcée, un pacte sembla avoir été conclu entre eux. La manière dont il avait respecté l'ordonnancement de ses outils sans toucher à rien, la manière dont il avait pris Marin dans ses bras. Elle percevait la tristesse dans le visage d'Ananda, sous ce qui pouvait passer pour les sentiments faciles d'un ivrogne. Les creux qui étaient comme rongés. Anil posa un bref instant la main sur son bras, puis le laissa seul dans la cour. Les jours qui suivirent, ils se cantonnèrent dans leur silence mutuel. Il était peut-être très soûl ce soir-là et ne se souvenait de rien. Deux ou trois fois par jour, il mettait l'un de ses vieux 78 tours et, planté sur le seuil de sa chambre, regardait ce qu'Anil faisait dans la cour.

À six heures du matin, elle s'habillait, puis partait à pied pour l'école distante d'un kilomètre et demi. Quelques centaines de mètres avant la colline, la route se rétrécissait à l'approche d'un pont, une rivière salée d'un côté, un lagon de l'autre. C'est là que Sirissa apercevait les premiers adolescents, certains avec un lance-pierre à l'épaule, certains avec une cigarette aux lèvres. Ils lui adressaient un simple regard, sans jamais lui parler, alors qu'elle leur disait toujours bonjour. Plus tard, quand ils la croisaient à l'école, ils ne lui prêtaient aucune attention. Après avoir franchi le pont et les avoir dépassés de quelques pas, elle se retournait sans pour autant s'arrêter, afin de surprendre leur regard curieux. Elle n'était pas tellement plus âgée qu'eux. Et ils cherchaient à se donner des airs. Peut-être que seuls deux ou trois d'entre eux avaient déjà connu une femme. Ils avaient conscience des cheveux soyeux de Sirissa, de sa taille déliée, cependant qu'elle se retournait pour les observer, cependant qu'elle poursuivait son chemin — une sensualité qu'ils en étaient venus à guetter.

Il était invariablement six heures et demie quand elle atteignait le pont. Il y avait quelques crevettiers, un homme dans l'eau jusqu'au cou dont les mains invisibles tendaient les filets lancés d'un bateau par son fils pendant la nuit. L'homme, silencieux, continuait son travail tandis qu'elle arrivait à sa hauteur. À partir de là, l'école n'était plus qu'à dix minutes. Ensuite, elle se changeait dans une petite pièce, trempait des chiffons dans un seau et commençait à effacer les tableaux. Puis elle balayait les classes, les feuilles qui s'étaient glissées par les fenêtres grillagées comme s'il y avait eu une tempête ou un orage au cours de la nuit. Elle travaillait dans l'école déserte jusqu'à ce qu'elle entende arriver petit à petit les enfants, les adolescents et les jeunes adultes, comme si des oiseaux dont le chant se faisait de plus en plus fort venaient les uns après les autres se poser, appelés à une réunion dans une clairière de la jungle. Elle les rejoignait alors et effaçait les tableaux dressés au bord de la cour en sable — là où les plus jeunes des enfants s'asseyaient par terre devant les professeurs pour apprendre leur cinghalais, leurs mathématiques, leur anglais : « The peacock is a beautiful bird… It has a long tail. »

Un silence strict régnait durant les leçons matinales. Puis, à une heure de l'après-midi, la journée finie, le bruit envahissait de nouveau la cour, tandis que les élèves en uniformes blancs se dispersaient pour regagner les trois ou quatre villages qui alimentaient l'école, en route vers leur autre vie. Elle mangeait son déjeuner sur le bureau de la classe de mathématiques. Elle ouvrait la feuille enroulée autour de la nourriture, la prenait dans sa main gauche et se levait pour marcher devant le tableau, mangeant avec trois doigts et le pouce, sans même regarder, tandis que, les yeux fixés sur les chiffres et les symboles inscrits à la craie, elle suivait le cheminement de la démonstration. Elle était bonne à l'école pour les théorèmes. Leur logique lui parlait. Elle savait plier un coin pour composer un triangle isocèle parfait. Pendant qu'elle travaillait dans les couloirs ou les plates-bandes, elle écoutait toujours les professeurs. Elle se lava les mains au robinet, puis se prépara à partir. Il y avait encore quelques enseignants dans la salle, dont certains, plus tard, la dépasseraient sur leur vélo.

Le soir, durant le couvre-feu décrété par le gouvernement, elle restait chez elle, dans sa chambre, devant un livre et une lampe. Son mari serait de retour d'ici une semaine. Elle tournait une page et trouvait un dessin qu'Ananda avait fait d'elle sur une mince feuille de papier qu'il avait glissée plus loin dans l'intrigue. Ou un dessin au trait d'une guêpe qu'elle avait chassée, l'œil énorme. Elle aurait préféré se promener dans les rues, car elle adorait voir se fermer les magasins. Les rues sombres, les lumières électriques qui s'éteignaient dans les boutiques. C'était son heure favorite, comme si chacun des sens disparaissait un par un, la boutique à boissons, la boutique à cassettes, les légumes qu'on rangeait, et la rue qui devenait de plus en plus noire à mesure qu'elle poursuivait sa promenade. Un vélo qui s'éloignait, chargé de trois sacs de pommes de terre posés en équilibre, qui s'enfonçait dans des ténèbres plus pures encore. Dans l'autre vie. Cette existence-là. Car lorsque des gens nous quittent à un moment, on n'est jamais sûr de les revoir, ou de les revoir entiers. Sirissa aimait donc le calme nocturne des rues où le commerce avait cessé, pareilles à un théâtre après la fin du spectacle. L'herboristerie de Vimalarajah ou le magasin d'argenterie du frère de Vimalarajah, la lumière qui décroissait lentement pour ne plus former qu'une étroite bande sous la porte métallique, un rai de vernis doré, jusqu'à ce que cette ligne d'horizon s'évanouisse. L'air soulevait sa robe cependant qu'elle s'imaginait marcher en l'absence de couvre-feu. Les pigeons perchés parmi les ampoules qui épelaient le nom de Cargill. Tant de choses se produisaient au cœur de la nuit. Les courses précipitées, la terreur, l'effroi, les professionnels de la mort au cerveau atrophié qui, furieux et fatigués, punissaient un nouveau village de dissidents.

À cinq heures et demie, Sirissa se réveille et se lave au puits situé derrière la maison où elle habite. Elle s'habille, mange quelques fruits et part pour l'école. C'est ce même trajet de vingt minutes qui lui est familier. Elle sait qu'elle va se retourner paresseusement après avoir dépassé les garçons sur le pont. Il y aura les oiseaux habituels, les milans sacrés, peut-être un gobe-mouches. La route se rétrécit. Le pont est à cent mètres. Le lagon à gauche. La rivière salée à droite. Ce matin, il n'y a pas de pêcheurs et la route est déserte. Elle est la première à l'emprunter, elle qui est une servante à l'école. Six heures et demie. Personne sur qui se retourner, le geste qui montre qu'elle se sait leur égale. Elle est à dix mètres du pont lorsqu'elle voit les têtes de deux élèves sur des pieux, de chaque côté du pont, qui se font face. Dix-sept, dix-huit, dix-neuf ans… elle ne le sait pas ou ne s'en soucie pas. Elle voit deux autres têtes un peu plus loin, et même de cette distance, elle en reconnaît une. Elle devrait se replier sur elle-même, faire demi-tour, mais elle ne peut pas. Elle sent quelque chose derrière elle, ce qui a causé cela. Elle éprouve le désir de sombrer dans le néant. L'esprit incapable de quoi que ce soit.

Elle ne pense même pas qu'elle pourrait les arracher à cet étalage public. Elle ne peut rien toucher, car tout paraît vivant, blessé et à vif, mais vivant. Elle se met à courir devant elle, sous leurs yeux, les siens fermés, dans le noir jusqu'à ce qu'elle les ait dépassés. Franchissant la colline en direction de l'école. Elle continue à courir, et soudain, elle en voit d'autres.

Anil se tenait là, perdue, tendue par l'absence de mouvement, l'esprit concentré. Elle n'avait aucune idée du temps qu'elle avait passé ainsi dans la cour, du temps qu'elle avait consacré à envisager toutes les trajectoires possibles de Marin, mais lorsqu'elle sortit de son immobilité, elle eut l'impression d'avoir une flèche plantée dans la nuque.

Le truisme de base, dans son travail, c'est qu'on ne peut pas trouver un suspect avant d'avoir trouvé la victime. Ils savaient que Marin avait sans doute été tué dans ce district, ils connaissaient son âge et sa position au moment de sa mort, Anil avait estimé sa taille et son poids, Ananda avait entrepris la « composition » de la tête dont elle n'attendait peut-être pas grand-chose, et pourtant il semblait peu probable qu'ils parviennent à l'identifier. Ils ne sauraient rien du monde d'où Marin était issu.

Et si jamais ils réussissaient à l'identifier, à reconstituer les circonstances de son assassinat, que se passerait-il ? Il n'était qu'une victime parmi des milliers d'autres. Qu'est-ce que cela changerait

Elle se rappelait ce que Clyde Snow, son professeur en Oklahoma, avait dit à propos des droits de l'homme au Kurdistan : *Un village peut parler pour de nombreux villages. Une victime peut parler pour de nombreuses victimes.* Sarath et elle n'ignoraient pas que, dans l'histoire mouvementée des récentes guerres civiles de l'île, après toutes les enquêtes policières de pure forme, aucune inculpation pour meurtre n'avait jamais été prononcée. Marin, lui, pouvait constituer une preuve contre le gouvernement.

Quoi qu'il en soit, à défaut de l'identifier, ils n'avaient pas de victime.

Anil avait travaillé sous l'égide de professeurs capables, devant un squelette vieux de sept siècles, de déterminer par l'examen des marques de stress physiques ou de traumatismes quel avait été le métier qu'il exerçait dans la vie. Lawrence Angel, son mentor au Smithsonian Institution, pouvait reconnaître un tailleur de pierre de Pise à la déviation vers la droite de sa colonne vertébrale, et affirmer que des Texans avaient passé leurs soirées agrippés à la selle de taureaux mécaniques, rien qu'en observant les pouces fracturés de leurs cadavres. Kenneth Kennedy, de l'université de Cornell, se souvenait qu'Angel était parvenu à identifier un trompettiste à partir de ses restes éparpillés après un accident d'autocar. Et Kennedy lui-même, étudiant une momie de Thèbes datant du premier millénaire, avait découvert des stries sur les ligaments fléchisseurs des phalanges, d'où il avait déduit que l'homme était un scribe, attribuant les stries en question au fait qu'il tenait constamment un style entre ses doigts.

Ramazzini, dans son traité des maladies des marchands, avait été à la source de cette science, lorsqu'il avait parlé de l'empoisonnement des peintres dû aux métaux. Plus tard, l'Anglais Thackrah mentionna des déformations pelviennes parmi les tisserands qui restaient des heures assis devant leur métier. (Le « bottom » — le derrière — du tisserand, note Kennedy, est peut-être à l'origine du personnage de Bottom le Tisserand dans *Le Songe d'une nuit d'été*.) Constatant des anomalies physiques similaires, on a établi des comparaisons entre les lanceurs de javelots des tribus sahariennes du Niger à l'époque du néolithique et les professionnels de golf contemporains.

Telles étaient les « marques » de la profession…

La veille, Anil avait feuilleté l'ouvrage de Kennedy, *Reconstituer la vie à partir du squelette* et ses planches, l'un de ses fidèles compagnons de voyage. Sur les os de Marin, elle n'avait détecté aucun signe probant de stress professionnel. Immobile dans la cour, elle se rendit compte qu'elle pouvait néanmoins, à l'analyse du squelette qu'elle avait sous les yeux, envisager deux versions possibles, lesquelles ne concordaient pas sur le plan de la logique. La première, à l'examen des os, suggérait une « activité » qui se situerait au-dessus du niveau des épaules. Il avait travaillé les bras tendus, soit vers le haut, soit devant lui. Un homme qui peignait des murs peut-être, ou qui ciselait. Il semblait cependant qu'il s'agît d'une activité plus dure que la peinture. Les articulations des bras présentaient en effet une usure symétrique, ce qui indiquait que les deux bras travaillaient de concert. Le pelvis, le tronc et les jambes dénotaient une certaine agilité, du genre de celle d'un homme qui tourne sur lui-même en faisant du trampoline. Un gymnaste ? Un acrobate de cirque ? Un trapéziste, à cause des bras ? Mais combien y avait-il eu de cirques dans la province du Sud pendant l'état d'urgence ? Elle se rappelait en avoir vu beaucoup au cours de son enfance. Et elle se rappelait aussi avoir regardé un livre pour enfants sur les animaux disparus, dont l'un était un *acrobate*.

L'autre version était différente. La jambe gauche présentait deux mauvaises fractures. (Elles n'avaient pas été infligées au moment du meurtre, mais, avait constaté Anil, remontaient à environ trois ans avant la mort.) Et puis il y avait les os du talon qui évoquaient un profil radicalement opposé, un homme statique et sédentaire.

Anil inspecta la cour du regard. Sarath était presque invisible, assis dans les ténèbres de la maison, tandis qu'Ananda était confortablement accroupi devant la tête posée sur le tourne-disque, une bidi allumée aux lèvres. Elle imaginait ses yeux plissés derrière ses épaisses lunettes. Elle passa devant lui en se dirigeant vers les placards du grenier. Puis revint sur ses pas.

« Sarath », appela-t-elle doucement.

Il sortit, percevant la tension dans la voix de la jeune femme.

« Je… Vous pourriez demander à Ananda de ne pas bouger. De rester comme il est. Et le prévenir qu'il faut que je le touche, d'accord ? »

Sarath avait ses lunettes sur le bout du nez. Il dévisagea Anil.

« Vous avez compris ?

— Pas vraiment. Vous voulez le toucher?

— Dites-lui simplement de ne pas bouger, vous voulez bien?»

Dès que Sarath pénétra dans son périmètre de travail, Ananda jeta une étoffe sur la tête. Il y eut une brève conversation entre les deux hommes, puis un acquiescement monosyllabique hésitant après chacune des phrases prononcées par Sarath. Anil s'avança à pas lents et s'agenouilla à côté d'Ananda, mais dès qu'elle l'effleura, il bondit sur ses pieds.

Elle détourna le regard, agacée.

«*Ne, ne!*» Sarath tâcha d'expliquer de nouveau. Il fallut un moment avant qu'Ananda accepte de se replacer dans la même position.

«Demandez-lui de rester bien concentré, comme s'il travaillait.»

Anil entoura la cheville d'Ananda de ses deux mains. Elle appuya ses pouces sur le muscle et le cartilage, les fit remonter quelques centimètres au-dessus de l'os de la cheville. Ananda eut un petit rire forcé. Elle revint vers le talon. «Demandez-lui pourquoi il travaille comme ça.» Il répondit par l'intermédiaire de Sarath que c'était confortable.

«Non, ce n'est pas confortable, répliqua-t-elle. Rien dans le pied n'est détendu. Il y a du stress. Le ligament est étiré contre l'os. Il en résultera une lésion permanente. Demandez-lui.

— Quoi?

— Pourquoi il travaille dans cette position.

— C'est un sculpteur. Il travaille comme ça.

— Mais en général, il s'accroupit?»

Sarath posa la question et les deux hommes échangèrent quelques rapides propos.

«Il dit qu'il a pris cette habitude dans les puits de gemmes. La hauteur dans les galeries n'excède pas un mètre vingt. Il y a passé deux ans.

— Merci. Vous voulez bien le remercier de ma part...»

Elle était tout excitée.

«Marin aussi travaillait dans une mine. Venez voir le squelette, les compressions de l'os de la cheville — Ananda a la même chose sous la chair. Je le sais avec certitude. C'était la spécialité de mon professeur. Vous voyez cette excroissance sur l'os ? Je suis presque sûre que Marin était mineur. Il faut qu'on se procure une carte des mines de la région.

— Vous parlez de mines de gemmes ?

— Ça pourrait être n'importe lesquelles. Et puis, ce n'est qu'un aspect de sa vie, le reste est tout à fait différent. Il devait être beaucoup plus actif avant de se casser la jambe. Nous connaissons maintenant une partie de son histoire, vous comprenez ? Un homme agile, un acrobate presque, puis il se blesse et doit aller travailler dans une mine. Quelles autres mines trouve-t-on dans la région ? »

Suivirent deux jours de tempête qui les obligèrent à demeurer enfermés. Dès que le temps s'améliora, Anil emprunta le portable de Sarath, dénicha un parapluie et sortit sous une pluie fine. Elle dégringola une pente pour s'éloigner des arbres et se dirigea vers la bordure d'une rizière où, d'après Sarath, la réception était la meilleure.

Elle avait besoin de communiquer avec le monde extérieur. Il y avait trop de solitude dans sa tête. Trop de Sarath. Trop d'Ananda.

Le Dr Perera était au Kynsey Road Hospital et il répondit. Il lui fallut un moment pour qu'il se souvienne d'elle, et il ne cacha pas sa surprise en apprenant qu'elle l'appelait d'une rizière. Que voulait-elle ?

Elle avait eu l'intention de lui parler de son père dont elle fuyait le souvenir depuis son arrivée sur l'île. Elle lui présenta ses excuses pour ne pas l'avoir contacté avant de quitter Colombo. Au téléphone, il paraissait circonspect.

« On dirait que vous êtes malade, monsieur. Vous devriez boire beaucoup. Une grippe virale est vite arrivée. »

Elle refusa de lui dire dans quelle partie de l'île elle était — Sarath lui avait bien recommandé de ne pas le faire — et lorsqu'il lui posa une deuxième fois la question, elle fit semblant de ne plus entendre. « Allô... allô ? Vous êtes là, monsieur ? », et elle coupa la communication.

Anil se déplace en silence, toute son énergie contenue. Le corps tendu, la musique forte et brutale dans sa tête, tandis qu'elle attend que le rythme se modifie pour ouvrir les bras et bondir. Elle jette la tête en arrière, les cheveux formant un panache noir qui lui arrive presque à la taille. Et elle jette les bras aussi, pour s'appuyer sur le sol dans le mouvement du saut périlleux arrière, la jupe ample qui n'a pas le temps de connaître la pesanteur retombe avant qu'Anil atterrisse sur ses pieds.

C'est une musique merveilleuse pour danser — elle a dansé dessus avec d'autres, pour célébrer les plaisirs, pendant des fêtes, toute son énergie concentrée sur sa peau, semblait-il, mais à présent, il ne s'agit pas d'une danse, car privée de la cérémonie et de l'échange qui participent d'une danse. Elle active le moindre de ses muscles, abolit toutes les règles qui gouvernent sa vie, consacre tous ses talents mentaux aux mouvements de son corps. Seule sa volonté lui permet de s'envoler ainsi et de faire pivoter sa hanche pour balancer ses pieds par-dessus sa tête.

Une écharpe nouée serrée autour de son front maintient les écouteurs. Elle a besoin de la musique pour la pousser aux extrêmes et à la grâce. Elle désire la grâce, et elle ne l'obtient ici que ces matins-là, ou alors après une averse de début de soirée — quand l'atmosphère est fraîche et légère, quand existe le danger de glisser sur des feuilles mouillées. Elle a l'impression qu'elle pourrait se décocher de son corps comme une flèche.

Sarath la voit de la fenêtre de la salle à manger. Il regarde un être qu'il n'a jamais vu. Une fille folle, une druidesse dans le clair de lune, une voleuse enduite d'huile. Ce n'est pas l'Anil qu'il connaît. Tout comme elle-même, dans cet état, est invisible à ses propres yeux, bien que ce ne soit pas l'état auquel elle aspire. Pas un pauvre papillon de nuit dans une boîte d'hommes. Pas la porteuse et la peseuse d'os — elle a aussi besoin de cet aspect d'elle-même, tout comme elle s'aime en tant qu'amante. Mais à présent, c'est elle-même qui danse aux accents d'une sauvage chanson d'amour qui chasse d'elle le sentiment de perte, *Coming In from the Cold*, qui danse les figures de rhétorique d'un amant qui se sépare d'elle entièrement. Elle pense que le moment où elle raisonne le mieux sur l'amour, c'est quand elle choisit les gestes de malédiction contre son amant, contre elle-même, contre eux deux réunis, contre Éros le doux-amer, consommé et recraché dans les derniers épisodes de leur histoire d'amour. Les larmes viennent facilement. Pour elle, dans son état, elles ne sont pas davantage que des gouttes de sueur, qu'une éraflure au pied récoltée pendant la danse, et elle ne s'arrêtera pas pour autant, de même qu'elle ne se changera pas pour le hurlement ou le tendre sourire d'un amant, ni maintenant ni jamais.

Elle s'arrête quand elle est épuisée, à peine capable de bouger. Elle va s'accroupir et s'appuyer là, s'étendre sur la pierre. Une feuille tombera. Un léger applaudissement. La musique continue, furieuse comme le sang qui circule encore quelques minutes après la mort d'un homme. Elle est allongée sous le bruit et assiste au retour de ses esprits qui allument leur bougie dans le noir. Et elle inspire, expire, inspire, expire.

Le week-end, alors qu'ils étaient dans le jardin de devant de la *walawwa,* Ananda vint s'asseoir à côté d'eux et s'adressa à Sarath en cinghalais.

« Il a fini la tête », traduisit ce dernier sans se tourner vers Anil, le regard toujours fixé sur Ananda. « Apparemment, c'est terminé. Si quelque chose ne va pas, je suggère qu'on ne lui fasse pas de reproches, il est complètement soûl. Évitez de marquer la moindre hésitation, sinon il risque de disparaître. »

Elle resta silencieuse et les deux hommes reprirent leur conversation, cependant que le crépuscule tombait autour d'eux, accompagné par le bruit des grenouilles. Anil se leva pour se diriger vers les coassements nasillards. Perdue dans les antiennes, elle sentit la main de Sarath sur son épaule.

« Venez, on va la voir.

— Avant qu'il s'écroule ivre mort? Très bien. Pas de critiques.

— Merci.

— Je le ménage. Je vous ménage. À quand mon tour?

— Je ne crois pas que vous aimiez qu'on vous ménage.

— Une faveur, alors. Un jour. »

Dans la cour, une torche faite de brindilles était fichée dans la terre. La tête de Marin était posée sur une chaise. Rien d'autre, rien qu'eux deux et la présence de la tête.

La lueur des flammes animait le visage. Ce qui la frappa — elle qui pensait connaître toutes les caractéristiques physiques de Marin, elle qui l'avait suivi dans sa vie posthume pendant qu'ils voyageaient à l'intérieur du pays, elle qui avait dormi toute une nuit dans un fauteuil tandis qu'il reposait sur la table de l'auberge de Bandarawela, elle qui connaissait toutes les marques des traumatismes qu'il avait subis depuis son enfance, — c'est que cette tête ne reflétait pas seulement une physionomie possible, mais qu'elle appartenait à quelqu'un en particulier. Aussi réelle que celle de Sarath, elle révélait une personnalité distincte. Comme si Anil rencontrait enfin quelqu'un qu'on lui avait décrit dans des lettres, ou un adulte qu'elle avait tenu dans ses bras quand il était petit.

Elle s'assit sur les marches. Sarath s'avança vers la tête, puis se recula. Ensuite, il pivota sur les talons, comme s'il cherchait à la surprendre. Quant à Anil, elle se contenta de la regarder de près, pour s'habituer à elle. Le visage affichait une sérénité qu'on ne voyait guère ces temps-ci. Une absence de tension. Un visage bien dans sa peau. C'était inattendu de la part d'une personne aussi dispersée et peu digne de confiance qu'Ananda. Lorsqu'elle se retourna, elle constata que celui-ci n'était plus là.

« Il est si paisible, dit-elle, prenant la première la parole.

— Oui. C'est tout le problème.

— Il n'y a pourtant rien de mal à ça.

— Je sais. C'est ainsi qu'il veut les morts, affirma Sarath.

— Il a l'air plus jeune que je ne l'aurais imaginé. J'aime bien son expression. Qu'est-ce que vous voulez dire par là : "C'est ainsi qu'il veut les morts" ?

— Ces dernières années, nous avons vu ici tellement de têtes plantées sur des pieux. Le plus terrible, c'était il y a deux ans. On les découvrait tôt le matin, les œuvres nocturnes d'un groupe quelconque, avant que les familles l'apprennent et viennent les chercher pour les ramener chez elles. Enveloppées dans leurs chemises ou simplement serrées dans les bras. Un fils. C'était atroce. Le pire, c'est quand un membre de la famille disparaissait sans laisser de traces, sans qu'on sache s'il était mort ou vivant. En 1989, quarante-six élèves de l'école du district de Ratnapura et quelques personnes qui travaillaient là ont disparu. Les véhicules où on les a fait monter ne portaient pas de plaques minéralogiques. Quelqu'un a reconnu une Lancer jaune aperçue dans un camp de l'armée. C'était au plus fort de la campagne déclenchée dans le but d'écraser les insurgés rebelles et leurs sympathisants dans les villages. Sirissa, la femme d'Ananda, a disparu à cette époque…

— Mon Dieu.

— Il ne me l'a dit que récemment.

— Je… j'ai honte.

— Trois ans se sont écoulés. Il ne l'a toujours pas retrouvée. Il n'a pas toujours été comme ça. C'est pourquoi le visage qu'il a reconstitué a l'air si paisible. »

Anil se leva et regagna les pièces sombres à l'intérieur de la maison. Il ne lui était plus possible de contempler ce visage où elle voyait désormais celui de la femme d'Ananda. Elle se laissa choir dans l'un des larges fauteuils en osier de la salle à manger et fondit en larmes. Elle ne voulait pas que Sarath la voie ainsi. Ses yeux s'accoutumèrent à l'obscurité. Elle distingua la forme rectangulaire d'un tableau et, à côté, la silhouette d'Ananda qui, immobile, la regardait à travers les ténèbres.

« Sur qui pleuriez-vous ? Ananda et sa femme ?

— Oui, répondit-elle. Ananda, Marin, leurs amours. Votre frère qui se tue au travail. Il n'y a que la logique de la folie ici, aucune solution. Votre frère a dit quelque chose, quelque chose comme "Il faut considérer tout cela avec un certain sens de l'humour, sinon ça n'a pas de sens." Pour dire sérieusement des choses pareilles, il faut être en enfer. Nous sommes retournés au Moyen Âge. J'avais déjà rencontré une fois votre frère avant la nuit à l'hôpital avec Gunesena. Je m'étais profondément coupée et je m'étais rendue aux urgences pour me faire poser des agrafes. Votre frère était là, en veste noire, couvert de sang, et avec tout ce sang sur lui, il lisait un livre de poche. Je suis sûre que c'était Gamini. J'ai eu l'impression de l'avoir déjà vu quand vous me l'avez présenté. Je croyais que c'était un blessé, la victime d'une tentative de meurtre. Votre frère prend des amphétamines, non ?

— Il a pris un tas de choses. Je ne sais pas.

— Il est tellement maigre. Il faudrait l'aider.

— Ce qu'il s'inflige à lui-même est comme un acte de foi. Il est parvenu à un certain équilibre.

— Qu'est-ce que vous comptez faire avec la tête ?

— Il était peut-être originaire de l'un de ces villages. Peut-être que quelqu'un le reconnaîtra.

— Sarath, vous ne pouvez pas faire ça. Vous l'avez dit vous-même… ce sont des gens qui ont perdu des proches. Ils ont eu affaire à des cadavres décapités.

« — Qu'est-ce que vous cherchez? Nous essayons de l'identifier. Il faut commencer quelque part.

— S'il vous plaît, ne faites pas ça. »

Debout dans le noir, il les avait écoutés parler en anglais au milieu de la cour. Il était à présent devant elle, sans savoir qu'elle pleurait en partie pour lui. Ou qu'elle avait compris que le visage n'était en aucune manière le portrait de Marin, mais figurait un calme qu'Ananda avait connu chez sa femme, une sérénité qu'il désirait voir chez toutes les victimes.

Elle aurait bien allumé, mais elle avait remarqué qu'Ananda ne pénétrait jamais dans les endroits éclairés à la lumière électrique. Quand le temps était trop couvert, il travaillait à la lueur de torches. Comme si l'électricité l'avait un jour trahi et qu'il ne lui fît plus confiance. À moins qu'il n'appartînt à cette génération d'amateurs de piles n'ayant pas l'habitude de la lumière « officielle ». Des piles, le feu ou la lune, rien d'autre.

Il s'avança de deux pas et, du pouce, effaça la douleur autour de l'œil d'Anil en même temps qu'il séchait ses larmes. C'était la plus douce des caresses sur son visage. La main gauche d'Ananda posée sur son épaule, aussi tendre et cérémonieuse que celle de l'infirmière sur Gamini cette nuit-là au service des urgences, raison pour laquelle, peut-être, elle s'était souvenue plus tard de cet épisode et l'avait raconté à Sarath. Une main d'Ananda sur son épaule pour la calmer, tandis que l'autre se levait vers son visage, massait la peau tendue par l'implosion des larmes, comme s'il voulait aussi le sculpter, bien qu'en réalité, elle le savait, il n'eût aucunement cette idée à l'esprit. C'était de la tendresse qu'on lui manifestait. Et puis, l'autre main sur l'autre épaule, l'autre pouce sous son œil droit. Ses sanglots avaient cessé. Il n'était plus là.

Elle se rendit compte que depuis qu'elle se trouvait en sa compagnie, Sarath ne l'avait pratiquement pas touchée. Avec lui, elle se sentait simplement *adjacente*. La poignée de main de Gamini à l'hôpital, sa tête endormie sur ses genoux avaient établi un contact plus personnel. Et là, Ananda l'avait touchée comme il lui semblait que personne ne l'avait jamais touchée, sauf, peut-être, Lalitha. Ou peut-être sa mère quelque part dans les années lointaines de son enfance perdue. Elle se glissa dehors, dans la cour, et vit Sarath toujours planté devant l'image de Marin. Comme elle, il savait sans doute déjà que personne ne pourrait reconnaître ce visage. Ce n'était pas la reconstitution de celui de Marin qu'ils contemplaient.

Un jour, Sarath et elle avaient passé quelques heures dans le monastère de forêt d'Arankale. Une avancée en tôle ondulée fixée dans la pierre devant l'entrée protégeait la grotte du soleil et de la pluie. Un chemin de sable sinueux conduisait à un bassin. Chaque matin, un moine balayait le sentier pendant deux heures, le débarrassant d'un millier de feuilles. À la fin de l'après-midi, le sentier était jonché de mille autres feuilles ainsi que de brindilles. Mais à midi, la surface était encore aussi blonde que celle d'une rivière. Marcher sur ce chemin de sable représentait en soi un acte de méditation.

Il régnait un tel calme dans la forêt qu'Anil ne percevait aucun son tant qu'elle ne pensait pas à écouter. Alors, elle repérait les faiseurs de bruits au sein du paysage, comme si elle utilisait un tamis dans l'eau, capturant les appels des loriots et des perroquets. « Ceux qui ne peuvent pas aimer construisent des endroits comme celui-là. Il faut être au-delà de la passion. » C'était pratiquement les seules paroles que Sarath avait prononcées ce jour-là à Arankale. La plupart du temps, il marchait et dormait, plongé dans ses propres pensées.

Ils s'étaient promenés dans la forêt où ils avaient découvert des vestiges de sites. Un chien leur emboîta le pas, et Anil se rappela que, pour les Tibétains, les moines n'ayant pas convenablement médité devenaient des chiens dans leur vie suivante. Ils revinrent dans la clairière en décrivant un cercle, une clairière qui ressemblait au *kamatha*, l'aire de la rizière où l'on bat le riz. Sur une saillie rocheuse reposait une petite statue du Bouddha, protégée de l'éclat du soleil et de la pluie par une feuille de plantain. La forêt se dressait tout autour d'eux, de sorte qu'ils avaient l'impression d'être dans un profond puits de verdure. Le vent qui soufflait parfois au travers des arbres secouait la tôle ondulée au-dessus de l'entrée de la grotte.

Anil n'avait pas envie de quitter cet endroit.

Les rois et les puissants désirent ce qui les ancre au sol. Les honneurs de l'histoire, la mesure de ce qu'ils possèdent, les vérités incontestables à leurs yeux. À Arankale, en revanche, lui apprit Sarath, dans les dernières années du XIIᵉ siècle, Asanga le Sage et ses disciples vécurent dans la solitude pendant des décennies, ignorés du monde. À leur mort, le monastère, puis la forêt, abandonnés des hommes, connurent le silence. Et durant ce temps d'absence humaine, les sentiers restèrent couverts de feuilles tandis que s'était tu le chant des balais. Nulle odeur de safran ou de melia ne s'élevait plus des bains. Arankale était devenu peut-être plus beau encore, songea Anil, et doté d'un charme plus indéfinissable maintenant que les hommes avaient déserté le lieu qu'ils avaient créé, quand ils n'étaient plus portés par les courants de l'amour.

Quatre siècles plus tard, des moines étaient revenus vivre dans les grottes au-dessus de ce qui avait été autrefois la clairière du temple. Ce fut une longue période sans humanité, sans religion. L'existence du monastère avait été effacée de l'esprit des gens, et le site n'était plus qu'un océan d'arbres abandonné. Ce qui restait des autels en bois, des colonies d'insectes l'avait dévoré. Des générations de pollens avaient envasé le bassin que la végétation avait fini d'envahir, si bien qu'il était invisible aux yeux du passant qui ignorait sa présence, sa profondeur soudaine, havre pour les créatures filant sur la chaleur de la pierre et sur les plantes innommées de cet univers nocturne.

Pendant quatre cents ans, rien que les appels étranglés des oiseaux sans personne pour les entendre. Le bourdonnement de quelque abeille moyenâgeuse qui décolle. Et dans les ruines du puits datant du XIIᵉ siècle, sous le reflet du ciel, un éclat argenté dans l'eau.

Sarath lui avait dit ceci, le soir sur le Galle Face Green :

« Palipana circulait au milieu des sites archéologiques comme s'il y avait vécu dans des vies antérieures — il était capable de deviner la présence d'un ancien jardin d'eau et de le dégager pour en reconstruire les berges et le remplir de lotus blancs. Il avait travaillé des années dans les parcs royaux autour d'Anuradhapura et de Kandy. Il effectuait un pas imaginaire en arrière et se retrouvait un ou plusieurs siècles dans le passé. Dans la Forêt des Rois ou devant l'une des structures rocheuses des monastères de l'Ouest, il avait sans doute du mal à distinguer le présent du passé. La saison, par contre, était identifiable — la température, les pluies, l'humidité, l'odeur de l'herbe, ses teintes rousses. Mais c'était tout. Rien d'autre ne trahissait l'époque... Ainsi, je comprenais ce qu'il faisait. Ce n'était pour lui que l'étape suivante — éliminer les frontières et les catégories, tout découvrir dans un paysage et donc l'histoire qu'il n'avait pas perçue auparavant.

« N'oubliez pas, il devenait aveugle. Dans les dernières années où il voyait encore, il a pensé déchiffrer enfin les textes entre les lignes, jusqu'alors entr'aperçus. À mesure que les lettres et les mots ont commencé de disparaître sous ses doigts et ses yeux, il a pressenti quelque chose d'autre, de même que les daltoniens voient au travers des camouflages pendant la guerre, voient la structure de la forme. Il vivait seul. »

Un rire échappa à Gamini qui écoutait lui aussi.

Sarath s'interrompit, puis reprit « Au cours de sa jeunesse, Palipana restait très souvent seul quand il apprenait le pali et d'autres langues.

— Mais il aimait beaucoup les femmes, dit Gamini. Un de ces hommes qui avaient trois femmes sur trois collines. Bien sûr, tu as raison, il vivait seul... Tu as probablement raison. »

Par cette répétition, il manifestait en réalité son désaccord. Il s'allongea dans l'herbe et contempla le ciel. Le fracas apaisant des vagues contre la digue du Galle Face Green. Son frère et la femme étaient demeurés silencieux après son interruption, aussi poursuivit-il « C'était un pays civilisé. Nous avions des "maisons pour les malades" quatre siècles avant Jésus-Christ. Il y en avait une magnifique à

195

Mihintale. Sarath pourra vous en montrer les ruines. Il y avait des dispensaires, des maternités. Au XIIe siècle, on trouvait des médecins établis à travers tout le pays qui soignaient les habitants de villages éloignés et même les moines ascétiques vivant dans les grottes. Ce devait être un périple intéressant que d'aller s'occuper de ces gens-là. Quoi qu'il en soit, le nom des médecins apparaît sur certaines inscriptions rupestres. Il y avait des villages pour aveugles. Dans des textes anciens figurent les détails d'opérations du cerveau. On a construit des hôpitaux de médecine ayurvédique qui existent encore — un jour, je vous y emmènerai. Un court voyage en train. Nous avons toujours été très bons pour tout ce qui touche à la maladie et à la mort. Nous savions hurler avec les loups. Aujourd'hui, nous portons les blessés non anesthésiés dans les escaliers parce que les ascenseurs ne fonctionnent pas.

— Il me semble que je vous ai déjà rencontré.

— Je ne crois pas. Moi, je ne vous ai jamais vue.

— Vous vous souvenez de tous ceux que vous voyez ? Vous aviez une veste noire. »

Il rit. « Nous n'avons pas le temps de nous souvenir. Demandez à Sarath de vous faire visiter Mihintale.

— Oh, c'est déjà fait, il m'a montré quelque chose de drôle là-bas. En haut de l'escalier qui conduit au temple situé au sommet de la montagne, il y avait un panneau qui, avant, disait sans doute ATTENTION EN CAS DE PLUIE, CES MARCHES SONT DANGEREUSES. Sarath a éclaté de rire. Quelqu'un avait modifié une syllabe cinghalaise, de sorte qu'on lisait ATTENTION EN CAS DE PLUIE, CES MARCHES SONT MAGNIFIQUES.

— Mon frère si sérieux ! D'habitude, dans la famille, c'est lui qui jette sur l'histoire un regard ironique. Pour lui, nous symbolisons les raisons pour lesquelles les villes deviennent des ruines. Les sept raisons qui ont entraîné la chute de Polonnaruwa en tant que centre politique. Les douze raisons qui ont fait que Galle est devenu un port important et a survécu jusqu'au XXe siècle. Nous ne sommes pas souvent d'accord, mon frère et moi. Il pense que mon ex-femme est ce qui m'est arrivé de mieux. Il avait sans doute envie de se l'envoyer. Mais il ne l'a pas fait.

— Arrête, Gamini.

— Moi non plus, du reste. Pas trop. J'avais l'esprit ailleurs. Les cadavres arrivaient par camions entiers. Elle n'aimait pas l'odeur de lotion désinfectante sur mes bras. Le fait que j'avais recours à des aides médicinales quand j'étais de service. Si bien qu'après, je n'étais pas très bien réveillé en sa compagnie. Pas de grandes scènes de séduction. Je prenais un bain et je m'écroulais. Ma lune de miel s'est déroulée dans un hôpital militaire. Le pays partait à la dérive et la famille de ma femme se plaignait de mon manque de disponibilité. J'étais censé mettre une chemise repassée, me rendre à un dîner, tenir la main de mon épouse en attendant qu'on avance la voiture… Moi aussi j'aurais peut-être ri en voyant ce panneau en haut de l'escalier. Dangereuses… magnifiques… Vous avez eu de la chance d'aller là-bas. Lui (Gamini désigna un point dans l'obscurité), il m'y a emmené quand il étudiait avec Palipana. J'aimais bien Palipana. J'aimais sa rigueur. Il vivait au cœur de son époque. Pas de bavardages superflus. Il se disait quoi ?

— Épigraphiste, répondit Sarath.

— Un don… pour déchiffrer des inscriptions à la lueur des éclairs. Pour les recopier sous les coups de tonnerre. Formidable ! Étudier l'histoire comme s'il s'agissait d'un corps.

— Naturellement, votre frère aussi le fait.

— Naturellement ! Et puis Palipana est devenu fou. Qu'est-ce que tu en penses, Sarath ?

— Des hallucinations, peut-être.

— Il est devenu fou. Ces surinterprétations qu'on doit bien qualifier de mensonges, au sujet de ces trucs entre les lignes.

— Il n'est pas fou.

— Si vous voulez. Comme vous et moi. Mais personne de sa clique ne l'a soutenu quand il l'a révélé. C'est sans nul doute le seul grand homme que j'aie rencontré, mais je ne l'ai jamais considéré comme un saint. Vous comprenez, à la base de toute foi, il y a une histoire qui nous enseigne de ne pas croire…

— Au moins, Sarath, lui, a été le voir, le coupa Anil.

— Vraiment. Vraiment… ?

— Non. Pas jusqu'à la semaine dernière.

— Il est donc seul, dit Gamini. Juste ses trois femmes sur trois collines.

— Il vit avec sa nièce. La fille de sa sœur. »

Anil émergea d'un profond sommeil. Un grattement de pattes d'oiseau sur le toit ou un camion au loin avait dû la réveiller. Elle enleva le casque muet, tâtonna à la recherche de son tee-shirt Prince, puis sortit dans la cour. Quatre heures du matin. Le faisceau de sa lampe se braqua droit sur le squelette de Marin. Il était là, en sûreté. Elle éclaira la chaise et constata que la tête avait disparu. Sarath avait dû la prendre. Qu'est-ce qui avait bien pu la réveiller ? Quelqu'un en proie à un cauchemar ? Gamini dans sa veste noire ? Elle avait rêvé de lui. Ou peut-être Cullis, de l'endroit où il se trouvait. C'était vers cette même heure qu'elle l'avait laissé, mortifié, à Borrego. Son drôle d'amoureux.

La cour s'éclaircissait.

Le vent dans les tuiles du toit, un vent plus fort et puis un bruissement tout en haut des ténèbres, à la cime des arbres. Elle n'avait pas emporté de photos de lui dans ses bagages, et elle en était fière. Elle s'assit sur une marche. Elle crut entendre chanter un oiseau et elle dressa l'oreille. Distinguant un cri étouffé, elle se précipita vers la porte de la chambre d'Ananda qu'elle ouvrit à la volée. Il faisait noir à l'intérieur.

Elle perçut des bruits tels qu'elle n'en avait jamais entendu. Elle courut rechercher la lampe, appela Sarath et retourna dans la chambre. Adossé dans une encoignure, Ananda essayait, avec ce qui lui restait d'énergie, de se poignarder la gorge. Du sang sur le couteau, sur ses doigts, le long de ses bras. Ses yeux, pris dans la lumière, pareils à ceux d'un cerf. Le bruit venant Dieu sait d'où. Pas de sa gorge. Non, impossible. Plus maintenant.

« Vous avez fait vite ? » C'était Sarath.

« Oui, assez. J'étais dehors. Déchirez le tissu du lit. »

Elle s'approcha d'Ananda. Ses yeux ouverts ne cillaient pas. Elle pensa qu'il était peut-être déjà mort. Elle guetta un mouvement oculaire, et, après ce qui lui parut une éternité, elle en surprit un, léger. La main d'Ananda était encore suspendue dans l'air. « Il me faut le tissu tout de suite, Sarath. — Oui. » Elle tenta en vain d'arracher le couteau à Ananda. Le sang qui gouttait du coude du blessé tacha le sarong d'Anil qui, assise sur les talons, la torche coincée entre les cuisses, dirigée vers le haut, était assez proche pour en sentir l'odeur.

Sarath déchira la taie d'oreiller et passa les bandes d'étoffe à Anil qui les noua autour du cou d'Ananda. Elle rabattit le grand lambeau de peau contre la gorge et le maintint par un bout de tissu qu'elle serra fort.

« J'ai besoin d'antiseptique. Vous savez où il est ? »

Il le lui apporta, et elle en imbiba les bandes pour qu'il pénètre jusqu'à la plaie. La trachée n'avait pas été touchée, mais il fallait resserrer le bandage pour qu'il ne perde pas trop de sang, et tant pis s'il avait déjà des difficultés à respirer. Elle se pencha et comprima la blessure avec ses doigts, tandis qu'elle devinait à présent dans son dos la main d'Ananda armée du couteau.

« Vous devriez appeler Gamini et lui demander d'envoyer quelqu'un.

— Le portable est déchargé. Je vais aller téléphoner du village. Si je n'arrive à avoir personne, je le conduirai à Ratnapura.

— Allumez-nous une lumière, s'il vous plaît. Avant de partir. »

Il revint avec une lampe à pétrole. Elle éclairait trop à cette heure, aussi il baissa la mèche, horrifié par ce qu'il voyait.

« Il a évoqué les morts, murmura Anil.

— Non. Ce n'est qu'un homme de plus qui a tenté de se suicider parce qu'il a perdu quelqu'un. »

Elle distingua une lueur dans les yeux devant elle.

Anil ne remarqua pas le départ de Sarath. Elle resta auprès d'Ananda dans le coin de la pièce, emprisonnée avec lui dans le cercle de lumière. C'est elle qui aurait dû partir. Sarath aurait pu lui parler et le calmer. À moins qu'il n'eût besoin de silence? Peut-être. Ou peut-être que la présence d'une femme l'aiderait.

En se relevant, elle glissa dans la flaque de sang. Elle alla déchirer de nouvelles bandelettes de tissu et découvrit une amulette sous l'oreiller. Lorsqu'elle revint vers lui, elle constata que ses yeux étaient grands ouverts et qu'ils semblaient engloutir tout ce qui l'entourait. Oh mon Dieu… il ne portait pas ses lunettes. Il ne voyait rien. Elles étaient par terre. Il les portait quand il avait commencé à se poignarder.

Elle essuya ses mains ensanglantées sur son sarong avant de lui remettre ses lunettes. Soudain, malgré sa blessure, malgré le couteau qu'il serrait toujours dans son poing droit, toujours menaçant, il parut être de retour, là, parmi les vivants. Anil eut l'impression qu'elle pourrait lui parler dans n'importe quelle langue, qu'il comprendrait le sens de n'importe quel geste. À quand remontait le moment où un lien s'était créé entre eux, lorsque la main d'Ananda s'était posée sur son épaule? À quelques heures seulement. Elle lui mit l'amulette dans la main gauche, mais il ne put ou ne voulut pas la prendre. Il sombrait de nouveau dans l'inconscience ou le sommeil.

Que représentait à présent pour lui une amulette, un *baila*? Ou encore des lunettes, ou un lien? Tout cela ne servait qu'à la propre tranquillité d'esprit d'Anil. Elle avait interrompu le processus de sa mort. Elle était l'obstacle qui s'opposait à son désir. Le bandage était déjà trempé de sang. Elle se leva et traversa en hâte la cour, accompagnée par la lueur dansante de la lampe, entra dans la cuisine, ouvrit leur glacière portative et, tout au fond, enveloppée dans du papier journal, elle trouva l'adrénaline de secours qu'elle ne manquait jamais d'emporter. Peut-être que cela ralentirait les saignements, resserrerait les vaisseaux sanguins et contribuerait à maintenir sa tension. Elle roula une ampoule entre ses paumes afin de la réchauffer. Agenouillée à côté de lui, elle aspira l'adrénaline dans la seringue. Il la regardait comme de très loin, semblait-il, sans manifester d'intérêt pour ce qu'elle faisait. Elle plaqua sa main gauche sur la poitrine d'Ananda pour l'empêcher de bouger — de fait, s'aperçut-elle, elle le repoussait le plus possible dans l'encoignure, pour être en sûreté — puis elle lui piqua le bras. Sans le lâcher, elle remplit de nouveau la seringue avec une deuxième ampoule qu'elle tenait entre ses genoux, puis elle lui fit une autre injection. Quand elle redressa la tête, elle vit qu'il continuait à la regarder sans la voir. Lorsque le médicament commença à agir, ses yeux exprimèrent un sentiment de peur. Puis ils glissèrent lentement, comme s'il cherchait à se raccrocher à quelque chose pour demeurer éveillé. Il paraissait croire que s'il retournait à l'immobilité, il mourrait.

Il était dix heures du matin et elle entendit le régisseur arriver comme d'habitude sur le domaine. Il venait peser le thé cueilli et mis en sac par sept ouvriers. Anil sortait à chaque fois assister à la cérémonie. Elle le faisait à cause d'un souvenir qui ne l'avait pas quittée depuis son enfance. Elle avait toujours aimé l'odeur lourde des feuilles, et elle savait par ailleurs qu'il n'existait rien de plus vert que le vert de ces feuilles. Elle se souvenait d'être entrée dans des fabriques de thé et de caoutchouc comme s'il s'agissait de royaumes et de s'être demandé dans lequel de ces royaumes elle désirerait vivre quand elle serait adulte. Un mari dans le thé ou un mari dans le caoutchouc. Il n'y avait pas d'autre choix. Et leur maison au sommet d'une colline solitaire.

Sarath, qui n'avait pas réussi à joindre son frère, avait dû conduire Ananda à l'hôpital de Ratnapura. Il n'était pas encore de retour. Anil se tenait à côté du hangar qui abritait les balances. Après le départ des cueilleurs, elle monta sur un plateau instable et se baissa pour ramasser quelques petites feuilles vertes.

La veille, avant de se recoucher, elle avait été puiser un seau d'eau et, à genoux, avait frotté le sol de la chambre. Elle avait tenu à le faire, pendant qu'Ananda était encore en vie. S'il mourait au cours de la nuit, elle serait incapable d'y entrer de nouveau. Elle s'escrima une demi-heure. Le sang paraissait noir sous cet éclairage. Plus tard, dans la cour, elle enleva son tee-shirt et son sarong pour les laver. Alors seulement, elle s'occupa d'elle — nettoyant chaque centimètre carré de peau où elle sentait du sang séché, chaque mèche de ses fins cheveux noirs. Elle ôta son bracelet, se frotta le poignet, puis laissa tomber le bracelet dans le seau afin de le laver à son tour. Elle tira plusieurs seaux du puits qu'elle se versa dessus. Elle se sentait déraisonnablement éveillée, tremblante, prise du désir de parler. Elle laissa ses vêtements à côté du puits, regagna sa chambre et essaya de se perdre dans le sommeil. Le froid de l'eau du puits s'insinua dans sa fatigue, dans ses os. Elle était avec Sarath et Ananda, son pays retrouvé grâce à leur amitié — tous deux dans la voiture, tous deux à l'hôpital pendant qu'un inconnu s'efforçait de sauver Ananda. Elle avait les mains le long du corps, incapable de saisir le drap pour s'en couvrir. C'était presque le matin et la lumière lui tenait compagnie. Elle s'endormit enfin, persuadée que le bienfaiteur étranger sauverait Ananda.

Elle ouvrit les yeux dans le courant de l'après-midi et Sarath était là.

« Il s'en tirera.

— Oh », murmura-t-elle. Elle pressa la main de Sarath contre sa joue.

« Vous l'avez sauvé. En intervenant tout de suite, ensuite le bandage, l'adrénaline. Le médecin a dit qu'il n'en connaît pas beaucoup qui auraient su quoi faire en face d'une telle situation.

— C'était un coup de chance. Je suis allergique aux abeilles, et j'en ai toujours avec moi. Il y a des gens qui n'arrivent plus à respirer après une piqûre d'abeille. Et l'adrénaline ralentit aussi les saignements.

— Vous devriez vivre ici. Ne pas revenir juste pour un simple travail.

— Ce n'est pas un "simple travail" comme vous dites! J'ai décidé de revenir. Je voulais revenir. »

Un long chemin de pierre monte du village à la *walawwa*. Sur la droite, il y a un vieux mur qui disparaît sous le feuillage. Un embranchement après une trentaine de mètres. En voiture, on tourne à gauche et on se gare, près du hangar des cueilleurs de thé. En vélo ou à pied, on prend à droite, on marche un peu et on pénètre dans la propriété par la petite porte à l'est.

C'est une construction classique, vieille de deux cents ans, qui a appartenu à la même famille durant cinq générations. Sous aucun angle la demeure ne semble démesurée ou prétentieuse. Le site, l'attention portée aux distances — jusqu'où on peut se reculer pour regarder la maison, l'absence de vue sur d'autres terres — font qu'on se tourne vers l'intérieur plutôt que de chercher à dominer le monde autour de soi. On a toujours pensé qu'il s'agissait d'un endroit caché, découvert par hasard, le Pays perdu du *Grand Meaulnes*.

On franchit la porte surmontée de sa poutre fléchie caractéristique et on débouche dans un jardin clos au sol de terre battue couleur de sable. Il y a là deux dispensateurs d'ombre. La véranda et le grand arbre rouge. Sous l'arbre se trouve un petit banc de pierre. Anil y passe beaucoup de temps, sous l'arbre incliné comme une harpe éolienne qui projette une centaine de nuances d'ombres sur le sol sablonneux.

Quel âge avait le peintre de la famille Wickramasinghe quand il est mort? Quel âge a Ananda? Quel âge avait Anil le jour où, dans un aéroport, elle avait été incapable d'exprimer toute la souffrance

205

née de son désir frustré et non payé de retour ? Quels étaient les organes qui manquaient aux hommes, les obligeant à traverser la vie comme des créatures peu loquaces et infidèles à leurs amours ? Si deux amants s'imaginaient qu'ils pourraient s'entre-tuer pour cause de désir ou de séparation, qu'en était-il du reste de la planète des étrangers ? De ceux qui n'étaient pas le moins du monde amoureux et que les ambitieux et les vaniteux conduisaient dans les camps ennemis afin de les réformer…

Elle était dans le jardin à côté de l'arbre munamal et de l'arbre kohomba. Les fleurs du munamal, quand on les effeuille, se tournent toujours vers la lune. Quant aux brindilles de kohomba, elle pouvait les casser et les écorcer pour se curer les dents, ou les brûler pour éloigner les moustiques. L'endroit ressemblait au jardin d'un prince sage. Mais le prince sage s'était donné la mort.

Aucun des trois n'abordait jamais l'esthétique de la *walawwa*. Elle avait été un lieu de refuge et de peur en dépit de son calme, de ses ombres immenses, de la modeste hauteur de ses murs, des arbres qui fleurissaient au niveau du visage. Par contre, la maison, le jardin de sable, les arbres avaient pris possession d'eux. Anil ne se remettrait jamais de son séjour ici. Des années plus tard, devant une gravure ou un dessin, elle comprendrait peut-être quelque chose, sans bien savoir pourquoi — sauf si on lui disait que la *walawwa* où elle avait vécu avait appartenu à la famille du peintre et que celui-ci l'avait également habitée pour un temps. Mais le dessin lui-même Une simple succession de traits représentant, par exemple, un porteur d'eau nu et la distance exacte entre sa silhouette et l'arbre dont le tronc courbé rappelait la forme d'une harpe.

On peut mourir de malheurs personnels aussi facilement que de malheurs communs. Ici, diverses familles avaient vécu dans la solitude, s'étaient peut-être mises à se parler pendant qu'on taillait un crayon. Ou alors, elles écoutaient une radio à transistors, un son ténu à la limite de la zone de réception de l'antenne. Quand les piles étaient mortes, il fallait parfois attendre une semaine avant qu'un membre de la famille ne se rende au village, cet océan de lumière électrique ! Car c'était une demeure imposante, construite à l'époque des lampes, à l'époque où seule semblait exister la possibilité de malheurs personnels. Mais c'était là qu'eux trois poursuivaient une histoire commune. « Le drame de notre temps, a fait remarquer le poète Robert Duncan, est le jour proche où tous les hommes connaîtront le même sort. »

L'orage arrive sur eux, venu du nord. Le ciel est noir, le vent agite les branches et les ombres comme ils sont assis sous l'arbre rouge. Seul Sarath, dont le regard fouille l'horizon pendant qu'ils conversent, n'est pas affecté par l'orage.

« Venez, rentrons…

— Restez, dit-il. On est déjà mouillés. »

Elle se rassoit sur le banc de pierre en face de lui et regarde la pluie rompre la belle ordonnance des cheveux de Sarath. Elle se sent irresponsable, à rester dehors par un temps pareil. Petite, elle l'aurait fait. Elle entend le tambour en provenance du village, presque couvert par le bruit de la pluie.

« Vous ressemblez à votre frère quand vous êtes décoiffé. En fait, j'aime bien votre frère. » Elle se penche en avant. « Je rentre. »

Elle se dirige vers la véranda, monte les marches, échappant à la boue, secoue ses cheveux et les tord comme une serviette. Elle jette un regard par-dessus son épaule. Sarath a la tête baissée et ses lèvres remuent, comme s'il parlait à quelqu'un. Elle sait qu'il n'y aura jamais un bateau qui permettra d'aborder Sarath, de découvrir à quoi il pense. À sa femme ? À une fresque rupestre ? Aux gouttes de pluie qui rebondissent devant lui ? Elle se sèche les bras dans les ténèbres de la salle à manger, porte sa main gauche à sa bouche pour lécher la pluie sur le bracelet.

Sous l'averse, il se souvient de ce qu'il s'apprêtait à dire à Anil au sujet d'Ananda. Il y avait pensé en revenant de l'hôpital. Non. Au sujet de Marin. « Plombagine, dit-il, et le mot résonne dans sa tête. Il travaillait peut-être dans une mine de plombagine. »

Plus tard, bien après minuit, Anil entendait encore le bruit du tambour à travers la pluie. Il rythmait et chorégraphiait tout. Elle attendait qu'il se taise.

La tête de Marin, la version qu'Ananda en avait faite, se trouvait déjà dans le village, et c'était là qu'un joueur de tambour inconnu et malvenu s'était attaché à elle et avait commencé de jouer à côté d'elle. Anil savait qu'il était peu probable qu'on l'identifie. Il y avait eu tant de disparitions. Elle savait en outre que ce n'était pas la tête qui permettrait de donner un nom au squelette, mais les marques de sa profession. Sarath et elle devraient donc se rendre dans les villages de la région où il y avait des mines de plombagine-graphite.

Le tambour continuait de lancer son chant antiphonique complexe, pareil aux marches d'un escalier qui descend vers la mer. Il ne cesserait pas avant qu'on ait donné un nom à la tête. Et cette nuit-là, il ne s'arrêta pas.

La Souris

Quand sa femme, Chrishanti, le quitta, Gamini demeura enfermé une semaine dans la maison, entouré de tout ce qu'il n'avait jamais désiré — électroménager dernier cri, sets de table à zébrures. Sans la présence de Chrishanti, le jardinier, la femme de ménage et la cuisinière n'étaient plus indispensables. Il donna congé à son chauffeur. Il irait aux urgences à pied. À la fin de la semaine, il abandonna la maison et prit ses quartiers à l'hôpital, où il savait qu'il trouverait toujours un lit. Ainsi, il pourrait se lever à l'aube et commencer à opérer de bonne heure. Parfois, sa main se plaquait sur sa poche de poitrine, à la recherche du stylo que Chrishanti lui avait offert et qu'il avait perdu. Sinon, sa vie passée lui manquait peu.

Lorsque son frère téléphona, inquiet, il lui dit qu'il ne voulait pas de son inquiétude. Il prenait déjà des cachets accompagnés d'une boisson riche en protéines afin de demeurer tout le temps éveillé au milieu de ceux qui mouraient autour de lui. *Dans le diagnostic d'une lésion vasculaire, une très grande prudence s'impose.* S'il n'avait pas été aussi bon médecin, son comportement aurait été dénoncé. Il savait que son statut social n'était déterminé que par ses compétences dans le cadre de l'hôpital. C'est là qu'il rencontra son destin, qu'il mena son combat en coulisse contre la guerre. Il n'écoutait pas les nouvelles. On lui signala qu'il commençait à sentir mauvais, et sans qu'il sache pourquoi, cela l'affligea. Il fit provision de savon déodorant et prit trois douches par jour.

La femme de Sarath vint le voir aux urgences quand il eut

terminé son service, passa son bras sous le sien. Elle dit que Sarath et elle lui proposaient un endroit où habiter, qu'il était devenu un véritable vagabond. Elle était la seule à pouvoir lui dire des choses pareilles. Il l'invita à déjeuner, mangea plus qu'il n'avait mangé depuis des mois, et ramena la conversation sur le terrain de ses centres d'intérêt à elle. Durant tout le repas, il contempla son visage et ses bras. Il se montra aussi affable que possible, ne la toucha pas une seule fois, leur unique contact physique s'étant limité au moment où elle avait glissé son bras sous le sien. Quand elle partit, il ne l'embrassa pas. Elle aurait senti combien il était maigre.

Ils ne parlèrent pas de Sarath. Uniquement du travail qu'elle faisait à la radio. Elle savait qu'il avait toujours éprouvé de l'affection pour elle. Il savait qu'il l'avait toujours aimée, ses bras affairés, son curieux manque d'assurance pour quelqu'un qui lui paraissait si accompli. Il avait fait sa connaissance lors d'une soirée costumée donnée dans des jardins, quelque part à l'extérieur de Colombo. Elle portait un smoking d'homme, les cheveux plaqués en arrière. Il avait entamé la conversation et dansé deux fois avec elle, déguisé, si bien qu'elle ignorait qui il était. C'était il y a des années, avant que l'un et l'autre se marient.

Ce soir-là, il était le frère de son fiancé.

Il lui demanda sa main à deux reprises au cours de la soirée. Ils étaient sur la terrasse de *cadju*. Il portait les peintures et les haillons d'un *yakka*, et elle refusa en riant, disant qu'elle était déjà fiancée. Ils avaient parlé sérieusement de la guerre et elle pensait qu'il s'agissait d'une plaisanterie, du désir de faire diversion. Il se contenta donc de raconter depuis combien de temps il fréquentait les jardins où ils se trouvaient, combien de fois il y était venu. Vous devez connaître mon futur mari, dit-elle. Il vient souvent ici, lui aussi. Il prétendit ne pas se souvenir du nom qu'elle lui donna. Ils avaient tous les deux très chaud et elle desserra son nœud papillon. « Vous devez mourir de chaleur. Avec tous ces vêtements sur vous. — Oui. » Il y avait un étang avec un dégorgeoir en bambou à côté duquel il s'agenouilla. « Ne mettez pas de peinture, il y a des poissons. » Si bien qu'il déroula son turban, le trempa dans l'eau, puis entreprit d'effacer les couleurs de son visage. Quand il se releva, elle vit qui il était, le frère de son fiancé, et il lui demanda de nouveau de l'épouser.

Et ainsi, des années plus tard, après le naufrage du mariage de Gamini, ils sortirent de la cafétéria pour déboucher dans la rue où elle avait garé sa voiture. Il garda ses distances pour lui dire au revoir, veillant à ne pas la toucher, et il ne lui adressa qu'un regard affamé et désinvolte, suivi d'un geste de la main, désinvolte lui aussi.

Gamini se réveilla dans la salle presque déserte. Il se doucha et s'habilla, observé par le patient à côté de lui. Il ne faisait pas encore jour et le grand escalier était plongé dans le noir. Il descendit lentement, sans poser la main sur la rampe qui cachait Dieu sait quoi dans son bois patiné par le temps. Il passa devant les services de pédiatrie, des maladies contagieuses, de chirurgie des os, pénétra dans la cour de devant et alla prendre à la cantine de la rue un thé et un *roti* aux pommes de terre qu'il consomma sur place, sous un arbre plein d'oiseaux bruyants. Hormis ces rares moments, il restait pratiquement toute la journée enfermé. Il lui arrivait d'aller s'installer sur un banc. Il demandait alors à l'un des internes de le réveiller au bout d'une heure si jamais il s'endormait. La frontière entre l'état de veille et l'état de sommeil était un fil de coton d'une couleur si discrète qu'il le franchissait souvent sans s'en rendre compte. Quand il opérait la nuit, il avait parfois l'impression de couper dans la chair, entouré seulement de la nuit et des étoiles. Il sortait de sa rêverie et regagnait le bâtiment qui, une fois de plus, semblait s'adapter à lui, épouser son humeur. À cause de sa fonction, il lui arrivait de tomber sur des inconnus qu'il ouvrait sans même connaître leur nom. Il parlait peu. On avait le sentiment qu'il ne s'intéressait qu'aux gens affligés d'une blessure, même invisible — l'infirmier qui bâillait dans le couloir, l'homme politique en visite officielle avec qui il refusa de se laisser photographier.

Les infirmières lui lisaient les courbes pendant qu'il curetait. Elles adoraient travailler avec lui. Il était curieusement populaire malgré son côté implacable. Il prenait des décisions brutales quand il s'apercevait qu'il ne pourrait pas sauver celui qu'il opérait.

« Ça suffit », disait-il, et il s'en allait. « *Basta* », fit quelqu'un qui avait été à l'étranger, et Gamini, arrivé devant la porte battante, rit en l'entendant. C'était presque une conversation. Il n'ignorait pas qu'il n'avait jamais été d'une compagnie très agréable. Les bavardages mouraient autour de lui. De temps en temps, une infirmière de nuit le réveillait pour lui réclamer son aide. Elle procédait avec ménagement, mais il se levait tout de suite et l'accompagnait, vêtu juste d'un sarong, pour fixer un goutte-à-goutte à un enfant récalcitrant. Après quoi, il retournait s'allonger sur son lit d'emprunt. « Je vous dois des remerciements, disait l'infirmière au moment où il repartait.

— Vous ne devez rien à personne. Réveillez-moi chaque fois que vous aurez besoin de moi. »

Elle laissait la lumière allumée toute la nuit.

Quelquefois, les vagues rejetaient les cadavres sur la plage. Le long de la côte de Matara, à Wellawatta ou près du collège St. Thomas à Mount Lavinia où tous deux, Sarath et Gamini, avaient appris à nager quand ils étaient petits. C'étaient des victimes d'assassinats politiques — des victimes des tortures dans la maison de Gower Street ou dans celle de Galle Road — qu'on chargeait à bord d'hélicoptères pour les précipiter ensuite dans la mer. Bien peu revenaient ainsi témoigner sur les rivages de la mère patrie.

À l'intérieur des terres, c'étaient les quatre fleuves principaux qui charriaient les cadavres le Mahaveli Ganga, le Kalu Ganga, le Kelani Ganga et le Bentota Ganga. Ils finissaient tous au Dean Street Hospital. Gamini avait choisi de ne pas s'occuper des morts. Il évitait les couloirs de l'aile sud où l'on amenait les victimes de tortures pour tenter de les identifier. Les internes établissaient la liste des blessures et photographiaient les corps. Une fois par semaine, néanmoins, il étudiait les rapports et les photos, confirmait les hypothèses, signalait les cicatrices récentes causées par des acides ou des instruments de métal tranchants, puis apposait sa signature. Au cours de ces moments-là, il fonctionnait aux cachets et enregistrait ses observations avec un débit rapide à l'aide d'un magnétophone qu'un représentant d'Amnesty lui avait laissé. Il se plaçait alors devant la fenêtre pour avoir un meilleur éclairage sur les horribles photos, masquant les visages de la main gauche tandis que son pouls s'affolait. Il énonçait le numéro du dossier, donnait son interprétation et concluait. Les heures les plus sombres de la semaine.

Après quoi, il abandonnait la pile de photos. Les portes s'ouvraient et un millier de cadavres se déversaient, comme mutilés, pris dans les filets des pêcheurs. Mille cadavres de requins et de raies dans les couloirs, dont certains, à la peau brune, se tordaient par terre…

Désormais, tous les visages sur les photographies étaient recouverts d'un cache. Il travaillait mieux ainsi et ne courait pas le risque de reconnaître un mort.

Le plus drôle, c'est qu'il avait choisi la profession médicale en pensant qu'elle se pratiquait encore au rythme du XIXe siècle. Il aimait le côté à la fois amateur et compétent des médecins. Il connaissait l'histoire de ce Dr Spittel qui, à la suite d'une panne d'électricité pendant qu'il opérait la nuit, avait porté le patient dehors, l'avait installé sur un banc et avait poursuivi son travail à la lueur des phares d'une voiture. C'était toute une existence tranquillement héroïque que quelques histoires de ce genre venaient rappeler. À cause de la satisfaction qu'on en tirait. On se souviendrait de lui comme on se souvenait d'un joueur de cricket ayant réussi un tour de batte au cours d'un après-midi de 1953 et dont le nom avait été fêté pendant une semaine ou deux dans une *baila* des rues. Célébré dans une chanson.

Quand il était petit, pendant les mois où il luttait contre la diphtérie, Gamini faisait la sieste sur une natte et ne rêvait que d'avoir la vie de ses parents. Quelle que soit la carrière qu'il embrasserait, il la voulait conforme à leur style et à leur rythme. Lever de bonne heure, travail jusqu'au déjeuner, pris tardivement, puis sieste et conversation avant un bref retour au bureau. Le cabinet juridique de son père et de son grand-père occupait toute une aile de la vaste maison familiale sur Greenpath Road. Plus jeune, il n'avait pas le droit de pénétrer dans les mystérieux labyrinthes durant les heures de travail, mais à cinq heures du soir, un verre rempli d'un liquide couleur d'ambre à la main, il poussait du pied la porte battante et entrait. Il y avait des classeurs trapus et de petits ventilateurs. Il disait bonjour au chien de son père, puis posait le verre sur le bureau de son père.

À cet instant, il se voyait soulevé dans les airs et, après un demi-tour sur lui-même, atterrissait sur les genoux paternels, tandis que de grands bras bruns se refermaient sur lui. « Commence par le commencement », disait son père, et Gamini entreprenait de lui raconter ses aventures de la journée, l'école, ce que sa mère avait dit quand il était rentré à la maison. En ces premières années, il était parfaitement à l'aise au sein de sa famille. Lorsqu'il y repensait, il ne se rappelait pas le moindre signe de colère ou de tension. Ses parents étaient gentils l'un envers l'autre. Ils se parlaient tout le temps, partageaient tout, et une fois qu'ils étaient couchés, Gamini continuait à entendre le bourdonnement de leur conversation qui isolait la demeure du monde extérieur. Plus tard, il comprit que chaque dimension de l'univers de son père existait aussi chez eux. Les clients venaient à lui. Il y avait un court de tennis derrière, où les invités se joignaient aux membres de la famille durant les week-ends.

On présumait que, le moment venu, les deux frères entreraient dans l'affaire. Mais Sarath partit de la maison après avoir décidé de ne pas devenir avocat. Et, quelques années plus tard, Gamini trahit à son tour la vocation familiale pour entamer des études médicales.

Deux mois après le départ de sa femme, Gamini s'évanouit de fatigue, et l'administration le força à prendre un congé. Ayant abandonné son domicile, il n'avait nulle part où aller. Il comprit alors que le service des urgences, malgré la folie qui y régnait, était devenu pour lui un cocon semblable à celui qu'avait été la demeure de ses parents. Tout ce qui avait de la valeur à ses yeux se trouvait là. Il dormait dans les salles, achetait de quoi manger au vendeur de rue devant l'hôpital. Et voilà qu'on lui demandait de quitter l'univers dans lequel il se terrait, l'univers qu'il avait créé autour de lui, étrange réplique du domaine de l'enfance.

Il marcha jusqu'à Nugegoda, le quartier où avait été sa maison, et cogna à la porte fermée. Il sentait une odeur de cuisine. Un inconnu se présenta qui ne lui ouvrit pas. « Oui — Je suis Gamini. — Et alors? — J'habite ici. » L'homme disparut et on entendit des voix dans la cuisine.

Gamini mit un moment à réaliser qu'on ne s'occuperait pas de lui. Il traversa le petit jardin. L'odeur de nourriture lui parut merveilleuse. Il n'avait jamais eu aussi faim de sa vie. Ce n'était pas la maison qu'il voulait mais un vrai repas. Il entra par la porte de derrière. Promenant son regard autour de lui, il se rendit compte que l'intérieur était bien mieux tenu qu'avant. L'homme qui lui avait répondu était en compagnie de deux femmes qu'il ne connaissait pas non plus. Il avait d'abord cru que son épouse avait fait venir des membres de sa famille. « Je pourrais avoir un peu d'eau? »

L'homme lui apporta un verre. Gamini entendit des enfants dans les pièces du fond, et l'idée que tout l'espace était utilisé lui fit plaisir. Il se rappela quelque chose et demanda s'il avait du courrier. On lui remit toute une pile. Une lettre de sa femme, qu'il glissa dans sa poche. Plusieurs chèques de l'hôpital. Il en conserva deux pour lui et en signa deux au dos qu'il donna à l'une des femmes. Elles l'invitèrent d'un geste à partager leur repas. Spaghettis et crêpes à la farine de riz, *pol sambol,* curry de poulet. Après quoi, le ventre plein, il se rendit tranquillement à la banque. Il avait beaucoup d'argent. Il téléphona à Quickhaw pour commander un taxi qu'il attendit dans le hall climatisé de Grindlays. Quand la voiture arriva, il monta à côté du chauffeur.

« À Trincomalee. Le Nilaveli Beach Hotel.

— Non, non. »

Il s'en serait douté. C'était une région réputée dangereuse à cause de la présence proche des forces de la guérilla. « Vous ne risquez rien, je suis médecin. Ils ne touchent pas aux médecins, nous sommes comme des prostituées. Tenez, mettez ce signe de la Croix-Rouge sur le pare-brise. Je vous garde une semaine. Ce n'est pas la peine de montrer de la sympathie pour moi ou d'être poli. Je ne suis pas de ceux qui ont besoin qu'on les aime. Arrêtez-vous là. »

Il descendit et alla s'installer à l'arrière. Il lui fallait s'étendre un peu. Le temps que la voiture se faufile hors de Colombo et il était près de s'endormir. « Prenez la route de la côte, murmura-t-il avant de sombrer dans le sommeil. Et réveillez-moi à Negombo. »

Gamini et le chauffeur pénétrèrent dans le hall sombre et sans soleil de la vieille auberge de Negombo. Une petite lampe posée sur le comptoir de la réception éclairait le directeur assis devant une médiocre peinture murale représentant la mer, et Gamini, un souvenir lui revenant, se retourna et vit à travers la porte le même paysage, mais réel. Ils burent une bière et repartirent. Près de Kurunegala, ils prirent une petite route. Quelques kilomètres plus loin, il arrêta la voiture et demanda au chauffeur de revenir le chercher le lendemain au même endroit. L'homme mit un moment à comprendre. Gamini tenait à passer la nuit sur place.

Son père l'avait emmené au monastère de forêt, à Arankale. Cela remontait à son enfance, et, tous les deux ou trois ans, Gamini s'arrangeait pour revenir. En tant que médecin de guerre, sa foi était maintenant plus que chancelante, mais il ressentait toujours un grand sentiment de paix ici. Vêtu simplement d'une chemise légère et d'un pantalon, sans parapluie pour se protéger du soleil, sans rien à manger, il s'enfonça dans la forêt. Parfois, quand il arrivait, il constatait que les lieux avaient été entretenus. Parfois, au contraire, ils semblaient s'être refermés comme un œil au milieu de la forêt.

Il y avait le puits. Il y avait la tôle ondulée qui faisait un toit au-dessus de la véranda où dormaient les vieux moines. Il pourrait s'y installer. Il pourrait, au matin, se laver à l'eau du puits. Il boutonna la poche de sa chemise pour ne pas risquer de perdre ses lunettes.

Une semaine plus tard, Gamini sortait du Nilaveli Beach Hotel et se dirigeait vers la mer. Il était très ivre. Il avait traîné dans l'hôtel désert avec un cuisinier, le directeur de nuit et deux femmes chargées du ménage des chambres vides, qui hurlaient quand le cuisinier essayait de les pousser dans la piscine. Ils passaient leur temps à se bagarrer dans les couloirs. Sur la plage, il s'endormit et, lorsqu'il se réveilla, des terroristes l'entouraient, hilares.

Son sarong était défait. Il dit, aussi distinctement qu'il le put, et dans les deux langues officielles « Je… suis… médecin », et se rendormit aussitôt. Quand il se réveilla de nouveau, il était dans un baraquement plein de blessés. Dix-sept ans. Seize ans. Quelques-uns plus jeunes encore. Il était censé être en vacances, ce qu'il expliqua à l'un des terroristes « On m'attend pour dîner à sept heures. À sept heures et demie, on ne sert plus…

— Oui, mais ça… » L'homme désigna avec de grands gestes l'intérieur du baraquement bourré de blessés. « Il y a ça, non ? »

Gamini avait entrepris de se désaccoutumer de ses cachets, pour les remplacer par l'alcool, et il se trouvait au milieu du gué, de sorte qu'il ne se rendait pas bien compte de son degré présent d'ébriété. Il dormait beaucoup. Se réveillait dans des jardins inconnus. Ce n'était pas tant le désir que le besoin de sommeil. En rêve, il chargeait des cadavres dans des ascenseurs, puis les déchargeait. Les ascenseurs le rendaient claustrophobe, mais ils restaient préférables aux escaliers qui craquaient et lui donnaient le vertige.

Quand les guérilleros l'avaient découvert couché en boule sur le sable, l'eau lui arrivait aux chevilles. Ils étaient à la recherche du touriste supposé être médecin. L'une des femmes au bord de la piscine leur avait indiqué la direction de la plage.

Gamini examina les blessés. Des haillons noués autour des plaies, pas d'analgésiques, pas de bandages. Il envoya un soldat muni de la clé de sa chambre prendre des draps qu'ils pourraient déchirer ainsi que le sac plastique contenant diverses choses susceptibles de lui servir — after-shave, cachets. Le terroriste revint, vêtu de l'une des chemises de Gamini. Celui-ci versa les comprimés sur la table et les coupa en quatre. Il allait y avoir un problème de communication. Il ne parlait pas assez bien tamoul, et eux ne parlaient pas du tout cinghalais. Le chef et lui ne disposaient que d'un mauvais anglais pour se comprendre.

On était en début de soirée, et il avait faim. Il avait raté l'heure du déjeuner et le personnel de l'hôtel était intraitable sur ce point. Il demanda au chef des guérilleros d'envoyer quelqu'un lui chercher à manger. Il espéra ne pas entendre de coups de feu au loin. Il se mit au travail, s'occupant tour à tour de chacun des blessés alignés sur des lits de camp.

La plupart survivraient mais y laisseraient un membre ou resteraient handicapés d'une manière ou d'une autre. Il en avait eu tant de preuves vivantes en traversant Trincomalee. Une boîte *pakispetti* en bois sous le bras, il s'avança dans le baraquement, s'assit au chevet d'un jeune garçon dont il pansa les plaies à l'aide de bandelettes de drap. À ceux qu'il comptait opérer bientôt, il donna un quart de l'un de ses précieux cachets, pour les droguer. Il constata avec étonnement à quel point une si petite quantité leur faisait de l'effet, alors que lui les avait pris entiers durant plus d'un an. Quinze minutes après, trois guérilleros maintenaient l'homme pendant que Gamini opérait. Il faisait si chaud qu'il avait déjà enlevé sa chemise, noué des morceaux de tissu autour de ses poignets pour empêcher la sueur de couler sur ses doigts. Il avait besoin de sommeil, ses yeux papillotaient, un signe qui ne trompait pas, et toujours rien à manger. Sur le point de piquer une crise de rage, il alla s'allonger à côté des blessés et se pelotonna pour dormir.

Il ronflait bruyamment. Quand sa femme était partie, il l'avait accusée de le quitter à cause de ses ronflements. Les garçons autour de lui se turent pour ne pas déranger son sommeil.

Un cri de douleur le réveilla cependant. Il sortit se passer de l'eau sur la figure au robinet. On avait amené le cuisinier sur un vélo. Lentement, en cinghalais, Gamini lui commanda dix repas consistants à partager entre eux tous et insista pour qu'on les mette sur sa note. Ce qui ne manqua pas de peser dans la balance. Lorsque le festin arriva, la chirurgie cessa. Le personnel de l'hôtel avait ajouté deux bouteilles de bière à son intention. En mangeant, il se souvint de la disparition du Dr Linus Corea et se demanda si lui-même retournerait un jour à Colombo.

Il travailla jusque tard dans la nuit, penché sur les blessés tandis que quelqu'un, debout de l'autre côté du lit, lui tenait une vieille lampe Coleman. Certains déliraient quand l'effet des cachets se dissipait. Qui pouvait envoyer un enfant de treize ans au combat, et au nom de quelle cause sacrée ? Un vieux chef ? Un drapeau décoloré ?

Il ne fallait pas qu'il oublie qui étaient ces gens. Ils avaient posé des bombes dans des rues bondées, des stations d'autobus, des rizières, des écoles. Des centaines de leurs victimes étaient mortes sous son scalpel. Des milliers ne marcheraient plus jamais, ni n'iraient normalement à la selle. N'empêche. Il était médecin. Dans une semaine, il serait de retour à l'hôpital de Colombo.

Après minuit, il regagna l'hôtel par la plage, escorté par un terroriste. Il remarqua tout de suite que le réveil qu'il avait acheté à Kurunegala avait disparu. Il grimpa sur son lit sans draps et s'endormit aussitôt.

Quand la guerre secrète entre son frère et lui avait-elle commencé? Elle avait éclaté avec le désir d'être l'autre, et même avec l'impossibilité de l'égaler. Gamini resterait toujours en esprit le plus jeune, incapable de rattraper l'autre, lui qu'on surnommait «Meeya». La Souris. Il aimait son absence de responsabilité, n'être jamais le centre de l'attention, tout en observant ce qui se passait. La plupart du temps, ses parents n'étaient même pas conscients de sa présence, enfoui dans un fauteuil en train de lire, les oreilles dressées, à l'écoute de leurs conversations, fidèle comme un chien. Sarath adorait l'histoire, leur père adorait le droit, et Gamini se terrait, ignoré de tous. Leur mère qui dans sa jeunesse avait voulu être danseuse chorégraphiait leur vie. Elle garderait toujours son mystère pour Gamini. Son amour était une sorte d'affection globale, jamais dirigée précisément sur lui. Il avait du mal à se la représenter comme la femme qui couchait avec son père. Elle se comportait en seule femme de la maison, elle qui n'avait pas de fille, se contentant d'accompagner le rythme de ses trois hommes un mari loquace, un fils aîné intelligent et appelé à réussir, et un cadet d'une nature secrète. Gamini. La Souris.

Le fait que ni l'un ni l'autre des deux frères ne souhaitât entrer dans le cabinet juridique familial obligea la mère à défendre la position de chacun un pied dans le camp de chaque fils, une main sur l'épaule de son mari. Quoi qu'il en soit, ils se dispersèrent. Sarath partit explorer le champ de l'archéologie et Gamini se lança dans les études médicales, mais surtout dans le monde extérieur à la famille. Il n'était plus en relation avec elle que par le biais des rumeurs de ses frasques. À la maison, ses parents n'avaient peut-être jamais prêté beaucoup d'attention à Gamini, mais leur parvenait maintenant une légion d'anecdotes déplaisantes à son sujet. Il désirait, semblait-il, qu'ils perdent tout espoir en lui et, par gêne, ils finirent par répondre à son souhait.

En réalité, il avait aimé l'univers familial. Encore que, plus tard, lors de ses conversations avec la femme de Sarath, elle le contestât « Quel genre de parents appelleraient un enfant "la Souris" ? » Elle l'imaginait, jeune, étranger aux préoccupations des adultes, avec ses grandes oreilles, enfoncé dans ce grand fauteuil.

Il s'en moquait. Croyait que c'était vrai de tous les enfants. Son frère et lui se satisfaisaient de leur solitude, de l'absence du besoin de parler. « Ça me met en colère, répliquait la femme de Sarath. Ça me met en colère contre vous deux. » Dans ses conversations avec elle, Gamini continuait à considérer son enfance comme une époque bénie, tandis qu'elle se le représentait comme un pauvre gamin ayant tout juste survécu, jamais rassuré car privé d'amour. « J'étais un enfant gâté, affirmait-il. — Tu ne te sens en sécurité que quand tu es seul, que tu agis dans ton coin. Tu n'étais pas gâté, tu étais ignoré. — Je ne vais pas passer le restant de ma vie à reprocher à ma mère de ne m'avoir pratiquement jamais embrassé. — Tu le pourrais. »

Gamini pensait avoir eu une enfance heureuse. Il avait aimé le living plongé l'après-midi dans la pénombre, le cheminement des fourmis sur le balcon, les habits qu'il sortait des armoires pour se déguiser et chanter devant la glace. Et le souvenir de la magnificence du fauteuil était ancré en lui. Il désirait aller en acheter un exactement pareil, là, maintenant, prérogative et fantaisie d'adulte. À l'idée de réconfort, il associait le fauteuil et non une mère ou un père. « Je vais conclure mon plaidoyer », disait calmement la femme de Sarath.

Sarath était, pour ses parents, le garçon le plus merveilleux du monde. Tous trois riaient et argumentaient au cours du dîner pendant que Gamini observait en silence leur style et leurs manières. À onze ans, il était fier de ses talents d'imitateur, capable, par exemple, d'imiter l'expression perplexe d'un chien inquiet.

Pourtant, Gamini demeurait invisible, même à ses propres yeux, et se regardait rarement dans la glace, sauf quand il se déguisait. Un de ses oncles avait mis en scène des pièces de théâtre pour une troupe d'amateurs, et un jour qu'il se trouvait seul chez lui, il était tombé sur plusieurs costumes. Il les avait essayés l'un après l'autre, il avait remonté le gramophone et dansé sur les sofas en chantant des chansons de son invention, jusqu'au retour impromptu de sa tante. Qui s'était simplement exclamée « Aha ! C'est donc ça que tu fais… » Il s'était senti humilié et embarrassé au-delà de tout ce qu'on pouvait imaginer. Par la suite, des années durant, il se jugea futile et, en conséquence, s'ouvrit encore moins aux autres. Il se calma, devint à peine conscient des émotions les plus délicates qui l'habitaient. Il ne s'animerait qu'en présence d'étrangers — dans les remous des fins de soirées ou dans le chaos de la salle des urgences. C'était l'état de grâce. C'était là que les gens avaient la faculté de se perdre comme dans une danse, trop concentrés sur leurs pas ou leurs désirs pour avoir conscience de leur pouvoir tandis qu'ils recherchaient l'amour ou réagissaient devant une urgence. Il lui était possible d'être au cœur de l'action et de continuer à se croire invisible. C'est alors qu'il commença à acquérir sa notoriété.

La barrière qui l'avait séparé de sa famille pendant son enfance restait en place. Il ne voulait pas qu'elle saute, ne voulait pas que les deux univers se rencontrent. Il n'en était pas conscient et ne le serait pleinement que plus tard, au cours d'un moment terrible. Il tiendrait son frère dans ses bras et se rendrait compte que depuis son enfance il savait que le catalyseur qui lui permettrait d'obtenir la liberté et le secret qu'il avait toujours désirés était ce frère bienveillant. Des années plus tard, à ses côtés, Gamini le lui dirait, lui-même choqué par la cruauté de sa vengeance ignorée. Quand on est jeune, pensait-il, la première règle est de stopper l'invasion de son propre être. Enfant, nous le savons. Il y a toujours le murmure persuasif de la famille, telle la mer autour d'une île. C'est pourquoi la jeunesse se cache sous l'aspect de quelque chose d'aussi mince qu'une lance, ou de quelque chose d'aussi antisocial qu'un aboiement. Et alors, nous devenons plus à l'aise et plus intimes avec les étrangers.

Lors de ses dernières années d'études, la Souris insista pour quitter Colombo et partir en pension au Trinity College, à Kandy. Ainsi, il passait la plus grande partie de l'année loin de sa famille. Il adorait le train lent et bringuebalant qui l'emportait vers le Nord. Il avait toujours aimé les trains et n'acheta pas de voiture, ni n'apprit à conduire. À vingt ans, il s'abandonnait au plaisir du vent sur sa tête lourde de vapeurs d'alcool quand il se penchait dans le fracas effrayant des tunnels, entouré de l'espace profond. Il se plaisait à parler sur un ton intime et humoristique à des inconnus. Certes, il savait que c'était une forme de maladie — mais cette distance et cet anonymat, il ne les détestait pas.

Il était tendre, nerveux et sociable. Après plus de trois ans dans le Nord, à travailler dans les hôpitaux annexes, il devint plus obsessionnel. Son mariage intervenu un an plus tard fut un échec quasi immédiat, et après, il resta presque toujours seul. En chirurgie, il se contentait d'une assistante. Les autres pouvaient regarder et apprendre de loin. Il n'expliquait jamais clairement ce qu'il faisait, ni ce qui se passait. Pas un bon professeur, mais un bon exemple.

Il n'avait été amoureux que d'une seule femme et ce n'était pas celle qu'il avait épousée. Plus tard, il y eut une autre femme, une femme mariée, dans un hôpital près de Polonnaruwa. Il finit par avoir l'impression d'être embarqué sur une nef des fous où il aurait été la seule personne lucide et saine d'esprit à bord. Il était un acteur parfait de la guerre.

Les chambres où Sarath et Gamini ont passé leur enfance étaient à l'abri du soleil de Colombo, des bruits de la circulation, des aboiements des chiens, des autres enfants, du son métallique du portail en fer qui se remettait en place. Gamini se souvient du fauteuil pivotant dans lequel il tournoyait, ce qui déclenchait le chaos parmi les papiers et les étagères dans l'espace interdit du bureau de son père. Pour Gamini, tous les bureaux étaient détenteurs de secrets complexes. Adulte, chaque fois qu'il pénétrait dans de telles pièces, il se sentait encore indigne et délictueux. Les banques, les cabinets juridiques accentuaient ses doutes, lui procuraient l'impression d'avoir été appelé chez le proviseur et l'amenaient à croire que rien ne lui serait jamais expliqué de façon intelligible.

Notre évolution emprunte des chemins tortueux. Gamini grandit sans savoir la moitié de ce qu'il croyait être censé savoir — il devait suivre et découvrir des voies inhabituelles dans la mesure où il ne connaissait pas les voies habituelles. Durant la majeure partie de son enfance, il ne fut qu'un garçon tournoyant dans un fauteuil. Et, de même qu'on lui avait caché des choses, il devint à son tour porteur de secrets.

Dans la demeure de son enfance, il collait son œil droit au trou de la serrure avant de frapper doucement et, en l'absence de réponse, de se glisser dans la chambre de ses parents, de son frère ou d'un oncle pendant leur sieste de l'après-midi. Pieds nus, il s'approchait du lit, regardait les dormeurs, regardait par la fenêtre, et ressortait. Pas grand-chose à voir. Ou bien, il s'avançait silencieusement vers un groupe d'adultes. Il avait déjà l'habitude de ne pas prendre la parole, sinon pour répondre à une question.

Il était chez sa tante à Boralesgamuwa. Ses amies et elle jouaient au bridge sur la longue galerie qui entourait la maison. Il s'approcha, tenant à la main une bougie allumée dont il protégeait la flamme. Il la posa sur une desserte à environ un mètre sur leur droite. Personne ne remarqua quoi que ce soit. Il rentra à pas lents. Quelques minutes plus tard, armé de sa carabine à air comprimé, il rampait dans l'herbe depuis le fond du jardin pour se glisser subrepticement vers la maison. Afin de mieux dissimuler sa présence, il portait un petit chapeau de camouflage fait de feuilles. Il pouvait presque entendre les quatre femmes annoncer et échanger de menus propos.

Il estima qu'elles se trouvaient à vingt mètres. Il chargea sa carabine, se plaça dans la position du tireur embusqué, coudes baissés, jambes bien écartées pour assurer son équilibre, puis il appuya sur la détente. Il ne toucha rien. Il rechargea et épaula de nouveau. Cette fois, il atteignit la desserte. L'une des femmes leva les yeux, pencha la tête, mais ne distingua rien aux alentours. Ce qu'il voulait, c'était éteindre la flamme de la bougie, mais le coup suivant, il visa trop bas, à quelques centimètres au-dessus du plancher rouge de la véranda, et toucha une cheville. À cet instant, comme Mrs. Coomaraswamy poussait un cri, sa tante dressa la tête et le vit qui tenait la carabine pressée contre sa joue, braquée sur elles.

L'époque où Gamini se sentit le plus heureux fut le passage d'une jeunesse dissolue à l'euphorie du travail. À sa première nomination, alors qu'il se rendait dans les hôpitaux du Nord-Est, il eut le sentiment d'être revenu au XIXe siècle. Il se rappela le mémoire du vieux Dr Peterson qu'il avait lu et qui décrivait de semblables voyages intervenus une soixantaine d'années auparavant. Le livre comportait aussi des gravures — un char à bœufs sur une route ombragée par une voûte d'arbres, des bulbuls buvant au bord d'un réservoir — et Gamini se souvenait encore de l'une des phrases :

J'ai pris le train jusqu'à Matara et j'ai fait le reste du voyage à cheval et en charrette, précédé tout au long du chemin par un homme qui soufflait dans son clairon pour éloigner les animaux sauvages.

Et aujourd'hui, en pleine guerre civile, le bus lent et asthmatique roulait à peu près à la même vitesse, pratiquement dans le même paysage. Dans un coin de son cœur, avec une pointe de romantisme, Gamini aurait bien aimé voir un joueur de clairon.

Il n'y avait que cinq médecins pour tout le Nord-Est. Lakdasa, le responsable du groupe, qui les envoyait dans les campagnes et les villages. Skanda, le chirurgien chef, chargé de trier les blessés en cas d'urgence. Le Cubain, avec eux pour un an. C…, l'ophtalmo, qui les avait rejoints trois mois plus tôt. « Son diplôme est sujet à caution, dit Lakdasa aux autres au bout d'une semaine. Mais elle travaille dur et je n'ai pas l'intention de la laisser repartir. » Et enfin le jeune Gamini occupant son premier poste.

De l'hôpital de base de Polonnaruwa, ils se rendaient dans les différentes antennes où certains d'entre eux s'établiraient par la suite. Un anesthésiste passait une fois par semaine, le jour où l'on pratiquait les opérations. Dans les situations d'urgence, ils improvisaient à l'aide de chloroforme ou des cachets qu'ils avaient sous la main permettant d'assommer le malade. Ils allaient dans des endroits dont Gamini n'avait jamais entendu parler et qu'il ne parvenait même pas à localiser sur une carte — Araganwila, Welikande, Palatiyawa. Ils se retrouvaient dans des cliniques de fortune aménagées dans des salles de classe à demi finies, entourés de mères avec leurs bébés, de malades du choléra et de la malaria.

Les médecins ayant survécu à leurs années dans le Nord-Est ne se rappelaient pas avoir eu des journées aussi pénibles, ni avoir été aussi utiles qu'à ces inconnus qu'ils soignaient et qui leur glissaient entre les doigts comme des grains de riz. Par la suite, aucun d'entre eux ne fit carrière dans le privé, ce qui eût été financièrement plus raisonnable. Là-bas, ils apprenaient tout ce qui importait. Ce n'était pas quelque autorité abstraite ou morale qui leur conférait le droit d'exercer, mais leur aptitude physique. Il n'y avait pas de journaux, pas de tables vernies, pas de bons ventilateurs. De temps en temps un livre, de temps en temps la radio et un match de cricket commenté alternativement en cinghalais et en anglais. Ils autorisaient la présence d'un transistor en salle d'opération pour des occasions spéciales comme une rencontre internationale capitale. Quand le commentateur passait à l'anglais, Rohan, l'anesthésiste, assurait une traduction simultanée en cinghalais. C'était lui qui parlait le mieux anglais de l'équipe, car il avait dû apprendre à lire les modes d'emploi rédigés en tout petits caractères qui accompagnaient les bouteilles d'oxygène. (Rohan, en tout cas, lisait beaucoup, et il descendait fréquemment à Colombo en bus pour aller écouter un écrivain d'Asie du Sud, local ou de passage, lire sa dernière œuvre sur le campus de Kelaniya.) Les patients de la salle de chirurgie reprenaient souvent connaissance aux accents passionnés d'un match de cricket.

Ils se rasaient la nuit à la lueur d'une bougie et dormaient rasés de frais comme des princes. Puis ils se réveillaient à cinq heures du matin, dans le noir. Ils restaient un moment allongés, le temps de se repérer, d'essayer de se remémorer la disposition des lieux. Y avait-il une moustiquaire au-dessus d'eux ou un ventilateur, ou encore un simple tortillon anti-moustiques de la marque Lion? Étaient-ils à Polonnaruwa? Ils se déplaçaient tellement, dormaient dans tellement d'endroits différents. Au-dehors, les oiseaux koha s'ébrouaient. Un *bajaj*. Les haut-parleurs qu'on branchait de sorte qu'on entendait juste leur bourdonnement et leur grésillement. Les médecins ouvraient les yeux quand une main se posait sur leur épaule, en silence, comme en territoire ennemi. Et puis il y avait les ténèbres, les rares indices leur permettant de savoir où ils étaient. Ampara? Manampitiya?

Ou alors ils se réveillaient trop tôt et il n'était encore que trois heures du matin. Ils craignaient de ne pas pouvoir se rendormir, mais une minute après, ils sombraient de nouveau dans le sommeil. Aucun d'eux ne souffrait d'insomnies à l'époque. Ils dormaient comme des piliers de pierre, dans la même position qu'au moment où ils s'étaient étendus sur le lit, la couchette ou la natte en rotin, sur le dos ou le ventre, plutôt le dos en général car cela leur procurait le plaisir d'un instant de détente, tous les sens en éveil, certains que le sommeil allait venir.

En quelques minutes, ils s'habillaient dans l'obscurité et se retrouvaient dans le couloir, où les attendait du thé chaud. Peu de temps après, ils partaient pour effectuer le trajet d'une soixantaine de kilomètres qui les séparait des cliniques à bord d'un véhicule dont les deux faibles phares ciselaient les ténèbres, la jungle et les bas-côtés de la route quelquefois éclairée par les flammes d'un feu allumé par un villageois. Ils ne distinguaient rien d'autre du paysage. Ils s'arrêtaient à une baraque pour un petit déjeuner sur le pouce composé de croquettes de poisson. Lakdasa qui toussait. Toujours pas la moindre parole échangée. Rien que le geste intime de traverser une route pour apporter une tasse de thé à quelqu'un. Ces expéditions leur semblaient à chaque fois importantes. Ils étaient des rois et des reines.

Gamini travailla plus de trois ans dans le Nord-Est. Lakdasa resterait installer des dispensaires. Quant à l'ophtalmo au diplôme douteux, elle non plus ne quitterait jamais la région et les petits hôpitaux. Pendant les pires moments, Gamini l'avait vue distribuer tampons et lotions à des stagiaires tout en opérant en urgence. Ce que les autres lui enviaient, en dehors de sa présence de femme séduisante, c'était la preuve physique de son travail. Gamini adorait le spectacle qu'offrait son service, l'instant où, quand il entrait, les occupants des quinze lits se tournaient vers lui, portant tous le même carré de tissu blanc sur leurs visages bruns, signe indiquant que c'était à elle qu'ils appartenaient.

Un jour, quelqu'un apporta un livre sur Jung. L'un d'eux avait souligné une phrase. (Ils avaient l'habitude de noter leurs critiques en marge. Un point d'exclamation à côté d'une thèse non valable sur le plan psychologique ou clinique. Si dans un roman figurait un exemple de prouesse physique ou sexuelle extravagante, Skanda, le chirurgien, écrivait dans la marge : *Ça m'est arrivé une fois...* et ajoutait avec davantage d'ironie encore : *Dambulla, août 1978*. Une scène où un homme dans une chambre d'hôtel se voyait accueilli par une femme en déshabillé qui lui tendait un Martini suscitait des commentaires identiques. Quand Skanda partit travailler au service des cancéreux de Karapitiya près de Galle, les autres ne doutèrent pas que, là aussi, il barbouillerait les livres, tant les ouvrages médicaux que les romans ; c'était le pire des griffonneurs de la bande.) En tout cas, c'était probablement à l'anesthésiste qu'on devait le livre sur Jung. Photos, essais, commentaires et biographie. Et donc, souligné : *Jung avait absolument raison sur un point. Nous sommes habités par des dieux. L'erreur est de s'identifier au dieu qui nous habite.*

Quel qu'en soit le sens, l'avertissement leur semblait sérieux, et ils s'en imprégnèrent. Ils comprenaient tous qu'il s'agissait de la conscience de leur propre valeur, travers auquel, à cette époque, en ce lieu, ils succombaient. Ils ne travaillaient au nom d'aucune cause, d'aucun programme politique. Ils avaient trouvé un refuge loin des gouvernements, des médias et des ambitions financières. Au départ, ils n'étaient venus dans le Nord-Est que pour une période de trois mois et, malgré le manque de matériel, le manque d'eau, le manque de confort, à l'exception d'une boîte de lait condensé sucée de temps en temps dans une voiture au milieu de la jungle, ils étaient restés deux ou trois ans, parfois plus. C'est là qu'ils étaient le mieux. Un jour, après avoir opéré près de cinq heures d'affilée, Skanda déclara : « L'important, c'est d'être capable de vivre dans un endroit ou de vivre des situations où il est nécessaire d'utiliser tout le temps son sixième sens. »

La citation à propos de Jung et la remarque de Skanda, voilà ce que Gamini emporta avec lui. La phrase sur le sixième sens, il en fit cadeau à Anil quelques années plus tard.

Entre deux battements
de cœur

Dans les labos d'Arizona, Anil fit la connaissance d'une femme du nom de Leaf. Âgée de quelques années de plus qu'elle, Leaf devint son amie la plus proche et sa compagne de tous les instants. Elles travaillaient côte à côte et se parlaient tout le temps au téléphone quand l'une d'elles était en mission. Leaf Niedecker — d'où vient ce nom ? avait voulu savoir Anil — initia son amie aux beaux arts, à savoir jouer au bowling, gueuler dans les bars et conduire le pied au plancher à travers le désert en décrivant des zigzags. « *Tenga cuidado con los armadillos, señorita.* »

Leaf adorait le cinéma et continuait à regretter amèrement la disparition des drive-in, l'air frais de la nuit qu'on y respirait. « On enlevait ses chaussures, sa chemise, lovée contre le cuir de la Chevy — on n'a rien inventé de mieux depuis. » Deux ou trois fois par semaine, Anil achetait un poulet rôti et débarquait chez Leaf. Le téléviseur était déjà dans le jardin, planté près d'un yucca. Elles louaient *La Prisonnière du désert* ou tout autre film de John Ford ou de Fred Zinnemann. Elles regardaient *Au risque de se perdre, Tant qu'il y aura des hommes, Cinq jours ce printemps-là,* installées dans les chaises longues de Leaf ou pelotonnées l'une à côté de l'autre dans le hamac double, admirant Montgomery Clift en noir et blanc, sa démarche tranquille et sensuelle.

Il était une fois dans l'Ouest, les nuits dans le jardin de Leaf. La chaleur encore présente à minuit. Elles arrêtaient le film et allaient se rafraîchir sous le boyau d'arrosage. Il leur fallut trois mois pour visionner les œuvres complètes d'Angie Dickinson et de

Warren Oates. « Je suis asthmatique, disait Leaf. Il faut que je devienne cow-boy. »

Elles partageaient un joint et se perdaient dans les complexités de l'intrigue de *La Rivière rouge,* émettant des théories sur la manière dont John Ireland est tué avant la bagarre finale entre Montgomery Clift et John Wayne. Elles rembobinaient la bande et repassaient la scène. John Wayne pivotait avec grâce, pratiquement sans s'arrêter de marcher, pour abattre un ami qui voulait simplement s'interposer. Agenouillées dans l'herbe desséchée devant l'écran du téléviseur, elles étudiaient la scène plan par plan, à la recherche d'un signe de colère face à cette injustice sur le visage de la victime. Il semblait n'y en avoir aucun. C'était un acte mineur à l'encontre d'un personnage mineur qui avait peut-être — ou pas — provoqué la mort d'un homme, et plus personne n'en parlait pendant les cinq minutes qui restaient. Encore une de ces fins heureuses à la mode du XVIIe siècle.

« Je ne crois pas que la balle l'ait tué.

— C'est vrai, on ne voit pas où il a été touché, la caméra de Hawks le quitte trop vite. Le type porte ses mains à son ventre et s'écroule.

— S'il l'a prise dans le foie, son compte est bon. N'oublie pas qu'on est dans le Missouri en mille huit cents je ne sais quoi.

— Ouais. Il s'appelle comment ?

— Qui ?

— Le type descendu.

— Valance. Cherry Valance.

— Cherry ? Tu veux dire Jerry, ou Cherry comme la pomme ?

— Cherry, ça veut dire cerise. C'est Cerise Valance, pas Pomme Valance.

— Et c'est le copain de Montgomery.

— Ouais, Montgomery et la cerise.

— Hmmm.

— Je ne pense pas qu'il l'ait reçue dans le foie. Regarde l'angle où l'autre a tiré. La trajectoire paraît être dirigée vers le haut. Elle lui a pété une côte, je dirais, ou juste froissé.

« — À moins qu'elle l'ait simplement effleuré et tué une femme sur le trottoir ?

— Ou Walter Brennan…

— Non, une figurante sur le trottoir, le genre de nana que Howard Hawks sautait pendant le tournage.

— Les femmes se souviennent. Ils ne le savent pas ? Ces filles de saloon n'oublieront pas Cherry…

— Tu sais, Leaf, on devrait écrire un livre. *Un médecin légiste au cinéma.*

— Dans les films noirs, c'est toujours des durs. Avec des fringues informes et il fait toujours trop sombre.

— Alors *Spartacus.* »

Dans les cinémas sri lankais, raconta Anil à Leaf, quand il y avait une grande scène — en général un numéro musical ou une bagarre extravagante — les spectateurs hurlaient « Bis ! Bis ! » ou « Rembobinez ! Rembobinez ! » jusqu'à ce que le directeur de la salle et le projectionniste s'exécutent. Et là, dans le jardin de Leaf, sur une échelle plus modeste, les films avançaient et reculaient en tressautant, jusqu'à ce qu'elles aient bien décortiqué l'action.

Le film qui leur posait le plus de problèmes était *Point de non-retour.* Au début, Lee Marvin (qui avait joué Liberty Valance, mais aucun rapport) est abattu dans la prison abandonnée d'Alcatraz par un ami qui l'a trahi. Celui-ci le laisse pour mort, lui fauche sa petite amie et sa part de l'argent. Ensuite, c'est la vengeance. Anil et Leaf envoyèrent une lettre au réalisateur pour lui demander si, après toutes ces années, il se rappelait encore à quel endroit de la poitrine il s'imaginait que Lee Marvin avait été touché pour qu'il puisse ainsi se relever et, titubant, traverser la prison pendant que le générique se déroule, puis franchir ensuite à la nage les eaux traîtresses entre l'île et San Francisco.

Elles ajoutèrent que c'était l'un de leurs films préférés et qu'elles s'interrogeaient uniquement à titre de spécialistes de médecine légale. En examinant la scène avec attention, on voyait la main de Lee Marvin se porter à sa poitrine. « Tu vois, il a des difficultés du côté droit. Après, quand il nage dans la baie, il se sert de son bras gauche. » « Bon Dieu ! quel film génial ! Très peu de musique. Beaucoup de silence. »

Lors de sa dernière année dans le Nord-Est, Gamini travailla à l'hôpital de base de Polonnaruwa. C'était là qu'on amenait les blessés graves de toute la Province de l'Est, de Trincomalee à Ampara. Crimes familiaux, épidémies de typhoïde, éclats de grenades, tentatives d'assassinats par un camp ou un autre. Une grande agitation régnait en permanence — consultations de chirurgie, malades dans les couloirs, techniciens venus d'un magasin de radios pour réparer l'électrocardiographe.

Le seul endroit frais était la banque de sang où l'on réfrigérait le plasma. Le seul endroit calme était le service de rhumatologie. Un homme y tournait lentement et silencieusement une roue géante pour exercer ses bras et ses épaules cassés quelques mois plus tôt dans un accident. Une femme solitaire trempait ses mains arthritiques dans une cuvette remplie de cire chaude. Dans les couloirs aux murs piqués d'humidité, des hommes déchargeaient de gigantesques bouteilles d'oxygène qu'ils faisaient ensuite rouler avec fracas. L'oxygène, fleuve de vie, chuintait dans la maternité où les couveuses abritaient les nouveau-nés. Au-delà de cette salle de médecine néonatale, au-delà de l'ossature de l'hôpital, s'étendait un pays de garnison. Les rebelles de la guérilla contrôlaient toutes les routes dès la tombée du jour, si bien que l'armée ne se déplaçait jamais la nuit. Dans le service de pédiatrie, Janaka et Suriya entouraient leurs petits malades — l'un avait un souffle au cœur, un autre des crises de convulsions — mais en cas d'attentat à la bombe ou d'attaque d'un village, ils rejoignaient la « Brigade volante » de l'hôpital, et alors, même le personnel de la maternité participait au tri des blessés et aidait en salle d'opération. Ils ne laissaient qu'un interne pour veiller sur les enfants et les nouveau-nés.

Les spécialistes venus dans le Nord se limitaient rarement à leur seul domaine de compétence. Pédiatres un jour, ils pouvaient très bien passer le reste de la semaine à enrayer une épidémie de choléra dans un village. En l'absence de médicaments et de vaccins, ils faisaient comme les médecins d'une autre époque, à savoir dissoudre une cuillère à thé de permanganate de potassium dans un demi-litre d'eau et verser ensuite la solution dans chaque puits et bassin d'eau stagnante. Le passé sert toujours. Une fois, Gamini s'efforça de maintenir un bébé en vie pendant quatre jours. La petite fille ne gardait rien, ni le lait de sa mère, ni la moindre goutte d'eau, et elle se déshydratait. Un souvenir lui revenant, il réclama une grenade dont il donna le jus à l'enfant. Quelque chose à propos de ce fruit qu'il avait entendu dans une chanson que son *ayah* lui chantait... Selon la légende, dans le jardin de chaque maison tamoule de la péninsule de Jaffna, on trouve trois arbres. Un manguier, un murunga et un grenadier. Les feuilles de murunga, on les cuit avec les currys de crabes pour neutraliser les poisons. Les feuilles de grenadier, on les laisse tremper dans l'eau pour baigner les yeux, et le fruit, on le mange pour faciliter la digestion. Quant à la mangue, on la mange pour le plaisir.

Gamini était avec Janaka Fonseka en chirurgie pédiatrique quand ils entendirent dans les couloirs qu'un village venait d'être attaqué. Devant lui, sur la table d'opération, il y avait un petit garçon nu à l'exception d'un slip blanc, dont le visage tout menu disparaissait sous un énorme masque. Les deux médecins préparaient l'opération depuis une semaine. Comme ni l'un ni l'autre ne l'avait encore tentée, ils avaient lu et relu la procédure décrite dans le livre de Kirklan, *La Chirurgie cardiaque*. Ils avaient abaissé la température du corps du garçon à 25 degrés Celsius en lui injectant du sang froid, jusqu'à ce que son cœur s'arrête, moment où ils pourraient opérer. Alors qu'ils pratiquaient l'incision, les blessés commencèrent à affluer dans les salles, tandis que la Brigade volante s'activait.

Fonseka et lui restèrent avec le garçon, ne gardant qu'une infirmière. Un cœur de la taille d'une goyave. Ils ouvrirent l'oreillette droite. Jamais au cours de leur séjour ici ils n'avaient éprouvé cette impression de magie. Ils se parlaient sans arrêt pour vérifier qu'ils faisaient bien ce qu'il fallait. Ils entendaient les chariots transportant du matériel ou des corps circuler à toute allure dans le couloir. Il y avait eu un massacre, disait-on, un village situé à une cinquantaine de kilomètres avait été pratiquement anéanti. Il fallait envoyer quelqu'un voir s'il y avait des survivants. L'enfant devant eux avait une malformation congénitale, un beau gamin, et Gamini devait résister à l'envie de lui arracher son masque pour admirer de nouveau son visage. Admirer ses yeux noirs de jais qui s'étaient levés sur lui avec confiance, le regardant lui faire la piqûre qui le plongeait dans un sommeil incontrôlé.

La tétralogie de Fallot. Quatre malformations, de sorte que si on ne l'opérait pas maintenant, le garçon ne vivrait sans doute pas au-delà de l'adolescence. Un bel enfant. Gamini ne l'abandonnerait pas, ne le trahirait pas pendant son sommeil. Il garda Fonseka auprès de lui, ne le laissa pas rejoindre les autres comme celui-ci pensait qu'il le devait. « Je dois y aller, on ne cesse de m'appeler. — Je sais. Ce n'est qu'un garçon comme les autres. — Merde, ce n'est pas ce que je voulais dire. — Il faut que tu restes. »

L'opération dura six heures, et pendant tout ce temps-là, Gamini demeura aux côtés du garçon. Au bout de trois heures, il laissa Fonseka partir. L'infirmière l'aiderait à inverser la dérivation. Il savait qu'elle désirait préparer son internat. C'était l'épouse tamoule de l'un des membres de l'équipe. Son mari et elle étaient arrivés à l'hôpital le mois dernier. Gamini lui expliqua ce qu'ils devaient faire. Après avoir réchauffé progressivement l'enfant à l'aide de sang porté à une température plus élevée, il faudrait ôter la dérivation au moment clé. *La tétralogie de Fallot.* Personne dans ce pays n'avait encore pratiqué l'opération.

À la cinquième heure, Gamini et l'infirmière inversèrent donc la dérivation que Fonseka et lui avaient mise en place. La jeune femme guetta un signe de sa part au cas où elle se tromperait. Mais elle se montra irréprochable, plus irréprochable et plus calme que lui, sembla-t-il. « Là — Oui. Il faut que vous pratiquiez une légère incision de 7 ou 8 centimètres. Non, à gauche. » Elle coupa dans le corps du garçon. « Ne restez pas infirmière. Vous ferez un excellent médecin. » Elle souriait sous son masque.

Dès que l'enfant put être conduit en salle de réveil, Gamini le laissa sous la surveillance de l'infirmière. Il n'avait confiance qu'en elle. Il lui donna un biper et lui dit de l'appeler si quelque chose n'allait pas. Après quoi, il se lava et entra dans la salle réservée au tri des blessés où régnait le plus grand désordre. Tout le monde sauf lui était couvert de sang.

Deux heures furent encore nécessaires pour maîtriser la situation. Les médecins opéraient en bottes de caoutchouc blanches, toutes portes fermées. Quand l'un d'eux souffrait trop de la chaleur, il se réfugiait quelques minutes dans la banque de sang réfrigérée, au milieu du plasma et des éléments cellulaires. Gamini prit la relève. En chirurgie, de même que dans presque chaque salle, il y avait un petit bouddha éclairé par une faible ampoule.

On leur avait maintenant amené tous les survivants. Le carnage s'était produit à deux heures du matin, dans un petit village près de la route principale qui conduisait à Batticaloa. On lui apporta deux jumeaux de neuf mois, avec chacun une balle dans la paume et une dans la jambe droite, afin de bien montrer qu'il ne s'agissait pas de balles perdues mais d'un tir intentionnel, à bout portant. Les nourrissons avaient été abandonnés sur place, destinés à mourir. Leur mère avait été tuée. Deux semaines plus tard, les jumeaux étaient devenus des enfants paisibles, lumineux. On se disait : Qu'est-ce qu'ils ont fait pour mériter cela, puis : Qu'est-ce qu'ils ont fait pour survivre à cela ? Leurs blessures, en réalité plutôt bénignes, restèrent gravées dans l'esprit de Gamini. Peut-être parce qu'elles personnifiaient le mal. Trente personnes avaient été massacrées ce matin-là.

Lakdasa se rendit en voiture au village pour pratiquer les autopsies, sinon les familles ne recevraient pas de dédommagements. Tout le monde dans la région était pauvre à manger de l'herbe. Dans les villages comme celui-là, le père d'une famille de sept enfants qui travaillait chez un marchand de bois gagnait cent roupies par jour. Soit un repas de cinq roupies par jour pour chacun. Et avec cette somme, on pouvait s'acheter tout juste un caramel. Quand des hommes politiques et leur entourage venaient dans les provinces et se voyaient offrir le thé et le déjeuner, leur visite coûtait quarante mille roupies.

Les médecins soignaient les blessures infligées par tous les camps sans distinction, et la table d'opération était la même pour tous. Quand on emportait un opéré, on épongeait le sang avec du papier journal et on désinfectait rapidement la surface avant d'y coucher le blessé suivant. Le problème le plus aigu était celui de l'eau, et dans les hôpitaux plus importants, on était constamment obligé de jeter des vaccins et autres médicaments en raison des fréquentes coupures de courant. Les médecins étaient contraints d'écumer la région pour se procurer du matériel — seaux, lessive en poudre, machine à laver. « Pour nous, les clamps étaient l'équivalent de l'or pour les femmes. »

Leur hôpital évoquait un village médiéval. Au tableau noir de la cuisine, on inscrivait le nombre de miches de pain et de boisseaux de riz nécessaires pour nourrir cinq cents malades par jour. C'était avant l'arrivée des victimes de la tuerie. Les médecins mirent leurs fonds en commun et engagèrent deux écrivains publics chargés de les accompagner dans les services pour noter les noms et les maladies dont souffraient les personnes hospitalisées. Les plus courantes étaient les morsures de serpent, la rage transmise par les renards ou les mangoustes, les insuffisances rénales, les encéphalites, le diabète, la tuberculose… et la guerre.

La nuit possédait ses propres rythmes. Gamini se réveilla, aussitôt pris dans les bruits du monde qui l'entourait. Des chiens qui se battaient, un homme qui courait chercher quelque chose, de l'eau qu'on versait dans un récipient. Lorsqu'il était petit, la nuit le terrifiait et, les yeux grands ouverts, il attendait que le sommeil le gagne, persuadé que son lit et lui avaient perdu leur ancrage dans les ténèbres. Il avait besoin de la présence de réveils bruyants à côté de lui. L'idéal aurait été d'avoir un chien dans sa chambre, ou quelqu'un — une tante ou une *ayah* qui ronflait. À présent, quand il travaillait ou dormait la nuit, il se sentait en sécurité, environné par l'activité humaine et animale qui régnait au-delà des lumières de la salle. Seuls les oiseaux, si bavards et si attachés à leur territoire durant la journée, se taisaient, encore qu'un coq de Polonnaruwa annonçât de fausses aurores dès trois heures du matin. Les internes avaient essayé de le tuer.

Il parcourut l'hôpital d'une aile à l'autre, empruntant les passages à ciel ouvert. Près des flaques de lumière, on entendait bourdonner le courant électrique. Mais seulement la nuit. On voyait un buisson et on le sentait pousser. Quelqu'un sortait, vidait du sang dans le caniveau et toussait. Tout le monde toussait beaucoup à Polonnaruwa.

Gamini percevait le moindre son. Le frottement de chaussures ou de sandales, le grincement des ressorts du lit au moment où il soulevait un malade, le claquement d'une ampoule. Quand il dormait dans les salles, il avait l'impression de n'être qu'un membre appartenant à une immense créature, rattaché aux autres par le fil des bruits.

Plus tard, quand il n'arrivait pas à dormir dans le quartier des médecins du district, il refaisait le trajet de deux cents mètres jusqu'à l'hôpital, marchant dans la rue principale déserte à cause du couvre-feu. L'infirmière de service à l'accueil de nuit levait les yeux et, voyant son expression, s'empressait de lui trouver un lit. Il s'endormait aussitôt.

Le dispensaire du village abritait vingt mères avec leurs nourrissons. Elles remplissaient un dossier médical, et on examinait les femmes enceintes pour vérifier qu'elles n'étaient pas atteintes de diabète ou d'anémie. Les médecins étudiaient leurs dossiers et interrogeaient chacune d'elles à mesure qu'elles se présentaient devant eux. Sur une table de fortune, une infirmière enveloppait des pilules de vitamines dans du papier journal avant de les remettre aux mères. Pour stériliser les seringues et les aiguilles, on utilisait une cocotte-minute.

Les cris commençaient dès que le premier bébé recevait sa piqûre, et en quelques secondes, la plupart des nourrissons dans la cahute qui servait d'antenne médicale hurlaient de concert. Cinq minutes plus tard, le silence était revenu. Les mères donnaient le sein et souriaient à leurs enfants. On avait trouvé la solution et remporté la victoire. Dans ce seul dispensaire, on soignait quatre cents familles de la région, de même que trois cents autres venues d'un peu plus loin. Aucun membre du ministère de la Santé n'avait jamais mis les pieds dans ces villages frontières.

Parmi tous les médecins, Lakdasa faisait figure de grande force morale, de juge pur et dur. « Le problème ici, ce n'est pas le problème tamoul, c'est le problème humain. » Il avait trente-sept ans et les cheveux gris. Quand il buvait, il tenait des conversations pleines de circonvolutions, comme s'il naviguait au milieu d'un port dont il avait la carte devant lui. « Si je bois plus de soixante-douze millimètres, mon foie proteste. Si je bois moins, c'est mon cœur. »

Lakdasa se nourrissait presque exclusivement de *rotis* aux pommes de terre. Il fumait des Gold Leaf en conduisant sa jeep, un ventilateur collé sur le tableau de bord. Il rangeait son sarong dans la boîte à gants et dormait quand il en avait besoin — dans le bureau du médecin-chef, sur le canapé du living d'un ami. Certains mois, il perdait d'un seul coup cinq kilos. Obsédé par sa tension, il la prenait tous les jours, et après chaque séjour dans un dispensaire, il se pesait et vérifiait le taux de sucre dans son sang. Il notait les courbes de répartition normale et continuait comme d'habitude à rouler à travers les jungles et les régions de garnison pour visiter ses malades. Peu importait l'état dans lequel il se trouvait, du moment qu'il le savait.

Le samedi matin, Gamini et lui retournaient à Polonnaruwa écouter la retransmission des matchs de cricket. Une journée épuisante au dispensaire. Parfois, sur la route, on avait mis des grains de riz à sécher sur le macadam, disposés en espèces de rubans longs d'une dizaine de mètres et si étroits qu'une voiture pouvait passer au-dessus sans que les roues les touchent. Un homme muni d'un balai se tenait devant pour signaler aux voitures de faire attention et pour réorganiser les grains de riz au cas où l'on roulerait dessus.

Dans la cafétéria de l'hôpital de base — durant une pause d'une demi-heure que prenait son équipe –, une femme vint boire son thé et manger son gâteau sec à la table de Gamini. Il était dans les quatre heures du matin et il ne la connaissait pas. Il se borna à lui adresser un petit signe de tête. Il se sentait trop enfermé dans son univers et trop fatigué pour parler.

« Je vous ai secondé pendant une opération il y a quelques mois. La nuit du carnage. »

L'esprit de Gamini se reporta un siècle plus tôt.

« Je croyais que vous aviez été mutée.

— Oui, mais je suis revenue. »

Il ne l'avait pas reconnue. Au cours des heures cruciales qu'elle avait passées avec lui, penchée au-dessus du garçon, elle portait un masque. Et avant, pendant les médications préopératoires, il n'avait sans doute fait que lui jeter un coup d'œil. Leur camaraderie avait été comme anonyme.

« Vous êtes mariée à quelqu'un d'ici, c'est bien ça ? »

Elle hocha la tête. Elle avait une cicatrice au poignet. Récente, sinon il l'aurait remarquée pendant l'opération.

Il leva les yeux, la regarda un instant. « Je suis content de vous revoir.

— Moi aussi.

— Où avez-vous été ?

— Il… (Elle toussa.) Il a été affecté à Kurunegala. »

Gamini l'observait, la manière dont elle choisissait ses mots avec soin. Elle avait un visage jeune, maigre et brun, des yeux brillants comme s'il faisait plein jour.

« En fait, je vous ai souvent croisé dans les salles ?

— Excusez-moi.

— Non, non. Je sais que vous ne m'avez pas reconnue.

Pourquoi l'auriez-vous fait ? » Elle se tut, se passa la main dans les cheveux, puis demeura immobile.

« J'ai vu le garçon, reprit-elle.

— Le garçon ? »

Elle baissa les yeux, souriant intérieurement. « Le garçon que nous avons opéré. Je lui ai rendu visite. Ils… ils l'ont rebaptisé Gamini. Les parents. En votre honneur. Ça n'a pas été simple, un tas de paperasseries.

— Très bien. J'ai donc un héritier.

— Oui… Maintenant, je suis une formation en pédiatrie… » Elle allait ajouter quelque chose, mais elle se ravisa.

Il inclina la tête, se sentant soudain vidé. Ce qu'il désirait à présent lui semblait énorme, impliquait d'autres existences que la sienne, des années d'efforts. De chaos. D'injustices. De mensonges.

Elle contempla un instant son thé, puis le finit.

« J'ai été ravie de vous revoir.

— Oui. »

Gamini se considérait rarement du point de vue d'un étranger. Même si la plupart des gens savaient qui il était, il avait l'impression d'être invisible aux yeux de ceux qui l'entouraient. La femme se glissa hors de sa vue et ses pas résonnèrent dans la demeure presque vide de son cœur. Elle devint, comme la nuit de l'opération, l'unique accompagnatrice de ses pensées, de son travail. Plus tard, quand il retourna les mains d'un blessé, il pensa à la cicatrice qu'elle avait au poignet, à la manière dont elle avait passé ses doigts dans ses cheveux, à ce qu'il souhaitait lui révéler. Mais c'était son cœur à lui qui refusait d'entrer dans le monde.

Il y a une pause avant les visites de six heures. Gamini prend le registre sur l'étagère. Depuis que les écrivains publics s'en occupent, il est bien mieux tenu — fine écriture impeccable, les mois et les dimanches soulignés à l'encre verte. Comme il ne se souvient pas de la date, il cherche le jour où l'on a noté un afflux d'entrées, ce qui correspondrait à l'époque du massacre. Puis il examine la liste des internes et des infirmières :

Prethiko

Seela

Raduka

Buddhika

Kaashdya

Son index glisse vers le bas de la page pour vérifier les affectations, et il découvre le nom de la femme.

Il parcourt à pied près d'un kilomètre et demi pour s'y rendre, vêtu de sa seule veste correcte. À l'auberge, on sert la mauvaise nourriture habituelle dans la salle à manger panoramique qui surplombe l'eau. Les enfants, avec leurs cierges magiques, attendent, tout excités. Une part de gâteau dans une main, un cierge magique dans l'autre. Lakdasa qui se charge du feu d'artifice est sur le radeau, préparant les soleils et les bombes. Gamini l'a aperçue au loin. Il ne l'a pas revue depuis la tasse de thé qu'ils ont partagée deux semaines auparavant.

Quand, plus tard, elle est à côté de lui, il voit les petites boucles d'oreilles rouges qui tranchent sur le brun de sa peau. C'étaient celles de sa grand-mère, et ses cheveux courts coupés à la garçonne permettent à Gamini de bien les regarder, la pierre rouge sur chaque lobe, minuscule, de la taille d'une coccinelle. « Je les enterre quand je ne les porte pas », dit-elle. Ils se promènent en direction des ruines, à l'écart de l'auberge. Un panneau dit PRIÈRE DE NE PAS ENTRER, DE NE PAS POSER LE PIED CONTRE L'IMAGE ET DE NE PAS PRENDRE DE PHOTOGRAPHIES.

Derrière elle, il y a de vieilles pierres colorées, les pourtours blanc et rouge qu'il distingue même dans ce clair de lune. Du promontoire, ils regardent le début du feu d'artifice. Certaines des explosions extravagantes ne font pas long feu et s'écrasent trop tôt dans l'eau, ou bien elles ricochent dangereusement vers l'auberge comme des galets enflammés.

Il se tourne vers elle. Il lui a donné sa veste qu'elle a passée par-dessus sa chemise à jabot.

Alors, elle se rend compte que cet homme distant est étreint d'une émotion sincère. Il faut qu'elle échappe au labyrinthe dans lequel ils sont innocemment entrés. Il est content d'être près d'elle, la beauté de cette oreille-ci et de cette boucle d'oreille, puis de cette oreille-là, la lune au-dessus d'eux et dans l'eau, l'eau qui emprisonne leur reflet et les nénuphars de la nuit. Les vraies et fausses alternatives.

Elle lui prend la main et la porte à son front. « Sentez. Vous sentez ? — Oui. — C'est mon cerveau. Je ne suis pas aussi ivre que vous, donc je suis plus intelligente que vous. Et même si vous n'étiez pas ivre, je serais plus lucide que vous. Un peu. » Puis un sourire qui lui fera pardonner tout ce qu'elle dit.

Elle lui parle, avec davantage de force que ne le suggère la cicatrice sur son poignet, sa chemise à jabot.

« Vous ressemblez, parfois, à la femme de mon frère. » Il rit.

« Vous serez donc le frère de mon mari. C'est ainsi que je vous traiterai. C'est une forme d'amour. »

Il s'adosse au pavillon de pierre, une montagne cosmique, et elle vient, vers lui, croit-il, mais elle ne fait que lui rendre sa veste noire.

Ensuite, se rappelle-t-il, il a nagé. Il est entré nu dans l'eau sombre et a grimpé sur le radeau abandonné d'où l'on a tiré le feu d'artifice. Il a vu des silhouettes dans la salle panoramique au-dessus de l'eau. La reine d'Angleterre est venue dans cette auberge il y a des années de cela, quand elle était jeune. Il est resté assis là pour oublier la manière dont elle s'était perdue dans la foule, toute de politesse. La manière…

Dans un an, il retournera à Colombo et rencontrera sa future épouse. *Gamini ?* Un femme nommée Chrishanti dira, s'avançant vers lui. *Chrishanti.* Il avait connu son frère à l'école. C'est un autre bal masqué. Ni elle ni lui ne sont costumés, mais c'est le passé qui les déguise tous deux.

Il y avait à bord du train des passagers assis dans les couloirs devant des ballots, devant des oiseaux apprivoisés.

C'est moi qu'elle aurait dû aimer, dit Gamini.

Anil, installée à côté de lui, présuma qu'elle allait entendre une confession. Le médecin lunatique prêt à vider son cœur. Ce genre de séduction. Mais il ne fit ni ne dit rien de tout le reste du voyage — vers l'hôpital ayurvédique qu'il avait proposé de lui faire visiter — qui empruntât les chemins de la séduction. Juste sa voix lente et monotone cependant que, le train s'engouffrant sans hésitation dans le noir des tunnels, il relevait ses yeux fixés sur ses mains pour contempler son reflet dans la vitre. Voilà comment il le lui raconta, sans la regarder, tandis qu'elle ne voyait de lui qu'une image tremblotante qui s'effaçait quand ils débouchaient à la lumière.

Je la voyais souvent. Plus souvent que la plupart le croyaient. Avec son travail à la radio, mes horaires fantaisistes, c'était facile. Et nous étions « parents »… Je ne lui faisais pas la cour. Ce qui aurait suggéré deux personnes dansant ensemble. En fait, c'est peut-être arrivé une fois, je suppose. À mon mariage. L'Air que je respire. Vous vous souvenez de cette chanson Un moment romantique. C'était un mariage, après tout, on pouvait serrer quelqu'un dans ses bras. J'allais me marier. Elle l'était déjà. Mais c'est moi qu'elle aurait dû aimer. Je marchais déjà aux amphétamines à l'époque, quand je la voyais.

De qui parlez-vous, Gamini?

Je ne dors jamais. Je suis bon dans mon domaine. Quand on l'a amenée au Dean Street Hospital, j'étais là. Elle avait avalé de la lessive de soude. Ceux qui veulent se suicider choisissent cette méthode parce qu'étant la plus douloureuse ils peuvent s'arrêter. Ça brûle d'abord la gorge, puis les organes internes. Elle était inconsciente, et même quand elle a repris connaissance, elle ne savait plus où elle était. Je me suis précipité avec elle aux urgences, accompagné de deux infirmières.

D'une main, je lui donnais des analgésiques et de l'autre, je lui faisais respirer de l'ammoniaque pour la ranimer. Il fallait que je parvienne à l'atteindre. Je ne voulais pas qu'elle se sente seule pour ses derniers instants. Je l'ai bourrée d'analgésiques mais je ne voulais pas qu'elle sombre dans le sommeil. C'était égoïste de ma part. J'aurais dû lui administrer la dose maximum, la laisser partir, mais je voulais la réconforter par ma présence. La mienne, pas celle de l'autre, son mari.

Je lui tenais les paupières ouvertes avec mes pouces. Je l'ai secouée jusqu'à ce qu'elle voie que c'était moi. Elle n'a pas réagi. Je suis là, je t'aime, ai-je dit. Elle a fermé les paupières, avec dégoût, m'a-t-il semblé. Puis elle a recommencé à souffrir.

Je ne peux plus t'en donner, je lui ai dit, je vais te perdre complètement. Elle a levé la main et se l'est passée sur la gorge.

Un tunnel aspira le train et, bringuebalés, ils s'engouffrèrent dans les ténèbres.

Qui était-elle, Gamini? Elle ne le voyait pas. Elle lui effleura l'épaule et le devina qui se tournait vers elle. Il approcha son visage du sien. Elle ne voyait toujours rien malgré la lueur fangeuse qui vacillait.

Que feriez-vous d'un nom? Ce n'était pas une question. Une phrase qu'il cracha.

Le train déboucha dans la lumière avant, quelques secondes plus tard, de s'enfoncer dans le noir d'un autre tunnel.

Tous les lits étaient occupés ce soir-là, poursuivit-il. Victimes de fusillades, malades à opérer. Il y a toujours beaucoup de suicides pendant les guerres. Au début, on trouve cela bizarre, mais on finit par comprendre. Et je crois qu'elle a été vaincue par la guerre. Les infirmières m'ont laissé avec elle, puis on m'a appelé pour aller trier les blessés. Elle était sous morphine, endormie. Il y avait un gamin dans le couloir et je lui ai demandé de la surveiller. Si elle se réveillait, il devait venir me chercher dans l'aile D. Il était trois heures du matin. Comme je ne tenais pas à ce qu'il s'endorme, je lui ai donné la moitié d'une Benzédrine. Il est venu me trouver un peu plus tard pour me dire qu'elle s'était réveillée. Mais je n'ai pas pu la sauver.

Une fenêtre était ouverte et le fracas redoubla. Elle sentait les courants d'air.

Que feriez-vous de son nom ? Vous le diriez à mon frère ?

Elle reçut un coup de pied dans la cheville et retint sa respiration.

Lorsque Leaf quitta l'Arizona, Anil resta plus de six mois sans nouvelles d'elle. Bien qu'avant son départ elle eût à plusieurs reprises promis d'écrire. Leaf, sa meilleure amie. Un jour, elle reçut une simple carte postale figurant un poteau en acier. Quemado, Nouveau-Mexique, semblait indiquer le tampon de la poste, mais il n'y avait pas d'adresse d'expéditeur. Anil supposa que Leaf l'avait abandonnée pour une nouvelle vie, de nouveaux amis. *Attention aux armadillos, señorita!* Elle garda cependant sur son frigo une photo qui les représentait toutes deux en train de danser à l'occasion d'une fête quelconque, elle et cette femme qui avait été son double, qui avait regardé des films avec elle dans son jardin. Elles s'étaient balancées dans le hamac, elles avaient mangé des tartes à la rhubarbe, elles s'étaient réveillées à trois heures du matin dans les bras l'une de l'autre, après quoi Anil rentrait chez elle, roulant dans les rues désertes.

La deuxième carte postale montrait une antenne parabolique. Anil, furieuse, la jeta. Quelques mois plus tard, alors qu'elle travaillait en Europe, elle reçut un coup de téléphone. Elle ignorait comment Leaf avait réussi à la retrouver.

« Ne prononce pas mon nom. J'ai piraté une ligne téléphonique. »

(Adolescente, Leaf avait passé des coups de fil à l'étranger et à travers tout le pays en se servant du numéro de Sammy Davis Jr.)

« Oh, Angie, où es-tu? Tu devais m'écrire.

— Excuse-moi. C'est quand tes prochaines vacances?

« — En janvier. Deux mois. Ensuite, j'irai peut-être au Sri Lanka.

— Si je t'envoie un billet, tu viens me rejoindre? Je suis au Nouveau-Mexique.

— Oui, oh oui… »

Anil retourna donc aux États-Unis. Et elle entra avec Leaf dans un café où on vendait des beignes à Socorro, au Nouveau-Mexique, à moins d'un kilomètre du Très Grand Ensemble de Télescopes qui, minute par minute, tirait des informations du ciel, des informations sur l'état des choses dix milliards d'années auparavant. C'est là, à cet endroit, qu'elles se confièrent toute la vérité sur leurs existences.

Leaf souffrait d'asthme, raison pour laquelle elle s'était installée un an dans le désert, disparaissant ainsi de la vie d'Anil. Elle s'était engagée dans l'organisation Earthworks et avait habité le *Lightning Field* près de Corrales. En 1977, l'artiste Walter De Maria avait planté quatre cents poteaux en acier dans une plaine du désert sur un kilomètre et demi. Le premier travail de Leaf avait consisté à garder les lieux. Des vents violents balayaient la plaine et elle devait surveiller l'approche des orages car, en été, les poteaux attiraient la foudre. Elle se tenait au milieu, entourée d'électricité, tandis que le tonnerre éclatait tout autour. Elle avait toujours désiré être cow-boy. Elle adorait le Sud-Ouest.

Anil et elle s'étaient donc retrouvées près du Très Grand Ensemble de Télescopes — cet assemblage qui recueillait des informations provenant de l'univers qui surplombait le désert. Leaf habitait près de ces récepteurs de la grande histoire du ciel. Y avait-il quelqu'un là-haut? D'où était émis tel signal? Qui allait mourir, perdu dans l'espace?

Eh bien, c'était Leaf.

Elles prenaient leurs repas au Pequod, assises l'une en face de l'autre. Anil avait l'impression que les télescopes géants du désert appartenaient à la même famille que les drive-in que Leaf regrettait tant. Elles parlaient et écoutaient. Leaf aimait Anil. Et elle savait qu'Anil l'aimait. Deux sœurs. Mais Leaf était malade. Et son état ne pourrait qu'empirer.

« Qu'est-ce que tu veux dire ?

— On… on oublie de plus en plus. Je suis capable d'établir moi-même le diagnostic, tu comprends. J'ai la maladie d'Alzheimer. Je sais que je suis en principe trop jeune, mais j'ai eu une encéphalite quand j'étais petite. »

Personne n'avait remarqué quoi que ce soit lorsqu'elles étaient en Arizona. Deux sœurs. Et elle était partie sans en donner à Anil la véritable raison. Avec toute l'énergie qu'elle pouvait encore réunir, elle s'était rendue dans le désert du Nouveau-Mexique. L'asthme, avait-elle prétendu. Elle commençait à perdre la mémoire, elle luttait contre la mort.

Au Pequod de Socorro, elles conversaient l'après-midi à voix basse.

« Leaf, écoute-moi. Tu te souviens ? Qui a tué Cherry Valance ?

— Pardon ? »

Anil répéta lentement la question.

« Cherry Valance, dit Leaf. Je…

— C'est John Wayne qui l'a tué. Rappelle-toi.

— Je l'ai su ?

— Tu connais John Wayne ?

— Non, ma chérie. »

Ma chérie !

« Tu crois qu'ils peuvent nous entendre ? demanda Leaf. Cette oreille métallique géante dans le désert. Elle nous écoute aussi Je ne suis qu'un personnage secondaire dans une intrigue secondaire. »

Puis, une bribe de souvenir lui revenant, elle ajouta, terrible remarque :

« De toute façon, tu as toujours pensé que Cherry Valance mourrait. »

Et elle ? avait demandé Sarath quand Anil lui avait parlé de son amie Leaf.

« Non. Elle m'a téléphoné la nuit où j'ai eu de la fièvre, quand nous étions dans le Sud. On s'appelait toujours et on se parlait jusqu'à ce qu'on s'endorme en riant ou en pleurant, après nous être raconté nos histoires. Non. Sa sœur s'occupe d'elle, pas loin de ces télescopes du Nouveau-Mexique. »

Cher John Boorman,

Je n'ai pas votre adresse, mais un certain Mr. Walter Donahue de chez Faber & Faber m'a proposé de vous faire suivre cette lettre. Je vous écris en mon nom et en celui de ma collègue, Leaf Niedecker, au sujet d'une scène d'un de vos anciens films, Le Point de non-retour.

Au début, pendant le prologue en fait, Lee Marvin reçoit une balle tirée apparemment de quelque chose comme un ou deux mètres. Il tombe en arrière dans une cellule de prison, et on peut le croire mort. Il finit néanmoins par revenir à lui, quitte Alcatraz et traverse la baie à la nage jusqu'à San Francisco.

Nous sommes des spécialistes de médecine légale et nous ne sommes pas d'accord sur l'endroit où Mr. Marvin a été touché. Mon amie pense que la balle lui a effleuré une côte et que, à part la fracture dont la côte aurait éventuellement souffert, la blessure était bénigne. Je crois pour ma part qu'elle était plus sérieuse. Je sais que de nombreuses années se sont écoulées, mais peut-être que vous vous en souvenez encore et que vous pourriez nous indiquer l'endroit où la balle est entrée et ressortie. Peut-être que vous vous rappelez aussi vos discussions avec Mr. Marvin à propos de la manière dont il devait réagir et se comporter plus loin dans le film une fois que, le temps ayant passé, le personnage qu'il interprétait était guéri.

Avec mes sincères salutations et mes remerciements,

Anil Tissera

Une conversation à la *walawwa* par une nuit pluvieuse.

« Vous vous plaisez à demeurer obscur, n'est-ce pas, Sarath, y compris vis-à-vis de vous-même.

— Je ne crois pas que clarté soit nécessairement synonyme de vérité. Ce serait plutôt simplicité, non ?

— Il faut que je sache ce que vous pensez. Il faut que je brise les choses pour savoir d'où viennent les gens. C'est aussi une acceptation de la complexité. Des secrets devenus inoffensifs une fois mis en pleine lumière.

— Les secrets politiques ne sont pas inoffensifs, quelle que soit leur forme, dit-il.

— Mais la tension et le danger qui les entourent, on peut faire en sorte qu'ils s'effacent. Vous êtes archéologue. La vérité finit par éclater. Elle est dans les ossements et les sédiments.

— Elle est dans le caractère, la nuance et l'humeur.

— C'est ce qui gouverne nos existences, mais ce n'est pas la vérité.

— Pour les vivants, c'est la liberté, dit-il calmement.

— Qu'est-ce qui vous a attiré dans ce métier ?

— J'aime l'histoire, la familiarité qu'on ressent en pénétrant dans ces paysages. Comme si on entrait dans un rêve. Il suffit que quelqu'un déplace une pierre pour que naisse toute une histoire.

— Un secret.

— Oui, un secret… J'ai été sélectionné pour aller étudier en Chine. J'y ai passé un an. Et tout ce que j'ai vu de la Chine, c'est un

261

territoire à peu près de la superficie d'un pâturage. Je n'ai été nulle part ailleurs. C'est là que j'ai habité et que j'ai travaillé. En désherbant une petite colline, des villageois étaient tombés sur de la terre d'une couleur différente. Aussi simple que cela, mais des équipes d'archéologues sont arrivées. Sous la terre d'un autre gris, ils ont découvert des dalles de pierre, et sous les dalles, des poutres — d'énormes madriers disposés comme pour former le plancher d'une grande salle de banquet. Seulement, bien sûr, c'était un plafond.

« Ça ressemblait donc, comme je l'ai dit, à un exercice dans un rêve où l'on s'enfonce de plus en plus. Ils ont amené des grues pour soulever les poutres et en dessous, ils ont découvert de l'eau — une tombe aquatique. Trois immenses bassins. Et flottant dessus, il y avait le cercueil laqué d'un ancien souverain. Et aussi des cercueils renfermant les corps de vingt musiciennes à côté de leurs instruments. Elles l'accompagnaient, vous comprenez. Avec des cithares, des flûtes, des flûtes de Pan, des tambours, des cloches. Elles le conduisaient à ses ancêtres. Quand ils ont sorti les squelettes des cercueils, ils n'ont constaté sur les os aucune marque susceptible d'indiquer comment les musiciennes avaient été tuées, pas la moindre fracture.

— Alors, c'est qu'elles avaient été étranglées, conclut Anil.

— Oui, c'est ce qu'on nous a dit.

— Ou étouffées. Ou encore empoisonnées. Une analyse des os vous aurait appris la vérité. Je ne sais pas si l'empoisonnement était dans la tradition de la Chine à cette époque. C'était quand ?

— Cinq siècles avant Jésus-Christ.

— Oui, ils connaissaient le poison.

— Nous avons enduit les cercueils de polymère pour éviter qu'ils se désagrègent. La laque avait été fabriquée avec de la sève de sumac mélangée à des pigments. Des centaines de couches. Puis on a découvert les instruments de musique. Des tambours. Des espèces d'harmonicas faits dans des gourdes calebasses. Des cithares chinoises ! Et, surtout, des cloches.

« Les historiens sont arrivés à leur tour. Des taoïstes et des disciples de Confucius, des spécialistes en carillons. On a retiré de l'eau soixante-quatre cloches. On n'avait encore jamais découvert d'instruments datant de cette époque, alors qu'on savait que la musique avait été l'activité la plus importante, la base de la conception même de cette civilisation. On vous enterrait non pas avec vos richesses mais avec la musique. Les grandes cloches sorties des bassins se révélèrent avoir été construites grâce aux techniques les plus avancées. Il semble que chaque région du pays pratiquait ses propres méthodes de fabrication. Il y avait eu, littéralement, des guerres musicales...

« Rien ne comptait davantage. La musique n'était pas un divertissement mais un lien avec les ancêtres qui nous avait conduits jusque-là. C'était une morale et une force spirituelle. L'expérience vécue en se frayant un passage à travers l'ardoise, le bois et l'eau pour découvrir tout un orchestre de femmes dans sa tombe possède une logique et une mystique similaires, vous comprenez? Il faut considérer la manière dont elles acceptaient de mourir ainsi. Tout comme les terroristes de notre temps peuvent être amenés à croire qu'ils gagneront l'éternité en mourant pour la cause de leur chef.

« Avant mon départ, tous ceux qui avaient travaillé sur le site se sont réunis pour entendre sonner les cloches. C'était à la fin de mon année. Cela se passait le soir, et, en écoutant, on les a senties s'élever physiquement dans les ténèbres. Chaque cloche faisait entendre deux notes qui représentaient les deux aspects de l'âme, un équilibre entre des forces opposées. Ce sont peut-être ces cloches qui ont fait de moi un archéologue.

— Vingt femmes assassinées.

— C'était un autre monde, gouverné par son propre système de valeur.

— Aime-moi, aime mon orchestre. Et emporte-le avec toi! Ce genre de folie constitue l'un des fondements de toutes les civilisations et pas seulement des anciennes cultures. Vous, les hommes, vous êtes des sentimentaux. La mort et la gloire. Un type que je connais est tombé amoureux de moi à cause de mon rire. Nous ne nous connaissions pas et nous ne nous étions même pas trouvés une seule fois ensemble dans la même pièce. Il m'avait entendue sur une cassette.

— Et?

— Oh, il s'est pâmé d'admiration devant moi comme un homme marié, et s'est débrouillé pour que je tombe à mon tour amoureuse de lui. Vous connaissez l'histoire. Les femmes intelligentes qui deviennent idiotes, qui oublient tout ce qu'elles ont appris. À la fin, je ne riais plus tellement. Pas de cloches qui sonnent.

— Il était vraiment amoureux de vous avant de vous connaître, vous croyez?

— Ce serait intéressant à savoir. C'était peut-être ma voix à laquelle il s'était habitué. Je pense qu'il avait écouté la bande à deux ou trois reprises. C'était un écrivain. Oui, un écrivain. Ils ont du temps à consacrer aux ennuis. On m'avait demandé de présider une conférence donnée par un de mes professeurs, Larry Angel. Un homme adorable, très drôle, si bien que sa façon de penser et de raisonner avec son esprit non linéaire m'a fait beaucoup rire. Nous étions sur une estrade, je l'ai présenté, et je suppose que mon micro est resté ouvert pendant que je pouffais de rire en l'écoutant. J'avais toujours eu de bons rapports avec ce vieux bonhomme. Le style vieil oncle, une complicité légèrement empreinte de sensualité, mais qui demeurait tout à fait platonique.

« Je présume que l'écrivain, mon futur petit ami, avait lui aussi un esprit non linéaire, de sorte qu'il avait saisi les plaisanteries. Il avait commandé la cassette parce qu'il effectuait des recherches sur les tumulus ou quelque chose de ce genre, un sujet assez sérieux, et il désirait des informations, des détails. C'est ainsi qu'on s'est rencontrés. Par procuration. Pas le grand truc dans l'univers… Nous avons été sur la corde raide pendant les trois ans qu'a duré notre liaison. »

Leur première aventure : Anil, au volant de sa voiture blanche pas lavée qui sentait le moisi, roulait vers un restaurant sri lankais. Cela se passait quelques mois après que Cullis avait entendu son rire sur la bande. Ils étaient bloqués dans les embouteillages du début de soirée.

« Bon. Et vous êtes célèbre ?

— Non, répondit-il en riant.

— Un peu ?

— Je dirais qu'il y a peut-être soixante-dix personnes en dehors de ma famille et de mes amis qui connaissent mon nom.

— Même ici ?

— Sans doute. Qui sait ? Où sommes-nous, Muswell Hill ?

— Archway. »

Elle descendit sa vitre et se mit à crier :

« HÉ, ÉCOUTEZ TOUS ! J'ai Cullis Wright dans ma voiture, le type qui écrit des livres scientifiques ! Vous ne connaissez pas Cullis ? Ridi-Cullis ? Si, si, c'est lui. À côté de moi !

— Merci. »

Elle remonta sa vitre. « On pourra vérifier demain dans les petites nouvelles, voir si vous vous faites assassiner. » Elle baissa de nouveau sa vitre et, cette fois, utilisa le klaxon pour attirer l'attention. De toute façon, ils n'avançaient plus. Peut-être que, de loin, on aurait dit une dispute. Une femme furieuse à moitié penchée hors de la voiture qui gesticulait, semblant s'adresser à son passager, et qui essayait de mettre les piétons de son côté.

Il se renfonça dans son siège et la regarda pendant qu'elle laissait exploser son énergie, remontait sa jupe et sortait carrément de la voiture après avoir serré le frein à main avec un grognement. Elle agita les bras et cogna du poing sur le toit sale de la voiture.

Par la suite, il se rappellerait d'autres moments semblables les fois où elle avait tenté de le dépouiller des habits de sa réserve, de déshabiller son regard inquiet. De le faire danser dans une rue étroite et sombre, quelque part en Europe, au son d'un petit lecteur de cassettes pressé contre son oreille. *Brazil. Tu te souviens de cette chanson ?* Il avait entonné les paroles avec elle dans cette rue de Paris, les pieds qui dansaient sur la silhouette peinte d'un chien.

Le dos plaqué à son siège, au milieu de la circulation, il regardait la poitrine d'Anil par la portière ouverte pendant qu'elle continuait à hurler et à taper sur le toit de la voiture. Il avait l'impression d'être emprisonné dans de la glace ou du métal, tandis qu'elle frappait sur la surface pour l'atteindre, le libérer. L'énergie de ses vêtements qui tournoyaient, son sourire sauvage comme elle rentrait dans la voiture et l'embrassait — elle aurait pu en effet le libérer. Mais l'homme marié qu'il était avait déjà mis en gage un quart de son cœur.

Elle le laissa dans la chambre du motel Una Palma à Borrego Springs. Ne laissa rien d'elle à quoi il pût se raccrocher. Juste le sang aussi noir que ses cheveux, la chambre aussi sombre que sa peau. Allongé dans l'obscurité, il regardait les contractions du muscle de son bras imprimer de légers mouvements au couteau. Il dérivait, bateau sans rames, vers un demi-sommeil. Toute la nuit, il perçut le bourdonnement de la pendule de l'hôtel. Il craignait que le battement du sang dans ses veines s'arrête, que le bruit sur le toit de la voiture s'arrête, alors qu'elle se penchait vers lui pour l'embrasser. De temps en temps passait un camion, projetant une lueur déformée. Il luttait contre le sommeil. D'habitude, il aimait l'idée d'abandon. Quand il écrivait, il se glissait dans la page comme dans l'eau et se livrait à des acrobaties. L'écrivain était un acrobate. (S'en souviendrait-il?) Sinon, un colporteur qui traînait des centaines de marmites, des poêles, des morceaux de lino, des fils électriques, des chaperons de fauconnier, des stylos et… on les trimballait pendant des années puis, petit à petit, on les assemblait pour composer un modeste livre. L'art d'empaqueter. Ensuite, il retournerait parcourir les marécages. Comment on fait un livre, Anil. Tu m'as demandé *Comment,* tu m'as demandé *Quelle est la chose la plus importante dont tu aies besoin?* Anil, je te répondrai…

Mais elle était à bord de l'autocar de nuit qui grimpait en s'éloignant de la vallée, pelotonnée dans son *ferren* gris — mi-cape, mi-poncho — pour se tenir chaud. Son regard qui s'écarta un peu de la vitre captura la fuite d'arbres pris dans la lumière. Oh, il connaissait bien l'expression qu'elle affichait quand elle reprenait ses marques après une dispute. Seulement, ce serait la dernière fois. Pas de deuxième chance. Elle le savait et il le savait. Les combats et l'amour, les ruptures, les pires et les meilleurs moments, tous les souvenirs en équilibre comme en Oklahoma, sur une table de labo brillamment éclairée, tandis que le car s'enfonçait dans le brouillard, traversait les villages de montagne.

Anil se recroquevilla cependant que le froid s'accentuait. Ses yeux, néanmoins, ne cillaient toujours pas : elle tenait à se remémorer le moindre geste de cette dernière nuit avec lui. Elle était déterminée à se rappeler dans tous leurs détails les crimes qu'ils avaient commis l'un envers l'autre, leurs échecs. Elle voulait se les rappeler avec certitude, tout en sachant que, plus tard, naîtraient d'autres versions de leur amour fatal.

En dehors du chauffeur, elle était la seule sentinelle. Elle vit le lièvre. Elle entendit le choc sourd d'un oiseau nocturne contre la carrosserie. Pas de lumières allumées dans ce bâtiment flottant. Elle rangerait son bureau pendant cinq jours, puis elle partirait pour le Sri Lanka. Quelque part dans son sac se trouvait la liste des numéros de téléphone et de fax où il pourrait la joindre sur l'île au cours des deux prochains mois. Elle avait prévu de la lui donner. Elle avait tourné autour de la vie stupide qu'il menait avec ses peurs et ses crispations, l'amour et le réconfort qu'il craignait d'accepter d'elle. Pourtant, il avait été pour elle comme une demeure merveilleuse, pleine d'espaces insolites, d'innombrables possibilités, curieusement excitante.

Ils grimpaient au-dessus de la vallée. Comme lui, elle n'arrivait pas à dormir. Comme lui, elle continuerait la guerre. Comment pourrait-il dormir avec, entre sa femme et lui, le nom d'Anil ? Ce nom restait présent entre le couple, telle une ombre, même dans les attentions les plus tendres. Elle ne voulait plus de cela. N'être qu'un atome ou un écho, une boussole dont il ne se servait que pour savoir où elle était.

Et à qui sinon à elle parlerait-il à minuit, franchissant plusieurs fuseaux horaires ? Comme si elle était la pierre du temple que les prêtres utilisaient pour leurs confessions. En tout cas, pour le moment, ni l'un ni l'autre n'avait de destinée. Ils devaient d'abord échapper au passé. Elle était de celles qui sont incapables de chanter, mais elle connaissait les paroles et le phrasé :

Oh, les arbres sont hauts dans l'État de New York,
Ils brillent comme de l'or en automne…
Je n'avais jamais eu le blues avant,
Mais dans l'État de New York, je m'y adonne.

Elle chantonna dans un murmure, la tête baissée, le menton sur la poitrine. Automne. Adonne. Comme les rimes semblaient se blottir l'une auprès de l'autre.

La roue de vie

Au troisième village de mineurs de plombagine, Sarath et Anil découvrirent l'identité de Marin. Il s'appelait Ruwan Kumara et avait été saigneur de toddy. Après s'être cassé la jambe en tombant, il avait été embauché dans la mine locale, et les gens du village se rappelaient encore le jour où les étrangers s'étaient emparés de lui. Ils avaient pénétré dans le tunnel où douze hommes travaillaient, accompagnés par un *billa* — quelqu'un appartenant à la communauté dont le visage était dissimulé sous un sac de jute simplement fendu devant les yeux pour qu'on ne le reconnaisse pas — chargé de désigner le sympathisant des rebelles. Le *billa* était un monstre, un fantôme, dont le rôle consistait à faire peur aux enfants. Il avait montré Ruwan Kumara et on avait emporté celui-ci.

Ils possédaient à présent une date précise. De retour à la *walawwa*, ils réfléchirent à la prochaine étape. Sarath pensait qu'ils devraient encore se montrer prudents, tâcher de réunir des preuves supplémentaires, sinon leurs conclusions risquaient d'être rejetées. Il proposa de se rendre à Colombo et de rechercher le nom de Ruwan Kumara sur une liste des personnes indésirables établie par le gouvernement, liste qu'il affirma être en mesure de se procurer. Il reviendrait dans deux jours et, entre-temps, lui laisserait son téléphone cellulaire, bien qu'elle aurait sans doute du mal à le joindre. Ce serait donc lui qui l'appellerait. Cinq jours plus tard, il n'était toujours pas revenu.

Toutes les craintes qu'elle entretenait à son sujet se réveillèrent — un membre de sa famille qui était ministre, le point de vue qu'il exprimait sur le danger de la vérité. Elle arpentait la *walawwa*, furieuse et solitaire. Le sixième jour, elle prit le téléphone pour appeler l'hôpital de Ratnapura, mais, apparemment, Ananda était parti et rentré chez lui. Elle n'avait personne à qui parler. Elle était seule avec Marin.

Elle alla se poster avec le téléphone en bordure de la rizière.
« Qui est à l'appareil?

— Anil Tissera, monsieur.

— Ah, la disparue.

— Oui, monsieur, la nageuse.

— Vous n'êtes pas venue me voir.

— Il faut que je vous parle, monsieur.

— À quel propos?

— J'ai un rapport à rédiger, et j'ai besoin d'aide.

— Pourquoi moi?

— Vous connaissiez mon père. Vous avez travaillé avec lui. Il me faut quelqu'un en qui je puisse avoir confiance. Il s'agit peut-être d'un assassinat politique.

— Vous utilisez un téléphone portable. Ne prononcez pas mon nom.

— Je suis coincée ici. Il faut que je regagne Colombo. Pourriez-vous m'aider?

— Je peux essayer d'organiser quelque chose. Où êtes-vous? »

Il avait posé la même question la dernière fois. Elle marqua une pause.

« À Ekneligoda, monsieur. La *walawwa*.

— Je sais où c'est. »

Il coupa la communication.

Le lendemain, Anil était à Colombo, à l'auditorium de l'Arsenal situé dans le bâtiment de l'unité antiterroriste, sur Gregory's Road. Elle n'était plus en possession du squelette de Marin. Une voiture était venue la chercher à la *walawwa*, mais sans le Dr Perera. Il l'avait accueillie à son arrivée à l'hôpital de Colombo, avait passé un bras autour de ses épaules. Ensuite, ils avaient été manger quelque chose à la cafétéria. Il écouta son récit et lui conseilla de ne pas poursuivre son enquête. Elle avait bien travaillé, mais elle courait des dangers. « Vous aviez fait un discours sur les responsabilités politiques, dit-elle. Vous exprimiez une opinion toute différente. — C'était un discours », répliqua-t-il. Lorsqu'ils revinrent au labo, le squelette n'était plus là, et les explications à propos de sa disparition se révélèrent des plus confuses.

Dans la petite salle à moitié remplie d'officiels, parmi lesquels des militaires et des policiers formés aux méthodes du contre-terrorisme, elle se sentit prise au piège. Elle était censée faire son rapport, et elle ne détenait aucune preuve véritable. On s'était arrangé pour discréditer toute son enquête. Plantée à côté d'un vieux squelette couché sur une table, probablement celui de Colporteur, elle commença par décrire les divers procédés d'analyse et d'identification des ossements en fonction de la profession et de la région d'origine, alors que le squelette n'était pas le bon.

Dissimulé au dernier rang, Sarath écouta son exposé prononcé d'une voix unie, nota son assurance, son calme absolu et son refus de se laisser gagner par l'émotion ou la colère. C'était une déposition d'avocat et, surtout, le témoignage d'un citoyen. Elle n'était plus une simple spécialiste étrangère. Il l'entendit qui disait « Je crois que vous avez assassiné des centaines d'entre nous. » *Des centaines d'entre nous,* songea Sarath. Partie depuis quinze ans et elle pense enfin en termes de *nous.*

Désormais, ils étaient en danger. Il percevait l'atmosphère d'hostilité. Il était le seul à ne pas être contre elle. D'une façon ou d'une autre, il fallait aussi qu'il se protège.

Entre Anil et le squelette, posé discrètement dans un coin, le magnétophone tournait, enregistrant chaque mot, chaque opinion et chaque question des officiels à qui, jusqu'à présent, elle avait répondu d'un ton courtois quoique tranché. Sarath voyait cependant des choses qui échappaient à Anil — les regards entendus qui s'échangeaient dans la salle où régnait une chaleur étouffante (ils avaient dû couper la climatisation une demi-heure plus tôt, un vieux truc destiné à déstabiliser les orateurs). Des conversations se tenaient à voix basse autour de lui. Il se détacha du mur du fond et s'avança dans l'allée.

« Excusez-moi. »

Toutes les têtes se tournèrent vers lui. Anil leva les yeux, stupéfaite à la fois par sa présence et son interruption.

« Ce squelette a également été découvert sur le site de Bandarawela ?

— Oui, répondit-elle.

— Sous une couche de terre de quelle épaisseur ?

— Environ un mètre.

— Pourriez-vous être plus précise ?

— Non. Et je ne vois pas en quoi cela servirait.

— Eh bien, parce que certaines parties de la colline où se trouve la grotte dans laquelle on a découvert ce squelette ont été érodées par le bétail, le passage des charrettes, les pluies… je ne me trompe pas ? Quelqu'un pourrait mettre la climatisation, on n'arrive pas à réfléchir dans cette foutue chaleur ? Est-ce que dans les vieux cimetières du XIXe siècle, dans les fosses communes aussi bien que dans les tombes, les cadavres n'étaient pas en général —

ou même toujours — trouvés sous moins de cinquante centimètres de terre ? »

Anil, se sentant troublée, préféra se taire. Sarath devinait les regards fixés sur lui.

Il se dirigea vers le premier rang de la salle. Personne ne s'interposa. Arrivé devant la table, il se pencha et, à l'aide de pinces, retira la petite pierre logée dans la cage thoracique.

« Cette pierre a été découverte dans la poitrine du squelette ?

— Oui.

— Expliquez-nous ce qui se pratiquait selon les anciennes coutumes... Réfléchissez bien, miss Tissera, ne vous contentez pas d'émettre des théories. »

Il y eut un court moment de silence.

« J'aimerais que vous vous dispensiez de me parler sur ce ton. Avec cette condescendance.

— Dites-nous ce qui se passait.

— On enterrait les corps et, en règle générale, on plaçait une pierre sur la terre au-dessus d'eux. Elle faisait office de repère, puis elle tombait quand les chairs se désagrégeaient.

— Se désagrégeaient ? Comment cela ?

— Un instant !

— Combien d'années fallait-il ? »

Silence.

« Alors ? »

Silence.

Il reprit, très lentement :

« Un minimum de neuf ans d'habitude, non ? Avant que la pierre traverse la cage thoracique. D'accord ?

— Oui, mais...

— D'accord ?

— Oui. Sauf pour les brûlés. Les cadavres brûlés.

— Nous n'en sommes pas sûrs, parce que la plupart l'ont été dans le courant du siècle dernier, sur les sites funéraires historiques. Comme vous le savez, il y a eu une épidémie en 1856. Et une autre en 1890. De nombreux morts ont été brûlés. Le squelette que vous

avez devant vous est probablement vieux d'un siècle — contraire-
ment aux conclusions de votre excellente étude fondée sur sa profession, ses coutumes, son régime alimentaire...

— Le squelette qui m'aurait permis de prouver mes dires a été
confisqué.

— Il semblerait que nous soyons en présence de trop de
cadavres. Celui-ci serait-il moins important que l'autre ?

— Bien sûr que non. Mais celui qui a été confisqué était celui
d'un homme mort il y a moins de cinq ans.

— Confisqué... confisqué. Et qui l'aurait confisqué ? demanda
Sarath.

— On l'a enlevé pendant que j'étais avec le Dr Perera au Kynsey Road Hospital. C'est là que je ne l'ai plus retrouvé.

— Il n'a donc pas été confisqué. Vous l'avez perdu.

— Non, je ne l'ai pas perdu. On l'a pris dans le labo pendant
que j'étais à la caféteria avec le Dr Perera.

— Vous l'avez égaré, c'est tout. Pensez-vous que le Dr Perera
puisse avoir joué un rôle dans cette affaire ?

— Je ne sais pas. Peut-être. Je ne l'ai pas revu depuis.

— Et vous prétendez que ce squelette était récent. Alors que
vous n'avez aucune preuve de ce que vous avancez.

— Mr. Diyasena, j'aimerais vous rappeler que je suis venue ici
en tant que membre d'une organisation pour les droits de l'homme.
Et en tant que spécialiste en anatomopathologie. Je ne travaille pas
pour vous. Je ne suis pas votre employée. Je travaille pour une organisation internationale. »

Sarath se tourna comme pour s'adresser à l'auditoire.

« Et cette "organisation internationale", elle a bien été invitée
par le gouvernement, non ?

— Il s'agit d'une organisation indépendante. Nos rapports ne
sont soumis à aucune autorité quelle qu'elle soit.

— Mais ils s'adressent à nous. À notre gouvernement. Ce
qui signifie que, quoi que vous en pensiez, vous travaillez pour
nous.

— Ce que je désire établir, c'est si des forces gouvernementales ont bien assassiné des innocents. Voilà ce que je veux dire. En tant qu'archéologue, vous devriez croire en la vérité historique.

— Je crois en une société qui vit en paix, miss Tissera. Votre action risque de provoquer de graves désordres. Pourquoi n'enquêtez-vous pas sur les meurtres de fonctionnaires du gouvernement ? Pourrait-on avoir la climatisation, s'il vous plaît ? »

Il y eut quelques applaudissements.

« Le squelette que j'avais en ma possession portait la marque d'un certain type de crime. C'est cela qui importe. *Un village peut parler pour de nombreux villages. Une victime peut parler pour de nombreuses victimes.* Vous connaissez ? Je croyais que vous représentiez plus que vous ne représentez en réalité.

— Miss Tissera…

— Docteur.

— Très bien, "docteur". J'ai apporté un squelette provenant d'un autre site funéraire, plus ancien. J'aimerais que vous procédiez à son examen et que vous nous montriez en quoi il est différent.

— C'est ridicule.

— Non, ce n'est pas ridicule. Je voudrais que vous nous fournissiez les éléments qui permettent de distinguer un cadavre d'un autre. *Somasena* ! »

Il fit signe à quelqu'un au fond de la salle qui roula vers eux le squelette enveloppé dans du plastique.

« Un squelette datant de deux cents ans, reprit-il d'une voix forte. En tout cas, c'est ce que nous supposons, nous autres archéologues. Peut-être parviendrez-vous à démontrer que nous avons tort. »

Il tapotait sur la table avec son crayon, comme pour se moquer d'Anil.

« Il me faut du temps, dit-elle.

— Nous vous donnons quarante-huit heures. Ne pensez plus au squelette que vous avez mentionné et allez retrouver Mr. Somasena dans le couloir. Je vous rappelle que vous devrez signer votre rapport avant de partir. Le squelette vous attendra devant l'entrée principale dans une vingtaine de minutes. »

Elle se tourna pour rassembler ses documents.

« Laissez les papiers et le magnétophone, je vous prie. »

Elle demeura un instant immobile, puis elle tira le magnétophone de la poche où elle venait de le ranger et le posa sur la table.

« Il m'appartient, murmura-t-elle. Vous avez oublié ?

— Nous vous le rendrons. »

Elle monta les marches en direction de la sortie. Les officiels lui
jetèrent à peine un regard.

« Docteur Tissera ? »

Elle pivota pour lui faire face, persuadée que c'était la dernière
fois qu'elle le voyait.

« N'essayez pas de revenir récupérer ces objets. Quittez le bâtiment tout de suite. Nous vous convoquerons si nous avons besoin
de vous. »

Elle franchit la porte qui se referma derrière elle avec un chuin-
tement pneumatique.

Sarath resta dans la salle et reprit tranquillement la parole,
perdu au milieu d'eux.

Aidé de Gunesena, il roula le chariot avec les deux squelettes vers une petite porte qui donnait sur un passage sombre menant au parking. Ils s'arrêtèrent un instant. Gunesena ne disait rien. Quoi qu'il arrivât, Sarath ne voulait pas retourner dans la salle. Il tâtonna à la recherche de l'interrupteur. On entendit le grésillement du néon qui tremblotait avant de s'allumer, ce balbutiement de lumière propre aux bâtiments semblables à celui-ci.

Une rangée de flèches rouges éclaira le passage souterrain qui montait légèrement. Pendant qu'ils poussaient le chariot dans la pénombre, leurs bras prenaient une teinte cramoisie lorsqu'ils longeaient une flèche. Sarath imaginait Anil deux étages au-dessus, la démarche furieuse, claquant les portes derrière elle. Il savait qu'on l'arrêterait à chaque couloir pour vérifier une nouvelle fois ses papiers, dans le seul but de l'irriter et de l'humilier. Il savait qu'on la fouillerait, qu'on viderait ses poches ou sa serviette de tous les flacons et de toutes les diapositives, qu'on l'obligerait de nouveau à se déshabiller. Il lui faudrait plus de quarante minutes pour franchir les obstacles placés en travers de son chemin et s'échapper du bâtiment. Il savait aussi qu'au bout du parcours il ne lui resterait plus rien, plus la moindre bribe d'information, plus la moindre photo personnelle qu'elle aurait eu la bêtise d'emporter avec elle avant d'entrer ce matin dans l'Arsenal. Cependant, elle finirait par sortir, et c'était tout ce qu'il demandait.

Depuis la mort de sa femme, Sarath n'avait pas retrouvé l'ancienne route permettant de regagner le monde. Il rompit avec ses beaux-parents. Les lettres de condoléances, il les mit dans le bureau de sa femme sans les ouvrir. De toute façon, elles étaient pour elle. Il revint à l'archéologie et oublia sa vie dans le travail. Il organisa des fouilles à Chilaw. Les jeunes gens qu'il formait savaient peu de chose des événements qui avaient marqué son existence, si bien qu'il se sentait très à l'aise parmi eux. Il leur apprenait comment poser des bandes de plâtre humide sur les os, comment ramasser et classer le mica, leur apprenait quand on pouvait transporter les objets et quand il valait mieux les laisser sur place. Il mangeait avec eux, était ouvert à toutes les questions touchant à leur travail. Il ne cachait rien de ce qu'il savait ou pressentait dans le cadre de leur domaine. Aucun de ceux qui travaillaient auprès de lui ne franchissait les douves qu'il avait creusées autour de sa vie privée. Après les journées de fouilles le long de la côte, il se réfugiait dans sa tente, épuisé. Il avait dans les quarante-cinq ans, encore qu'il parût plus âgé à ses élèves. Il attendait le début de la soirée, que les autres eussent fini de nager dans la mer, avant d'entrer se perdre dans les eaux noires. En ces heures d'obscurité, par grands fonds, il y avait parfois des courants farceurs qui ne vous lâchaient pas, qui tenaient à vous emmener au loin. Seul au milieu des vagues, il s'abandonnait, et son corps se balançait comme s'il dansait. Il n'y avait que sa tête qui conservait une approche rationnelle de l'environnement, de l'éclat imperceptible des grosses vagues sous lesquelles il se glisserait cependant qu'elles déferleraient au-dessus de lui.

Il avait grandi avec l'amour de la mer. Quand il était à l'école St. Thomas, elle se trouvait juste au-delà de la voie de chemin de fer. Au bord de la côte — à Hambantota, à Chilaw, à Trincomalee — il regardait les pêcheurs dans leurs pirogues à balanciers partir au crépuscule et s'enfoncer dans la nuit jusqu'à ce qu'ils s'évanouissent sous ses yeux. Comme si la séparation, la mort ou la disparition signifiaient simplement perdre quelque chose de vue.

Des schémas de mort l'entouraient constamment. Dans son travail, il avait le sentiment de former une espèce de pont entre la mortalité de la chair et des os et l'immortalité d'une image sur la pierre, ou même, plus bizarrement, son immortalité en tant que témoignage de foi ou d'une idée. Aussi, la décapitation d'un sage du VIᵉ siècle, l'amputation de bras et de mains de pierre, conséquence de l'usure des siècles, existaient-elles tout au long de la destinée de l'homme. Il enlaçait des statues vieilles de deux mille ans. Ou bien plaquait ses mains sur une vieille pierre encore chaude taillée en forme de silhouette humaine. Il puisait du réconfort à voir sa peau sombre trancher sur la pierre. C'était son plaisir. Ni les conversations, ni l'éducation des autres, ni le pouvoir, rien que poser la main sur une *gal vihara,* une pierre vivante dont la température dépendait de l'heure, dont la porosité apparente changeait en fonction de la pluie ou d'une aurore soudaine.

Cette main de pierre aurait pu être la main de sa femme. Elle avait une teinte brune et un âge similaires, une douceur familière. Il aurait pu aisément, à l'aide des ruines de sa chambre, recréer sa vie, les années vécues ensemble. Deux crayons et un châle auraient suffi à délimiter et à rappeler son monde. Leur vie ensemble, par contre, restait enfouie. Quelles qu'eussent été les raisons qui l'avaient poussée à le quitter, les défauts et les manquements qu'elle lui avait reprochés, Sarath n'avait pas cherché à approfondir. C'était un homme capable de passer devant un champ et d'imaginer une salle commune ayant brûlé de fond en comble six cents ans plus tôt, capable de deviner cette absence et, à partir d'une traînée de fumée, d'une empreinte de doigt, de recréer les positions de ceux qui s'étaient assis là durant une cérémonie du soir ainsi que la lumière dans laquelle ils avaient baigné. En revanche, il ne voulait rien déterrer de ce qui concernait Ravina. Non qu'il fût en colère contre elle, mais il se sentait simplement incapable de supporter le choc, revoir cet endroit où il avait parlé dans le noir en prétendant qu'il faisait jour. Cet après-midi, pourtant, il était revenu dans les arcanes du monde et ses vérités diverses. Il avait agi sous une telle lumière. Il savait qu'on ne le lui pardonnerait pas.

Gunesena et lui poussaient le chariot le long de la pente. Il n'y avait pratiquement pas d'air dans le tunnel. Sarath mit le frein.

282

« Allez chercher un peu d'eau, Gunesena. »

Gunesena hocha la tête, geste convenu qui, pourtant, ne dissimulait pas une certaine irritation. Il laissa Sarath dans la semi-obscurité et revint cinq minutes plus tard avec un vase à bec rempli d'eau.

« Elle est bouillie ? »

Gunesena hocha de nouveau la tête. Sarath but, assis par terre, puis il se leva.

« Excusez-moi, dit-il. Je me sentais un peu faible.

— Je comprends, monsieur. Moi aussi, j'ai bu un gobelet.

— Parfait. »

Il se rappelait Gunesena qui finissait le reste du cordial pendant qu'Anil tenait la bouteille, le soir où ils l'avaient ramassé sur la route de Kandy.

Ils repartirent avec le chariot et, après avoir franchi la double porte battante, débouchèrent à la lumière du jour.

Le bruit et l'éclat du soleil le firent presque reculer. Ils se trouvaient dans le parking des officiers. Quelques chauffeurs s'étaient réfugiés à l'ombre de l'unique arbre, tandis que d'autres étaient restés dans leurs voitures où l'air conditionné bourdonnait. Sarath se tourna vers l'entrée principale, mais il ne la vit pas. Il n'était plus aussi sûr qu'elle réussirait à sortir. La camionnette prévue pour transporter le squelette qu'on devait confier à Anil s'arrêta devant eux, et Sarath surveilla le chargement. Les jeunes soldats voulaient tout savoir. Ils n'étaient pas soupçonneux, simplement curieux. Sarath aurait désiré une pause ou un moment de tranquillité, mais il savait qu'il ne l'obtiendrait pas. Les questions étaient personnelles, non pas officielles. D'où venait-il ? Depuis combien de temps… ? La seule manière de leur échapper était de répondre. Lorsqu'ils se mirent à l'interroger à propos de la forme allongée sur le chariot, il agita les mains devant son visage et leur abandonna Gunesena.

Elle n'était toujours pas sortie du bâtiment. Il savait qu'en tout état de cause il ne pourrait pas entrer pour aller à sa recherche. Elle devrait affronter seule les obstacles faits d'insultes, d'humiliations et de vexations. Presque une heure s'était déjà écoulée depuis qu'elle avait quitté la salle.

Il fallait qu'il s'occupe. Derrière la clôture, un homme vendait des tranches d'ananas, et Sarath, passant la main au travers des barbelés, en acheta quelques-unes qu'il saupoudra d'un mélange de sel et de poivre. Une roupie les deux tranches. Il pourrait entrer dans le hall, à l'abri du soleil, mais il se demandait si elle ne risquait pas de se mettre en colère, ce qui ne ferait qu'accroître le danger qu'elle courait.

Une heure et demie. Quand il se retourna pour la quatrième fois, elle était à la porte. Debout là, sans bouger, ne sachant pas où elle était, ni ce qu'elle était censée faire.

Il s'avança vers elle, les poings serrés, l'esprit en effervescence. « Ça va ? »

Elle baissa les yeux, détourna le regard.

« Anil. »

Elle dégagea son bras. Il remarqua qu'elle n'avait pas sa serviette. Pas de documents. Pas d'instruments d'anatomopathologie. Il lui tâta la poitrine pour vérifier si les éprouvettes se trouvaient dans la poche intérieure de sa veste, mais elles n'y étaient pas. Elle ne réagit pas. Malgré son état, elle finit cependant par comprendre ce qu'il faisait.

« Je vous avais dit que je reviendrais à la *walawwa*.

— Vous n'êtes pas revenu.

— Tout le monde guette. Mon frère vous a prévenue. Dès que vous êtes arrivée, tout le monde savait que vous étiez à Colombo.

— Allez au diable.

— Maintenant, vous devez partir.

— Non, merci. Je ne veux plus de vos conseils.

— Prenez le squelette que je vous ai donné et montez dans la camionnette. Retournez au bateau avec Gunesena.

— Tous mes papiers sont restés à l'intérieur de ce bâtiment. Il faut que je les récupère.

— Vous ne les récupérerez jamais. Vous ne comprenez donc pas ? Oubliez-les. Il vous faudra les recréer. Vous pourrez acheter un nouveau matériel en Europe. Vous pourrez pratiquement tout remplacer. C'est vous seule qui devez vous mettre en sécurité.

— Merci pour votre aide. Gardez votre putain de squelette !

— Gunesena, allez chercher la camionnette.

— Écoutez… » Elle lui lança un regard. «Dites-lui de me ramener chez moi. Je ne crois pas que je puisse marcher jusque-là. Je ne veux rien accepter de vous, mais je suis incapable de marcher. Je… j'étais… dans…

— Allez au labo.

— Bon Dieu je viens de vous dire… »

Il la gifla à toute volée. Il distingua les gens autour d'eux, le cri étouffé qu'elle poussa, son visage comme enfiévré.

« Prenez le squelette et travaillez dessus. Vous n'avez pas beaucoup de temps. Ne me téléphonez pas. Arrangez-vous pour avoir terminé demain matin. Ils veulent un rapport pour dans deux jours, mais faites-le cette nuit. »

Elle était tellement abasourdie par son comportement qu'elle grimpa sans rien dire dans la camionnette qui venait de s'arrêter à côté d'elle. Ne quittant pas Anil des yeux, Sarath tendit le laissez-passer à Gunesena qui le prit par la vitre ouverte. Il la vit qui baissait son visage cuisant cependant que la camionnette s'éloignait lentement et tournait le coin.

Il n'y avait pas de voiture pour lui. Il sortit par le portail gardé par des sentinelles, déboucha dans la rue, héla un *bajaj* et donna au chauffeur l'adresse de son bureau. Impossible de s'installer confortablement et de se détendre dans un *bajaj*. Si on pense à autre chose, on risque de tomber. Néanmoins, penché en avant, la tête entre les mains, il s'efforça de rompre le contact avec le monde environnant, tandis que le véhicule à trois roues se frayait un passage au milieu de la circulation.

Anil monta la passerelle, puis longea le pont supérieur. Un port l'après-midi. Au loin, le bruit des sifflets et des sirènes. Elle avait besoin d'air et d'espace, ne tenait pas à affronter les ténèbres de la cale. Au bout du quai, elle aperçut un homme muni d'un appareil photo. Elle se recula pour ne plus le voir.

Elle savait qu'elle ne resterait plus très longtemps ici, et elle ne désirait pas rester. Il y avait du sang partout. Des massacres devenus presque banals. Elle se souvenait de ce qu'une femme du Nadesan Center lui avait dit : « J'ai quitté le Mouvement pour les droits civils en partie parce que je n'arrivais plus à me rappeler où et quand avait eu lieu tel ou tel massacre… »

Il était déjà près de cinq heures. Anil trouva la bouteille d'arack, se servit un verre, puis s'engagea dans l'étroit escalier qui menait à la cale.

« Tout va bien, miss ?

— Oui, merci, Gunesena. Vous pouvez disposer.

— Bien, miss. »

Cependant, elle savait qu'il ne partirait pas, qu'il demeurait quelque part à bord du paquebot.

Elle alluma une lampe. Il y avait d'autres outils, appartenant à Sarath. Elle entendit la porte se refermer derrière elle.

Elle but encore un peu d'arack, lança quelques paroles à voix haute pour entendre l'écho dans la faible lumière et ne pas se sentir seule avec le vieux squelette qu'on lui avait donné. Elle coupa le plastique à l'aide d'un couteau X-acto, souleva la feuille. Aussitôt, elle le reconnut. Néanmoins, pour être sûre, elle passa la main droite sur le talon et sentit l'encoche qu'elle avait creusée dans l'os quelques semaines auparavant.

Sarath avait retrouvé Marin. Elle braqua lentement une deuxième lampe sur lui. Les côtes pareilles à la structure d'une coque de bateau. Elle glissa la main dans la voussure des os et sentit le magnétophone logé là, incapable d'y croire encore, jusqu'à ce qu'elle presse le bouton et que des voix emplissent l'espace autour d'elle. Tout était enregistré. Leurs questions. Et elle avait Marin. Alors qu'elle glissait de nouveau la main entre les côtes pour arrêter la cassette, sa voix s'éleva, très claire, très nette. Il avait sans doute parlé tout bas, la bouche collée au micro :

Je suis dans le tunnel de l'Arsenal. Je n'ai que quelques minutes. Comme vous avez pu le constater, ce n'est pas n'importe quel squelette, mais Marin. Notre preuve du XXe siècle, mort depuis cinq ans. Effacez cette bande. Effacez mes paroles. Achevez votre rapport et soyez prête à partir demain matin à cinq heures. Il y a un vol à sept heures. On vous conduira à l'aéroport. J'aimerais le faire, mais ce sera probablement Gunesena. Ne quittez pas le labo et ne me téléphonez pas.

Anil rembobina la bande. Elle s'éloigna du squelette et arpenta la cale, écoutant de nouveau l'enregistrement de sa voix.

Réécoutant tout.

Sur le Galle Face Green, les deux frères avaient discuté avec calme, mais c'était uniquement en raison de sa présence. Du moins lui avait-il semblé. Plus tard, cependant, elle avait compris qu'en réalité ils n'avaient fait que parler entre eux, et qu'ils y avaient pris plaisir. Chacun d'eux désirait retrouver sa place, et elle avait joué le rôle de catalyseur, de prétexte. C'était leur conversation à eux, au sujet de la guerre dans leur pays à eux et de ce qu'ils avaient fait et n'avaient pas fait pendant ce temps-là. Finalement, ils étaient plus proches l'un de l'autre qu'ils ne l'imaginaient.

Si elle devait entamer aujourd'hui une nouvelle vie, revenir dans le pays d'adoption de son choix, dans quelle mesure Gamini et le souvenir de Sarath feraient-ils partie de son existence ? Parlerait-elle d'eux, les deux frères de Colombo, à ses amis intimes ? Et d'elle qui, d'une certaine manière, pareille à une sœur, les avait empêchés d'attenter à leurs univers respectifs ? Où qu'elle soit, penserait-elle encore à eux ? Penserait-elle à ces deux étranges produits de la bourgeoisie qui, nés dans un monde, s'étaient immergés dans un autre vers la quarantaine ?

À un moment, au cours de cette nuit-là, se rappelait-elle, ils avaient dit combien ils aimaient leur pays. En dépit de tout. Aucun Occidental ne pourrait comprendre l'amour qu'ils portaient à leur île. « Je ne pourrais jamais la quitter », avait murmuré Gamini.

« Les films américains, les livres anglais, souviens-toi comment tous finissent, avait-il dit. L'Américain ou l'Anglais monte dans un avion et s'en va. Tout simplement. Et la caméra s'en va avec lui. Par le hublot, il regarde Mombasa, le Vietnam ou Djakarta, un endroit qu'il peut désormais voir à travers les nuages. Le héros fatigué. Deux ou trois mots à la fille assise à côté de lui. Il rentre chez lui. Pour ce qui le concerne, la guerre est finie. Cette réalité-là suffit à l'Occident. Voilà qui résume sans doute toute l'histoire des écrits politiques occidentaux de ces deux cents dernières années. Rentrer au pays. Écrire un livre. Donner des conférences. »

L'homme qui travaillait pour l'organisation des droits civils apporta le vendredi le décompte hebdomadaire des victimes — les photos en noir et blanc toutes récentes, encore humides presque, sept cette semaine. Visages cachés. Il les posa sur le bureau de Gamini, près de la fenêtre. Celui-ci les trouva au moment du changement d'équipes. Il enclencha le magnétophone et entreprit de décrire les blessures ainsi que leurs causes probables. À peine eut-il jeté un regard sur la troisième photo qu'il identifia les cicatrices, les cicatrices innocentes. Il abandonna les rapports, dévala un étage et se précipita dans le couloir vers la salle. Elle n'était pas fermée à clé. Il arracha les draps qui recouvraient les cadavres jusqu'à ce qu'il tombe sur ce qu'il s'attendait à voir. Depuis l'instant où il s'était emparé de la troisième photo, il n'entendait plus que son cœur qui cognait dans sa poitrine.

Gamini ignora combien de temps il resta planté là. Il y avait sept corps dans la pièce. Il pouvait faire quelque chose. Mais il ne savait quoi. Peut-être voir les brûlures de l'acide, la jambe tordue. Il ouvrit l'armoire contenant les bandages, les attelles, les désinfectants. Il commença par frotter les marques brun foncé à l'aide d'une lotion. Il pouvait guérir son frère, redresser la jambe gauche, panser chaque plaie comme s'il était vivant, comme si, en soignant les centaines de petits traumatismes, il pouvait enfin le ramener à la vie.

La cicatrice au coude que tu as récoltée en tombant de vélo sur la colline de Kandy. Celle que je t'ai faite en te tapant dessus avec un piquet de cricket. Nous, les deux frères, on ne tournait jamais le dos en présence l'un de l'autre. Tu as toujours trop joué les grands frères, Sarath. N'empêche, si j'avais été médecin à l'époque, je t'aurais mieux recousu que le Dr Piachaud. Trente ans ont passé, Sarath. C'est le début de la soirée et tout le monde est parti, sauf moi, celui de la famille que tu aimes le moins. Celui auprès de qui tu n'arrives jamais à te détendre ou à te sentir en sécurité. Ton ombre malheureuse.

Il était penché au-dessus du corps, à panser ses blessures, cependant que la lumière horizontale de fin d'après-midi les emprisonnait tous deux dans un large rayon.

Il existe des pietà de toutes sortes. Il se rappelle la pietà sexuelle qu'il a vue un jour. Un homme et une femme, l'homme qui avait joui et la femme qui lui caressait le dos, le visage exprimant l'acceptation du changement physique intervenu chez lui. C'était Sarath et la femme de Sarath qu'il avait vus, et les yeux de celle-ci s'étaient levés vers lui et sa folie, tandis que sa main continuait de caresser l'homme qu'elle tenait dans ses bras.

Il y avait d'autres pietà. L'histoire de Savitra qui avait arraché son mari à la Mort, si bien que dans les étonnantes représentations du mythe, on la voit qui le serre contre elle, le visage rayonnant de joie, alors que lui a l'air chaviré, en proie à une effrayante métamorphose, ce retour à l'amour et à la vie.

Mais c'était une pietà entre frères. Et tout ce que Gamini savait, l'esprit confus, fonctionnant au ralenti, c'est que c'était la fin ou peut-être le début d'une conversation permanente avec Sarath. S'il ne lui parlait pas maintenant, s'il n'assumait pas, son frère disparaîtrait de sa vie. Aussi se trouvait-il également, en cet instant, dans une pietà.

Il ouvrit la chemise de son frère, dénudant son torse. Un torse tendre. Non pas dur et féroce comme le sien. C'était le torse généreux d'un Ganesh. Un ventre asiatique. Le torse de quelqu'un qui, en sarong, se promènerait dans le jardin ou sur la véranda avec son thé et son journal. Sarath, en raison de son caractère, avait toujours fui la violence, comme si aucune guerre n'avait jamais fait rage en lui. Il rendait les gens fous autour de lui. Si Gamini avait été la Souris, son frère était l'Ours.

Gamini posa la chaleur de sa main sur le visage immobile. Persuadé de connaître un destin funeste, il ne s'était jamais préoccupé du sort de son unique frère. Peut-être avaient-ils l'un et l'autre supposé qu'ils disparaîtraient chacun de son côté dans les ténèbres qu'ils avaient inventées autour d'eux. Leurs mariages, leurs carrières aux frontières de la guerre civile, parmi les gouvernements, les terroristes et les insurgés. Aucun tunnel de lumière ne les avait reliés. Ils avaient au contraire cherché et trouvé leurs propres territoires. Sarath dans les champs inondés de soleil, en quête de pierres astrologiques, Gamini dans l'univers médiéval des urgences. Chacun d'eux se sentait plus à l'aise, plus libre, quand il n'avait pas conscience de l'existence de son frère. Ils étaient par essence trop semblables et donc incapables de céder devant l'autre. Tous deux s'interdisaient de montrer la moindre hésitation, la moindre peur et, en présence l'un de l'autre, ne manifestaient que force et colère. Cette femme, Anil, leur avait dit, ce soir-là sur le Galle Face Green : « Jamais je ne comprendrai les gens à leurs forces. Ils ne révèlent ainsi rien d'eux-mêmes. Je ne les comprends qu'à leurs faiblesses. »

Le torse de Sarath disait tout. C'était ce contre quoi Gamini avait lutté. Mais le corps, maintenant, gisait sur le lit, sans défense. Il n'y avait plus d'arguments à opposer aux siens, plus d'opinions qu'il refusait d'accepter. Il semblait y avoir une marque pareille à celle qu'aurait faite une lance. Une petite blessure dans la poitrine, peu profonde, que Gamini lava et pansa.

Il avait vu des cas où toutes les dents avaient été arrachées, le nez coupé, les yeux humiliés par des liquides, les oreilles pénétrées. Pendant qu'il courait dans le couloir de l'hôpital, il avait surtout craint le spectacle du visage de son frère. C'était au visage qu'ils s'attaquaient parfois. Ils savaient, doués de leurs horribles talents, flairer toute trace de vanité. Ils n'avaient pas touché au visage de Sarath.

La chemise qu'ils lui avaient passée était munie d'énormes manches. Gamini savait pourquoi. Il les déchira jusqu'aux poignets. Les mains étaient brisées en plusieurs endroits.

Il faisait nuit à présent. La chambre lui donnait l'impression d'être remplie d'eau grisâtre. Il se dirigea vers l'entrée et abaissa l'interrupteur. Sept plafonniers s'allumèrent. Il retourna s'asseoir au chevet de son frère.

Une heure plus tard, quand on amena les corps après un attentat à la bombe quelque part en ville, il était toujours là.

Le président Katugala, l'air vieux, bien différent de son portrait sur les affiches géantes qui, partout en ville, l'avaient glorifié et idéalisé des années durant, était habillé de coton blanc. Quand on voyait son image réelle, le visage émacié sous les cheveux blancs clairsemés, on éprouvait, en dépit de tout ce qu'il avait fait, un sentiment de compassion à son égard. Il paraissait fatigué et effrayé. Ces derniers jours, il avait été très tendu, comme s'il avait eu un présage, comme si quelque mécanisme qu'il ne contrôlait pas s'était mis en mouvement. Seulement, c'était le jour des Héros de la nation. Et chaque année à cette occasion, le "président argent" allait à la rencontre du peuple. Il ne pouvait pas renoncer à un meeting politique.

La semaine précédente, les forces spéciales de la police et de l'armée lui avaient recommandé de ne pas se mêler à la foule. Et il avait promis de suivre leurs conseils. Vers trois heures et demie de l'après-midi, cependant, on apprit que le président était sorti. Son chef des services de sécurité, accompagné de quelques officiels, sauta dans une jeep et partit à sa recherche. Ils le repérèrent assez vite dans les rues bondées de Colombo, et ils venaient de le rejoindre au moment où la bombe explosa.

Katugala était vêtu d'une ample veste blanche à manches longues et d'un sarong. Il avait des sandales aux pieds, une montre au poignet gauche. Il s'arrêta près de Lipton Circus et prononça un court discours depuis sa voiture blindée.

R… portait un short en jean et une large chemise sous laquelle étaient dissimulés une rangée d'explosifs, deux piles Duracell et deux boutons bleus. Un pour la main gauche, un pour la droite, reliés aux explosifs par des fils. Le premier bouton armait la bombe. Il resterait enfoncé aussi longtemps que le terroriste le souhaiterait. Quand on appuyait sur le second, la bombe explosait. Pour cela, il était donc nécessaire d'activer les deux. On pouvait attendre autant qu'on le désirait avant de presser le deuxième bouton. On pouvait également relâcher le premier. R… portait encore autre chose au-dessus de son short en jean. Quatre bandes Velcro qui plaquaient les explosifs contre son corps et, en plus de la dynamite, il y avait le poids appréciable de milliers de petits roulements à billes.

Une fois son discours de Lipton Circus terminé, Katugala, à bord de la Range Rover blindée, prit la direction du grand meeting du Galle Face Green. Un an plus tôt, une diseuse de bonne aventure avait prédit : « *Il sera détruit comme une assiette qui tombe par terre.* » Remontant à présent la chaussée à quatre voies, il ne cessait de se lever de son véhicule pour saluer la foule. R… se fraya un chemin à bicyclette au milieu de la bousculade, à moins qu'il n'eût continué à pied en poussant son vélo. Quoi qu'il en soit, Katugala se trouvait maintenant au milieu de la foule. En effet, il s'était de nouveau arrêté à la vue de manifestants brandissant des pancartes qui débouchaient d'une rue latérale. Il voulait aider à les canaliser. Et R…, qui devait le tuer, qui avait infiltré le premier cercle de la garde présidentielle de Katugala de sorte qu'on le connaissait bien, R… donc, s'approcha lentement de lui, sur son vélo ou le poussant devant lui.

Il existe quelques photos de Katugala prises durant la dernière demi-heure de sa vie, des photos classées dans un dossier appartenant à l'armée. Certaines ont été prises par la police du haut d'un immeuble, d'autres par des journalistes, lesquelles ont été ensuite confisquées et n'ont jamais été rendues à leurs auteurs, ni publiées dans les journaux. Elles le montrent dans son costume blanc, l'air fragile, affichant une expression soucieuse. De fait, il paraît surtout vieux. Depuis plusieurs années, les journaux n'ont publié de lui que des images flatteuses. Sur les autres, par contre, on remarque d'abord son âge — d'autant plus que, derrière lui, on voit sa silhouette géante, platonicienne, découpée dans du carton où il a l'air vif et animé, doté d'une épaisse chevelure blanche. Et un peu plus loin, on distingue le véhicule blindé dont il vient de descendre pour la dernière fois.

Le plan de Katugala, au cours de ses ultimes moments, était de diriger les manifestants en sa faveur vers la foule déjà rassemblée sur le Galle Face Green. Il s'apprêtait à regagner sa Range Rover quand il changea d'avis et retourna organiser de nouveau le défilé. C'est ainsi qu'il se trouva pris en compagnie de ses gardes du corps entre deux groupes très différents celui de ses partisans et celui des gens qui célébraient simplement le jour des Héros de la nation. Si quelqu'un avait annoncé que le président était parmi eux, la plupart auraient été surpris. *Où est-il?* Au niveau de la rue, dans la foule, la présence présidentielle se résumait à une silhouette géante en carton brandie comme un accessoire de cinéma et ballottée au-dessus des têtes.

Personne ne sait vraiment si R… arriva (comme il est probable) avec cet autre cortège, ou bien s'il était à la jonction des deux. À moins qu'il n'eût attendu près du véhicule. En tout cas, il attendait ce jour-là, celui où il serait sûr de trouver Katugala dans la rue. Il n'aurait jamais pu pénétrer en territoire présidentiel ainsi bardé d'explosifs et de roulements à billes. Les gardes du corps se montraient impitoyables. Il n'y avait pas d'exceptions. Chaque stylo de chaque poche était examiné. R… devait donc l'approcher dans un endroit public, avec tout l'attirail de la dévastation cousu sur lui. Il n'était pas seulement l'arme mais aussi le viseur. La bombe détruirait tous ceux qui l'entouraient. Ses yeux et son corps étaient les lignes de foi du collimateur. Il s'avança vers Katugala après avoir activé l'une des piles. Une lumière bleue allumée sous ses vêtements. Parvenu à cinq mètres de Katugala, il pressa l'autre bouton.

À quatre heures de l'après-midi, le jour des Héros de la nation, plus de cinquante personnes furent tuées sur le coup, y compris le président. Les éclats déchiquetèrent Katugala. Après l'attentat, la question principale fut de savoir si le président avait été escamoté, et dans ce cas, si c'était l'œuvre de la police, de l'armée ou des terroristes. Parce qu'on ne retrouva pas le président.

Où était-il ?

Le chef de la garde présidentielle, celui qui, ayant appris une demi-heure auparavant que Katugala était sorti se mêler à la foule, avait sauté dans la jeep afin de se lancer à la recherche du président argent, venait à cet instant de le rejoindre et insistait pour qu'il remontât dans le véhicule blindé et regagnât sa résidence. La bombe, par miracle, l'épargna. Les roulements à billes criblèrent le corps de Katugala où certains se logèrent, tandis que d'autres le traversèrent de part en part avant de retomber sur le macadam avec un fracas que couvrit le bruit de l'explosion. Et c'est l'horreur de ce bruit que la plupart des gens devaient se rappeler, ceux qui survécurent.

Ce fut donc le seul être humain à rester debout dans le silence qui renfermait les derniers échos de la bombe. Il n'y avait plus personne à vingt mètres autour de lui, hormis la réplique à la Gulliver de Katugala, transpercée de trous faits par les roulements à billes et au travers desquels filtraient les rayons de soleil.

Il était entouré de morts. Des sympathisants politiques, un astrologue, trois policiers. À quelques mètres de là, la Range Rover blindée n'avait subi aucun dommage. Les vitres, intactes, étaient aspergées de sang. Le chauffeur assis à l'intérieur n'avait rien, sinon les tympans abîmés par la déflagration.

On découvrit sur le mur de l'immeuble d'en face des lambeaux de chair, probablement ceux du terroriste. Le bras droit de Katugala reposait sur le ventre du cadavre de l'un des policiers. Des pots de lait caillé cassés jonchaient le trottoir. Quatre heures de l'après-midi.

À quatre heures et demie, tous les médecins disponibles étaient appelés aux urgences des différents hôpitaux de Colombo. On comptait plus d'une centaine de blessés autour du lieu de l'attentat. La rumeur ne tarda pas à se répandre que Katugala était dans la foule au moment où la bombe avait explosé. Tous les hôpitaux se préparèrent donc à la possibilité de le recevoir, mais il n'arriva jamais. On ne retrouva le corps, ou ce qu'il en restait, que longtemps après.

Le public apprit l'assassinat quand les coups de téléphone commencèrent à affluer en provenance d'Angleterre et d'Australie, les correspondants affirmant avoir entendu dire que Katugala était mort. Alors, petit à petit, en l'espace d'une heure, la vérité se fit jour dans les différents quartiers de la ville.

Distance

La statue haute de trente-six mètres s'était dressée dans un champ de Buduruvagala pendant des générations. À moins d'un kilomètre de là, il y avait la célèbre paroi sculptée de bodhisattvas. Dans la chaleur de midi, on allait pieds nus et on levait les yeux sur les statues. C'était une région d'agriculture pauvre, où le village le plus proche se trouvait à plus de six kilomètres. Aussi, ces corps de pierre plantés dans la terre, le visage au loin dans le ciel, constituaient-ils souvent les seules formes humaines que voyait le paysan durant la journée. Ils dominaient le paysage, le silence troublé par les bourdonnements et les cris des cigales invisibles dans l'herbe roussie. Ils apportaient un sentiment de permanence aux existences éphémères.

Après les longues heures de la nuit, le soleil levant venait d'abord éclairer les têtes des bodhisattvas et du bouddha solitaire, puis il descendait le long de leurs robes de pierre jusqu'à ce que, enfin libéré des forêts, il baignât de ses rayons le sable, l'herbe sèche et la pierre, ainsi que les silhouettes humaines qui, les pieds nus et brûlants, se dirigeaient vers les statues sacrées.

Trois hommes avaient marché toute la nuit à travers champs, portant une mince échelle de bambou. Quelques paroles échangées à voix basse, la crainte d'être vus. Ils avaient fabriqué l'échelle la veille, qu'ils adossèrent à la statue du Bouddha. L'un d'eux alluma une bidi, la mit entre ses lèvres, puis grimpa au milieu des ténèbres. Il glissa le bâton de dynamite dans un repli de l'étoffe de pierre, puis alluma la mèche à l'aide de sa cigarette. Après quoi, il sauta à terre.

Les trois hommes s'éloignèrent en courant, se retournèrent au bruit de l'explosion, se tinrent la main et rentrèrent la tête dans les épaules alors que la statue vacillait, que son torse s'envolait, que l'immense visage expressif du bouddha s'écrasait par terre.

Les voleurs lui ouvrirent le ventre avec des barres de fer, mais, ne découvrant pas de trésor, ils s'en allèrent. Restait la pierre brisée. Il ne s'agissait pas d'une vie humaine. Pour une fois, ce n'était pas un acte politique, ni un acte perpétré par une religion contre une autre. Ces hommes tentaient de trouver un remède à la faim ou une façon d'échapper à leur existence en voie de désintégration. Quant aux champs « neutres » et « innocents » qui entouraient la statue et aux gravures rupestres, c'étaient peut-être des lieux de tortures ou de sépultures. Comme l'endroit n'était fréquenté que par de rares paysans et pèlerins, les camions venaient y décharger les victimes qu'on avait ramassées pour les brûler et les dissimuler. Dans ces champs, le bouddhisme et ses valeurs était confronté aux dures réalités politiques du XXe siècle.

L'artisan amené à Buduruvagala pour tenter de reconstituer la statue du Bouddha était un homme du Sud. Né dans un village de lapidaires, il avait été peintre des yeux. Selon le département d'archéologie qui supervisait le projet, c'était un ivrogne qui, toutefois, ne commençait à boire que l'après-midi. Il y avait un court moment où le travail et l'alcool empiétaient l'un sur l'autre, mais il n'était inabordable que le soir. Il avait perdu sa femme quelques années auparavant. Elle comptait parmi les milliers de disparus.

Ananda Udugama arrivait sur le site à l'aube, fichait les plans dans la terre et distribuait leurs tâches respectives aux sept hommes qui travaillaient avec lui. Ceux-ci avaient déjà dégagé le socle sur lequel reposaient les jambes et les cuisses de la statue qui n'avaient pas été endommagées. On les découpa et on les mit dans un champ où bourdonnaient les abeilles en attendant la reconstruction du reste du corps. À quatre cents mètres de là, en même temps qu'on reconstituait le grand bouddha brisé, on fabriquait une autre statue, destinée à remplacer le dieu détruit.

Il avait été prévu qu'Ananda travaillerait sous l'autorité et les conseils de spécialistes étrangers, mais ces célébrités n'arrivèrent jamais. Il y avait trop de troubles politiques et l'endroit n'était pas sûr. On découvrait chaque jour dans les champs voisins des cadavres qu'on ne s'était même pas donné la peine d'enterrer. Des victimes ramassées jusqu'à Kalutara atterrissaient ici, à l'abri des recherches de leurs familles. Ananda semblait considérer tout cela avec détachement. Il confia à deux hommes de son équipe le soin de s'occuper des corps, à savoir les étiqueter, contacter l'organisation des Droits civils. Avec la venue de la mousson, les assassinats diminuèrent, ou du moins la région ne fut-elle plus utilisée comme cimetière ou champs de la mort.

Plus tard, on put constater que l'œuvre d'Ananda se révélait complexe et novatrice. Tout au long des saisons chaudes, des moussons et des orages, il surveilla le travail dans la tranchée boueuse ressemblant à un cercueil de trente mètres dans laquelle on jetait tous les fragments de pierre qu'on trouvait. À l'intérieur, il y avait une grille divisée en carrés de trente centimètres, et une fois que la personne responsable du tri avait associé la pierre à la partie probable du corps d'où elle provenait, on la plaçait dans le carré approprié. Tout cela demeurait cependant imprécis, approximatif. On avait des pierres grosses comme des rochers et des éclats de la taille d'un ongle. Ce tri eut lieu au cours des moussons les plus violentes de mai, de sorte que les carrés pour les pierres débordaient d'eau.

Ananda fit appel à des villageois, dix d'entre eux. Il valait mieux travailler pour un projet de ce genre, sinon, on risquait d'être enrôlé de force dans l'armée ou de se faire arrêter comme suspect. Puis il en engagea d'autres, des femmes aussi bien que des hommes. Ceux qui se portaient volontaires, il les mettait au travail. Il fallait qu'ils soient là à cinq heures du matin, et ils arrêtaient à deux heures de l'après-midi, moment où Ananda Udugama avait ses propres plans pour le reste de la journée.

Les femmes triaient les pierres mouillées qui glissaient de leurs mains pour tomber dans la grille. Il plut pendant plus d'un mois. Dès que la pluie cessait, l'herbe fumait et ils pouvaient enfin s'entendre et se parler, tandis que leurs vêtements séchaient en un quart d'heure. Puis il recommençait à pleuvoir et chacun se retrouvait entouré du crépitement de la pluie, silencieux, solitaire au milieu du champ noir de monde, cependant que le vent faisait claquer le toit en tôle ondulée d'une baraque qu'il s'efforçait d'arracher. Le tri des pierres prit plusieurs semaines et, à l'arrivée de la saison sèche, une grande partie du corps avait été reconstituée. On avait maintenant un bras, long de quinze mètres, une oreille. Les jambes étaient toujours en sécurité dans le champ aux abeilles. Ils entreprirent d'assembler les différentes sections dans l'herbe aux cigales. Des ingénieurs vinrent qui, à l'aide d'une mèche de six mètres, percèrent les plantes des pieds afin de forer des passages dans lesquels insérer des os de métal, des tunnels entre les hanches et le torse, entre les épaules et le cou, jusqu'à la tête.

Pendant ce temps-là, Ananda s'était presque exclusivement consacré à la tête. Secondé par deux hommes, il utilisait une méthode permettant d'amalgamer la pierre. De près, le visage avait l'air d'une mosaïque. Ils avaient eu l'intention d'homogénéiser la pierre, de fondre le visage en un tout, mais quand Ananda le vit ainsi, il décida de le conserver tel quel. Il s'appliqua alors à restituer le calme et les vertus du visage.

L'autre statue du Bouddha s'élevait petit à petit à l'horizon, tandis que la reconstruction d'Ananda s'étirait le long d'un sentier sablonneux en pente où la tête était plus basse que le restant du corps — ce qui était indispensable pour mettre la dernière touche à l'assemblage.

Cinq chaudrons de fer en fusion sifflaient sous la pluie fine. Les hommes versèrent le métal dans les trous qu'on avait pratiqués, puis le regardèrent disparaître par les pieds de la statue, coulée rouge qui se glissait par le tunnel foré dans le corps, veines géantes qui sillonnaient les trente mètres de la statue. En durcissant, il allait souder tous les membres. La pluie recommença à tomber, deux jours durant cette fois, et on renvoya les villageois chez eux. Tout le monde partit.

Ananda s'installa sur une chaise à côté de la tête. Il contempla le ciel, source des orages. Ils avaient construit une espèce de passerelle en bambou à trois mètres du sol. Cet homme de quarante-cinq ans se leva et grimpa afin de regarder le visage et le torse au sein duquel se refroidissait le fer rouge.

Le lendemain, il était à la même place. La pluie tombait toujours puis, d'un seul coup, elle cessa, et dans la chaleur, la terre et la statue se mirent à fumer. Ananda n'arrêtait pas d'ôter ses lunettes rafistolées avec du fil de fer pour les essuyer. Il passait à présent presque tout son temps sur la plate-forme, vêtu de l'une des chemises indiennes en coton que Sarath lui avait données quelques années auparavant. Son sarong était alourdi et assombri par la pluie.

Il se tenait au-dessus de ce qu'ils avaient réussi à recréer du visage. Il ne croyait plus depuis longtemps à l'originalité des artistes. Il en avait connu certains au cours de sa jeunesse. On se glissait dans le lit de l'art où ils avaient dormi. C'était confortable. On devinait leurs jours de gloire et leurs jours de bannissement. Il les avait toujours préférés, de même que leur art, dans leurs années de bannissement. Lui-même ne créait plus, ni n'inventait des visages. L'invention n'était rien. Néanmoins, tout le temps qu'il avait consacré à organiser la reconstruction de la statue avait tendu vers ce seul but. Le visage. Les centaines d'éclats et de fragments de pierre assemblés, soudés, l'ombre des bambous sur la joue. Jusqu'à ce jour, la statue n'avait jamais senti sur elle l'ombre d'un homme. Elle avait dominé les champs brûlants, le regard fixé sur les terrasses vertes du Nord lointain. Elle avait vu les guerres et offert la paix ou l'ironie à ceux venus mourir à ses pieds. Le soleil maintenant frappait les balafres de son visage comme si on l'avait grossièrement recousu. Il ne les masquerait pas. Il distinguait les yeux gris aux lourdes paupières qu'un autre avait taillés dans un autre siècle, l'expression déchirée dans sa grande compassion — il était tout proche des yeux, privé de recul, pareil à un animal dans un jardin de pierre, un vieil homme dans l'avenir. D'ici quelques jours, le visage serait dans le ciel et non plus en dessous de lui cependant qu'il marchait sur la passerelle, que son ombre se déplaçait sur le visage dont les creux recelaient de l'eau, si bien qu'il pouvait se pencher pour la boire, comme s'il s'agissait de nourriture, de richesses. Il contempla les yeux qui avaient été jadis ceux d'un dieu. C'était ce qu'il ressentait. En tant qu'artisan, il ne célébrait pas la grandeur d'une foi. Pourtant, il savait que s'il ne restait pas un homme de l'art, il deviendrait un démon. La guerre autour de lui était une affaire de démons, de spectres de la vengeance.

La veille de la cérémonie du Nētra Mangala pour la statue du nouveau bouddha, les villages voisins apportèrent des offrandes. La statue dominait les flammes, comme appuyée sur les ténèbres. À trois heures du matin, les chants cédèrent la place aux récitations de *slokas* accompagnées du son léger des tambours. Ananda entendait les *Kosala-bimba-varanana,* le chant des insectes nocturnes autour des sentiers de lumière qui rayonnaient de la statue, pareils aux andains dans les champs, et qui éclairaient les feux de joie auprès desquels les enfants et les mères dormaient ou attendaient l'aube. Les joueurs de tambours revenaient, transpirant dans le froid de la nuit, les pieds illuminés par les lampes à pétrole cependant qu'ils marchaient le long des sentiers.

Le travail sur les statues s'était achevé à quelques jours d'intervalle, si bien qu'il semblait y avoir soudain deux silhouettes — l'une de pierre grise marquée de griffures, l'autre de plâtre blanc — qui se dressaient dans la vallée, séparées par moins d'un kilomètre.

Ananda était assis dans un fauteuil de teck pendant qu'on l'habillait et le maquillait. Il allait accomplir la cérémonie des yeux sur la nouvelle statue. Les ténèbres environnantes avaient effacé des siècles d'histoire. À l'époque des anciens rois, tel que Parakrama Bahu, lorsque seuls les rois accomplissaient la cérémonie, il y aurait eu les danseurs du temple pour danser et chanter les Mélodies comme au paradis.

Il était près de quatre heures et demie quand les hommes arrivèrent des champs plongés dans le noir avec deux échelles de bambou que, dans le cercle de lumière projeté par les feux, ils adossèrent à la statue. Au moment où le soleil se leva, on s'aperçut qu'elles reposaient sur les épaules de la silhouette géante. Ananda Udugama et son neveu avaient commencé à monter alors qu'il faisait encore nuit. L'un comme l'autre était vêtu d'une robe, et Ananda, coiffé d'un turban de fine soie. Tous deux portaient des sacoches de toile.

Dans le froid de l'univers, parvenu à la moitié de l'ascension, il eut l'impression que seuls les feux qui brûlaient en dessous de lui le reliaient à la terre. Puis, scrutant les ténèbres, il vit l'aube poindre à l'horizon et émerger de la forêt. Le soleil éclaira le vert des bambous de l'échelle. Il sentit sa chaleur sur une partie de ses bras, le vit illuminer l'habit de brocart qu'il portait par-dessus la chemise en coton de Sarath, celle qu'il s'était promis de mettre pour la cérémonie de ce matin. Cette femme, Anil, et lui porteraient toujours le fantôme de Sarath Diyasena.

Il atteignit la tête quelques minutes avant l'heure précise fixée pour la cérémonie des yeux. Son neveu l'attendait. Ayant essayé l'échelle la veille, Ananda savait que pour être le plus à l'aise et le plus efficace, il devait se placer sur l'avant-dernier barreau. Il s'attacha aux montants à l'aide d'une ceinture d'étoffe, puis le garçon lui passa les ciseaux et les pinceaux. En bas, les roulements de tambour cessèrent. Ananda et son neveu installèrent alors le miroir de métal afin qu'il reflétât le regard vide de la statue. Ses yeux ébauchés, incapables de voir. Et tant qu'elle n'aurait pas d'yeux — c'était toujours les yeux qu'on peignait ou sculptait en dernier — elle ne serait pas le Bouddha.

Ananda commença à ciseler. À l'aide d'une coque de noix de coco, il ôta les débris accumulés dans le large sillon qu'il avait creusé et qui, pour ceux qui se trouvaient en bas, n'était qu'une simple ride soulignant l'expression du visage. Le garçon et lui n'échangèrent pas une parole. De temps en temps, il s'appuyait contre l'échelle et laissait pendre ses bras le long de son corps pour rétablir la circulation. Tous deux travaillaient vite cependant, car bientôt le soleil chaufferait trop.

Il s'attaqua au deuxième œil, transpirant déjà dans son costume de brocart alors que l'aube n'était levée que depuis peu. Seule la ceinture l'empêchait de tomber. Il y avait de la poussière de plâtre partout, sur les joues, les épaules et la tête de la statue, sur les vêtements d'Ananda, sur le garçon. Ananda était épuisé. Comme si, par magie, tout son sang était passé dans le corps de la statue. Bientôt, pourtant, viendrait le moment attendu où les yeux, réfléchis dans le miroir, le verraient, se poseraient sur lui. Le premier et dernier regard accordé à quelqu'un de si proche. Ensuite, la statue ne verrait plus les silhouettes que de très loin.

Le garçon l'observait. Ananda lui fit signe que tout allait bien. Ils ne se parlaient toujours pas. Il lui restait sans doute encore une heure de travail.

Le bruit des coups de marteau se tut et il n'y eut plus que le vent autour d'eux, sa force, ses rafales, ses sifflements. Ananda tendit les outils à son neveu, puis il tira de sa sacoche les couleurs pour les yeux. Il regarda le paysage au-delà de la ligne verticale de la joue. Les verts pâles, les verts foncés, le vol des oiseaux et leurs chants. Telle était l'image du monde que la statue contemplerait pour l'éternité, sous la pluie et le soleil, un monde qui consumerait tous les temps, même en l'absence de l'élément humain.

Les yeux regarderaient toujours vers le nord, comme les siens en cet instant. Et comme l'immense visage couturé à huit cents mètres de là qu'il avait contribué à assembler à partir de la pierre endommagée, celui d'une statue qui n'était plus un dieu, qui n'en possédait plus les formes gracieuses mais seulement le regard de pure tristesse qu'Ananda lui avait découvert.

Et maintenant, de son œil d'homme, il distinguait autour de lui la trame entière de l'histoire naturelle. Il voyait approcher le plus petit des oiseaux, voyait le moindre de ses battements d'aile, ou un orage qui, à cent cinquante kilomètres de là, descendait des montagnes du côté de Gonagola et contournait les plaines. Il sentait chaque bouffée de vent, chaque ombre treillissée projetée par un nuage. Il y avait une femme dans la forêt. La pluie qui, au loin, roulait vers lui comme une poussière bleue. Des herbes qu'on brûlait, des bambous, l'odeur de l'essence et des grenades. La détonation sèche d'une couche de roc qui s'exfoliait sous la chaleur. Le visage aux yeux grands ouverts sous les pluies torrentielles de mai et de juin. Le temps qui se décidait dans les forêts tempérées et dans l'océan, dans les buissons épineux derrière lui au sud-est, dans les collines plantées d'arbres à feuilles caduques, puis qui gagnait la savane brûlante près de Badulla, et ensuite la côte avec ses palétuviers, ses lagons et ses deltas. Le bouillonnement du temps au-dessus de la terre.

Ananda eut un bref aperçu de cet aspect du monde. Il y avait là une tentation. Les yeux qu'il avait taillés et ouverts avec les ciseaux de son père lui montraient tout cela. Les oiseaux plongeaient au travers des brèches entre les arbres Ils volaient, escaladant les étages de courants chauds. Leurs cœurs minuscules battaient follement, exténués, de la même manière que Sirissa était morte dans l'histoire qu'il lui avait inventée afin de combler le vide de sa disparition. Un brave petit cœur. Dans les hauteurs qu'elle aimait et dans le noir qu'elle craignait.

Il sentit la main inquiète du garçon sur la sienne. La douce caresse du monde.

Remerciements

Je voudrais remercier les médecins et infirmières, les archéologues, les anthropologues spécialisés en médecine légale ainsi que les membres des organisations pour les droits de l'homme et les droits civils que j'ai rencontrés au Sri Lanka et dans d'autres parties du monde. Ce roman n'aurait pas pu être écrit sans leur générosité, leur dévouement, leur connaissance et leur expérience des sites archéologiques, des hôpitaux dans le chaos et des archives recelant une tristesse infinie. Ce livre est dédié à ces personnes et à ces organisations. Et en particulier à Anjalendran, à Senake et à Ian Goonetileke.

Je remercie tous ceux qui m'ont aidé au cours de mes recherches et de l'écriture de ce livre : Gillian et Alwin Ratnayake, K. H. R. Karunaratne, N. P. Sumaraweera, Manel Fonseka, Suriya Wickremasinghe, Clyde Snow, Victoria Sanford, K. A. R. Kennedy, Gamini Goonetileke, Anjalendran C., Senake Bandaranayake, Radhika Coomaraswamy, Tissa Abeysekara, Jean Perera, Neil Fonseka, L. K. Karunaratne, R. L. Thambugale, Dehan Gunasekera, Ravindra Fernando, Roland Silva, Ananda Samarasingha, Deepika Udagama,

Gunasiri Hewepatura, Vidyapathy Somabandu, Janaka Weeratunga, Diluni Weerasena, D. S. Liyanarachchi, Janaka Kandamby, Dominic Sansoni, Katherine Nickerson, Donya Peroff, H. Rousseau, Sara Howes, Milo Beech, David Young et Louise Dennys.

Ainsi que : le Kynsey Road Hospital, le Base Hospital Polonnaruwa, le Karapitiya General Hospital, le Nadesan Centre, le Mouvement pour les droits civils du Sri Lanka, Amnesty International et la Conférence sur les droits de l'homme organisée par la faculté de médecine de Colombo et le centre universitaire de Colombo pour l'étude des droits de l'homme en mai 1996.

Les ouvrages suivants m'ont été particulièrement précieux : *Atlas officiel du Sri Lanka* (Survey Department, 1988) ; *Cūlavamsa* ; *Asiatic Art in the Rijksmuseum, Amsterdam*, ed. Pauline Scheuleer (Rijksmuseum, 1985) ; *Bells of the Bronze Age*, documentaire produit par *Archaelogical Magazine* ; *La Théorie médiévale de la beauté*, de Ananda K. Coomaraswamy (Arché, 1997), et ses écrits sur la « cérémonie des yeux » ; *Reconstruction of Life from the Skeleton*, ed. Mehmet Yaşar Işcan et Kenneth A. R. Kennedy (Wiley, 1989) et le travail de Kennedy sur les signes de stress professionnel ; « *Upper Pleistocene Fossil Hominids from Sri Lanka* » de Kennedy, Deraniyagala, Roertgen, Chiment et Disotell (*American Journal of Physical Anthropology*, 1987) ; *Stones, Bones, and the Ancient Cities* de Lawrence H. Robbins (St Martin's Press, 1990) ; les brochures consacrées à la chirurgie de guerre, particulièrement « *Injuries Due to Anti-Personnel Landmines in Sri Lanka* » de G. Goonetileke ; « *Senarat Paranavitana as a Writer of Historical Fiction in Sanskrit* » de Ananda W. P. Guruge (*Vidyodaya Journal of Social Sciences*, University of Sri Jayawardenapura) ; *Witnesses from the Grave : The Stories Bones Tell* de Christopher Joyce et Eric Stover (Little, Brown, 1991) ; « *A Note on the Ancient Hospitals of Sri Lanka* » (Department of Archaeology) ; « *Restoration of a Vandalized Bodhisattva Image at Dambogoda* » de Roland Silva, Gamini Wijeysuriya et Martin Wyse (Konos Info, mars 1990) ; le récit de P. R. C. Peterson de ses années passées au Sri Lanka en tant que médecin,

Great Days ! Memoirs of a Government Medical Officer of 1918, édité par Manel Fonseka ; les rapports d'Amnesty International, d'Asia Watch et de la Commission des droits de l'homme.

Les poèmes en exergue sont extraits de *Miner's Folk Songs of Sri Lanka* de Rex A. Casinander (*Etnologiska Studier*, Goteborg, nᵒ 35, 1981).

La liste partielle des « disparus » est extraite des rapports d'Amnesty International.

Sources des citations :

Robert Duncan, *The HD Book*, chapitre 6, « Rites of participation » (*Caterpillar*, octobre 1967) ; page 57 : Victor Hugo, *Les Misérables*, et Alexandre Dumas, *Le Vicomte de Bragelonne* ; page 59 : H. Zimmer, *Le Roi et le cadavre* (Fayard) ; page 134 : *Plainwater* de Anne Carson (Knopf, 1995) ; page 47 : *Great Books* de David Denby (Simon and Schuster, 1996) ; page 225 : commentaire sur Jung de Leonora Carrington lors d'un entretien avec Rosemary Sullivan.

Mes remerciements à David Thomson pour ses éclaircissements généalogiques sur les héros de western américains.

Un grand merci à Manel Fonseka.

Mes entretiens avec Clyde Snow en Oklahoma et au Guatemala, avec Gamini Goonetileke au Sri Lanka, et K. A. R. Kennedy à Ithaca (New York), ainsi qu'avec de nombreuses personnes nommées ci-dessus, m'ont fourni la plupart des informations sur la médecine légale.

Je remercie encore Jet Fuel, Rick/Simon, Darren Wershler-Henry et Stan Bevington de Coach House Press, Katherine Hourigan, Anna Jardine, Debra Helfand et Leyla Aker. Ainsi qu'Ellen Levine, Gretchen Mullin et Tulin Valeri.

Enfin, tous mes remerciements à Ellen Seligman, Sonny Mehta, Liz Calder. Et à Linda, Griffin et Esta.

TITRES AU CATALOGUE

Marie Laberge
Annabelle
La Cérémonie des anges
Juillet
Le Poids des ombres
Quelques Adieux

Marie-Sissi Labrèche
Borderline

Micheline La France
Le Talent d'Achille

Robert Lalonde
Des nouvelles d'amis très chers
Le Fou du père
Le Monde sur le flanc de la truite
Le Vacarmeur
Où vont les sizerins flammés en été ?

Raymonde Lamothe
N'eût été cet été nu

Monique Larouche-Thibault
Amorosa
Quelle douleur !

Monique LaRue
La Démarche du crabe

Mona Latif Ghattas
Le Double Conte de l'exil
Les Voix du jour et de la nuit

Nicole Lavigne
Un train pour Vancouver

Hélène Le Beau
Adieu Agnès
La Chute du corps

Rachel Leclerc
Noces de sable

Louis Lefebvre
Guanahani

Francis Magnenot
Italienne

Michèle Mailhot
Béatrice vue d'en bas
Le Passé composé

André Major
Histoires de déserteurs
La Vie provisoire

Alberto Manguel
La Porte d'ivoire

Gilles Marcotte
Une mission difficile
La Vie réelle
La Mort de Maurice Duplessis
et autres nouvelles

Yann Martel
Paul en Finlande

Eric McCormack
Le Motel Paradise

Guy Ménard
Jamädhlavie

Stéfani Meunier
Au bout du chemin

Anne Michaels
La Mémoire en fuite

Michel Michaud
Cœur de cannibale

Marco Micone
Le Figuier enchanté

Hélène Monette
Le Blanc des yeux
Plaisirs et Paysages kitsch
Unless

Yan Muckle
Le Bout de la terre

Pierre Nepveu
Des mondes peu habités
L'Hiver de Mira Christophe

Michael Ondaatje
Le Blues de Buddy Bolden
Le Fantôme d'Anil

Fernand Ouellette
Lucie ou un midi en novembre

Nathalie Petrowski
Il restera toujours le Nebraska
Maman last call

Raymond Plante
Avec l'été
Un singe m'a parlé de toi

Daniel Poliquin
L'Écureuil noir
L'Homme de paille

Jean-Marie Poupart
L'Accident du rang Saint-Roch
Beaux Draps
Bon à tirer
La Semaine du contrat